詛咒聖士

樂馬
—著—

Content

目次

第一章　預言

著名的綠寶石劇團在伊利斯麥城的馬桑樹下公演著名的《英雄拉扎爾》，改編自北方神話裡拉扎爾拯救世界的故事，充滿令人著迷的悲劇元素，數百年來經過無數劇作家與演員的努力，已廣為人知。

馬桑樹有三丈高，枝葉繁茂，能遮蔭千人，豔陽照射馬桑樹的枝葉，會出現黃金般的色澤。有則著名的笑話說：城外有個財迷心竅的男人，他進城時見到金葉子，趁沒人注意時拔走一大把，當他溜至飯館大吃一頓後，才驚覺身上只有一堆綠葉。

穿著灰袍子的諾比尼，打扮猶如極度自律、嚴守清規的撒冷教士，他穿梭在擁擠的人群，進入箴言巷。莫庫爾地區每個城市都有箴言巷，是撒冷教士的聚集地，巷弄裡檀香味濃厚，據說這味道相當接近神所居住的地方。巷弄中心的聖殿蓋得金碧輝煌，但教士本身的住宅十分簡陋；聖殿的供桌上每日都有新鮮肥美的羊腿，教士則一日一餐。

撒冷教士將自己打理得很乾淨，而且很少說話，他們認為除了神的語言都是穢言。沉默的諾比尼身處其中並不違和，但在真正的撒冷教士眼中，他的血液汙穢到連神都難以寬容。

他是聖士，最令人生畏的暗殺者。聖士訓練於終年暴雪的北凍山脈，訓練極其嚴格，最後能在血神面前立下血誓，成為血神最忠實的僕役者十不存一。

聖士專殺王侯，從不失手。

聖士所在的血殿建在茫茫雪山之間，欲請他們幫忙，必須先在北凍山脈的暴雪眼小屋獨自待上三天——沒有任何腦袋正常的人會想在酷寒暴雪的天氣裡窩在那間破木屋這麼長時間。挨過三天，帶著血色面具的血殿主教便會派人迎委託人上山，只要告訴主教目標是誰，極短時間就會得到答覆，若接受委託，無論開價多少都必須接受，只要還價或稍有遲疑反悔，便會被聖士當場格殺。若主教拒絕委託，也會用最快時間送委託人下山。

儘管多年來諸國想剷除這個惡名昭彰的暗殺組織，但興兵翻越北凍山脈找尋摸不清位置的血殿是一筆不划算的買賣，因此對於聖士的懸賞金一直以來有增無減，北凍山脈也埋葬數不清的賞金獵人屍身。

穿過箴言巷後，便是伊利斯麥城的下城區，匯集城市最骯髒下流的交易。抵達雪莉的酒館時，他才放心的解下頭巾與袍子，露出連神都難以拯救的惡毒詛咒。諾比尼袍子裡穿著短袖，強壯的臂膀掛露在外，手腕套著鋼環，臉上有三道燒灼似的黑痂，分別在額頭，以及左右臉，手上爬滿黑色細紋。

可恨的詛咒，暴躁的詛咒，諾比尼巴不得將黑痂撕開，他也確實試過，但這些黑疤用刀劍也削不掉。詛咒發作時會有一股灼熱感從身體裡層燃燒，骨頭火熱熱地像是斷了一截又一截。即使是精神力高於常人的巫師，也難以承受詛咒吞噬。

諾比尼方進店裡，店主雪莉遞上一大杯蜂蜜啤酒，雙手撐在櫃台上問：「我還在想終於能魅惑一個撒冷教士了呢。」

雪莉是三十歲的成熟女人，擁有讓男人陶醉的各樣條件。

「讓妳失望了。」諾比尼啜了一口，不動聲色看著雪莉。

雪莉摸著諾比尼額頭上的黑痂，一般人摸那三道黑痂都會感到滾燙，因此雪莉很快就收手，她輕輕嘆道：「不知道什麼時候能毫無顧忌撫摸你的臉。」

「調情就免了，我想知道我的事情有著落沒。」諾比尼指節敲著桌面，他很熱於跟雪莉廝混，但趕快解決煩人的詛咒才是當務之急。

「嗯，當然沒問題。你結束之後就要離開伊利斯麥嗎？」雪莉咂嘴，她喜歡這些男人有求於她的模樣。雪莉的酒館更像仲介所，在此可以打探情報，以及尋找專業人士。

諾比尼知道雪莉的意思，他掏出一袋銀幣放在桌上，手放在她雪嫩的後頸，近到能聞到雪莉嘴唇邊的蜂蜜味，哼了一聲說：「錢不是問題，要其他的東西也不是問題，但妳會後悔勾搭上北方男人。」

「你還不知道我很難應付？」雪莉握著諾比尼粗大的手掌，輕舔他的手指。

「閒話少說，我的解咒師呢？」諾比尼抽回手，讓話題回到正事。若跟雪莉繼續耗下去，恐怕天黑了還沒有結果。

「你這樣焦急，還真想繼續逗你玩呢。放心，解咒師已經找好了，莫庫爾地區首屈一指的厲害人物，為了請動他可是費了我一番苦心。」雪莉也拿了一杯蜂蜜啤酒秋與諾比尼對飲，神情極其嫵媚。

「要多少錢都行，但希望這次妳的保證有用。」諾比尼盯著那雙深綠的眼眸。三個月來雪莉找了五名解咒師，無一人能解開束縛。

雪莉見諾比尼不耐煩，便不再賣關子，用迷人的聲音說：「事實上，他對你也很興趣，畢竟有這種詛咒的人早就發瘋了。對吧，親愛的諾比尼，或說聖士？」

諾比尼起身往背後掄拳，揍倒一名身材魁梧的獸人，但另外兩隻獸人迅捷撲上來，將他壓制在吧檯。

「妳收了我很多錢。」諾比尼甩開那兩個獸人，揮了揮袍子。

「可是對方給我更多錢，有錢送上門總不能不要吧。」雪莉說。

那三名獸人很訝異諾比尼竟然能掙脫，一個獸人的力氣可大過五個強壯的成年男人。

「別太驚訝，這個人是聖士。」說話的人從獸人身後走出來，白色長髮往後梳理，八字鬍，衣裝筆挺，手杵著一把枴杖劍，劍身紋有圖斯裁判所的人面雙羽翼圖騰。「諾比尼，好久不見了，為了找到你的行蹤，可是費了我不少功夫。不過能夠抓到你向裁判所覆命，花再多錢都值得，對嗎，親愛的雪莉小姐。」

雷茲優雅地向雪莉行禮。

「當然了，誰不喜歡亮澄澄的黃金。」

諾比尼身上的詛咒又蠢蠢欲動，他有把握殺掉三個獸人，仍強壓殺戮的衝動，一旦濺血詛咒便會更加深入。

「諾比尼，你犯下一級殺人罪，該有所覺悟了吧？」雷茲宣告諾比尼的罪刑，眼中無一絲寬恕。「唯一一個從我手上逃走的通緝犯，您可是刷新紀錄呢我。」

「哼，我能一路逃到莫庫爾，難道今天會逃不走？我只不過想解除詛咒。」

按照往例，被圖斯裁判所判定一級殺人罪者，一個月內就會追捕到案並梟首血祭。諾比尼卻逃亡整整半年之久，不只雷茲背負壓力，圖斯裁判所也顏面無存。

雷茲抽出利劍，唰一聲劃破諾比尼的灰袍，速度之快換作他人尚未反應過來便會被削下一大塊肉。那把枴杖劍受過十名巫師詠唱注魔，敵人愈邪惡，劍上的巫力愈強。要操控法力強大的武器需要過人的精神力與體力，而雷茲身為圖斯裁判所首席裁判官，使起劍游刃有餘。

諾比尼冷靜的腦袋立刻判斷出情勢，在詛咒隨時會爆發的情況下與雷茲對峙絕非明智之舉。聖士活不光明，死必磊落。血誓所言，只有勇敢死去的英靈，沒有可恥的懦夫，但諾比尼為了解咒逃出北凍山脈，也只能再次背棄誓言。

諾比尼瞪著雪莉，一邊隄防雷茲的劍。雪莉看起來一樣風情萬種，笑瞇瞇地勾著男人的魂。

「別這樣看著我，對了，雷茲先生，在抓他前，能請他先結清跟我上床的費用嗎？不過我能打個八折唷，因為他的表現讓我相當滿意。」雪莉豔笑道。

雷茲一瞬間將劍尖指在諾比尼心窩，

「諾比尼，你該有所覺悟了吧？」雷茲說。

諾比尼揮動袍子，擋住雷茲的視線，一旁等候的獸人立刻撲來，諾比尼踞下俯衝，瞬間出拳重擊獸人的胸膛。獸人的骨頭雖硬如鐵塊，但聖士經過嚴峻訓練的身體是一具強悍的殺人兵器。

諾比尼這拳灌入骨內，那名獸人一感受到痛覺便迅速後撤，銅鈴大眼溢著驚愕。若再晚幾秒抽身，肋骨很有可能斷掉。

「我不是告誡過了，對付聖士要非常小心。特別是像這種出類拔萃的聖士。」雷茲甩劍，刺向諾比尼後背，只要引誘詛咒發作，便能催動劍上的法力讓他痛苦萬分。

諾比尼發覺背後殺氣，立刻轉身用手上鋼環擋住劍擊，後旋轉身踹向雷茲的下顎。雷茲詫異躲開，反手一劍挑破諾比尼的衣服，在他的胸前留下一抹血痕。

雪莉見狀不妙，連忙從酒櫃後的暗門逃離。

雷茲不理會雪莉，說：「你身上的氣息很不安定，不曉得還能撐多久？」雷茲盯著諾比尼，觀察他身上蠢蠢欲動的詛咒。雷茲能看見詛咒活力旺盛，殺氣騰騰。

「吼！」獸人左右包夾，發動猛烈攻勢，幾乎要砸毀小酒館

諾比尼的眼瞳盤著黑絲，血液如同烈火，要將內臟燃燒殆盡。

諾比尼狂吼推開兩名獸人，朝雷茲奔去。這舉動正好中雷茲下懷，他迅速詠唱，劍身立即湧出瑕光，但諾比尼向牆邊猛力一撞，木造牆身裂成數縫，透進和煦陽光。

他們眼睜睜看著諾比尼逃進大街，雷茲喊道：「別楞住，快追。」於是三名獸人也撞開牆壁，緊跟著諾比尼。

諾比尼全力衝刺，但獸人很快追蹤到他，他們闖入市場，沿街攤販與行人嚇得往兩邊躲避。正在採購布料的婦女被獸人嚇得花容失色。莫庫爾地區簽定和平協約後，便很少有獸人在城市裡出沒，諾比尼把獸人誘入市集，便是要引起騷動。

雷茲無暇理會民眾的反應，三名獸人分頭圍堵，將諾比尼逼往死巷，但諾比尼卻在市集裡繞圈子，讓群眾成為防禦牆。

「卑鄙的傢伙。」在這裡雷茲便不能施展手腳，免得傷及無辜。

「救命啊！」有人喊出求救聲，接著民眾像是被感染情緒，竟也跟著喊聲。

這下情勢對雷茲更為不利，發生如此騷亂，警備隊一定會出動維護秩序。諾比尼踏上攤販棚子，跑到屋頂上，獸人跟著踩上去，卻因重量踩垮茅棚。雷茲顧不了那些獸人，踮腳躍上屋頂，追著諾比尼奔馳的身影。

從屋頂俯瞰，有獸人出沒破壞城市的流言已經傳到警備隊耳裡，全副武裝的士兵正在集結。諾比尼一路跑到鐘樓上，雷茲舉劍刺中他的手腕。

「結束了，安靜接受審判，安撫那些焦躁的亡魂。」雷茲甩開血水，冷峻地看著他。

「哼。」諾比尼冷笑。

忽然諾比尼轉身從鐘樓跳下去，距離地面共有五層樓高，雷茲收起劍，從旁邊的路追下去，他沒有聖士這般瘋狂。墜落感刺激諾比尼的血液，浮現執行任務時的回憶，每次任務都是驚險駭人，與命運相搏。只消一剎那就能斷定生死，諾比尼見過太多因此慘死的夥伴。

這次他也與命運賭一把。鐘樓底下有輛馬車徐徐前進，諾比尼正好跌進車內，蹦一聲驚壞馬兒，馬兒立刻揚起前肢，對空嘶鳴。車內載了大量棉衣，減緩跌落時的衝擊力道，但底板還是被撞開一條大裂縫。

「發生什麼事了？」車伕忙安撫馬。

諾比尼抓了一件灰袍子套上，爬了出來。

車伕慌張地問：「你是從哪裡來的？」

一匹黑色駿馬朝他們駛來，駕馬的是名少年劍客，白淨的臉盡顯驕傲。他看著被砸毀的馬車，問道：「發生什麼事了？」雖然他說的是通用語，但上揚的語氣能聽出不同於莫庫爾的口音。

諾比尼沒時間搭理少年劍客，雷茲正帶著獸人朝他趕來。

「這個人從天上掉下來，然後砸壞了少爺您的車子。」車伕解釋道。

「喂，你這人太粗魯了，怎麼可以弄壞我的東西呢？」少年的身材在諾比尼跟前顯得非常嬌小，卻敢指著諾比尼大罵。

「你的馬我要了。」諾比尼推開少年，牽著黑色駿馬的韁繩。

「我在跟你說話，你應該看著我的眼睛，實在太沒禮貌了。」

諾比尼橫掃少年與車伕一眼，「我會付錢。」

「才不是錢的問題，這匹是我的馬！」

但獸人的氣息已逼近，諾比尼不能繼續耗在這裡，他旋即丟下一袋金幣。

「你的無禮惹惱我了——」少年碰觸腰間佩劍，對諾比尼的殺意毫無畏懼。

諾比尼逕自跨上馬，這時雷茲已追來，但伊利斯麥城警備隊也出動了，突兀的獸人成為目標，雷茲只能眼睜睜看著諾比尼握著韁繩揚長而去。

「這些獸人是你帶來的嗎？」警備隊不客氣地問。但雷茲愣愣地看著諾比尼消失在視線裡，毫不搭理他們。這無疑再次刷新圖斯裁判所的紀錄，也讓以榮譽為重的雷茲蒙羞。

「你帶這些獸人有什麼陰謀？說，否則把你扔到牢裡慢慢拷問。」

「圖斯裁判所首席裁判官，布萊爾・雷茲。」雷茲從衣袖裡拿出圖斯裁判所的追緝憑證，只要有此憑證就能自由穿梭各國。

「圖斯……」隊長確認了圖斯裁判所的人面雙羽翼圖騰，銳氣立刻消了一半。「抱歉，打擾您了，大家收隊。」

雷茲思忖莫庫爾地區那些富有盛名的解咒師，諾比尼一定會去找解咒師，這是他的最終目的。雷茲用手擋住太陽光，仰眺藍天，「諾比尼，你真的是非常有趣的對手。」

※

夜裡諾比尼卸下灰袍，脫光身子，雷茲刺傷的傷痕在密密麻麻的舊傷裡看起來並不顯眼。他一路駕馬狂奔，走了大半天停在一處小鎮，拜莫庫爾地區和平協定所賜，諾比尼很輕易就尋到下榻處。

沒有兵火威脅的莫庫爾地區貿易發達，產生許多商業城市，在這裡錢幣能夠打通許多關節。旅店夥計還以為諾比亞是撒冷教士，起先還不願收錢，不過諾比亞不由分說，直接把錢丟在櫃檯。

「先生，您需要小姐嗎？」老闆在房外詢問。這城鎮雖不大，該有的娛樂卻很完備。

「我怕那女人會嚇跑。」諾比尼盤坐於地，讓心緒恢復平靜，免得詛咒有機可乘。

老闆不懂話中意思，樂呵呵地說：「我們這地方的姑娘可出名了，好多人都因此回來住宿，就為了體驗美好之夜。客人，您真的不放鬆一下嗎？」他不死心的推銷。

「你再說一句，我就拿你來放鬆。」諾比尼說。很快他聽見門外一陣驚呼，踏著紊亂的腳步離去。

雷茲一時半刻追不到這裡，因此諾比尼大大方方的洗了澡，舒服躺在床上，經過一天疲憊，睡意大舉侵襲。在黑暗空間裡，他看見兩種顏色的火球，紅與藍分庭抗禮。走到紅的一邊就感到熾熱，來到藍的一方就清涼無比。他站在兩種顏色中間研究著，而熾熱與涼爽的中央卻是什麼感覺也沒有，像是個不存在的空間。在得到詛咒後，諾比尼便時常做這樣的夢。

血神是沒有夢的神，因此諾比尼本對占夢、預言一類的術法不屑一顧，但染上詛咒後，他變成了無助的溺水者，看到什麼都急著抓住。

占夢師告訴他必須往溫暖的地方去，在那裡會遇見一次轉折，因此他第一次不是為了殺人而離開北凍山脈，一路向南走到莫庫爾地區。但流連帶狼狹地、莫庫爾地區半年，並未出現占夢師說的轉折，只遇到庸碌的解咒師，還有設計他的雪莉。

除非今天的事算是重大轉折，那麼諾比尼會存一絲希望。忽然原本昏黑的四周漸漸褪成白色，兩團顏色也變成透明狀，這樣異常的改變並沒有讓諾比尼驚訝，因為這只是天快亮的徵兆。神聖的白包圍了整個空間，諾比尼在夢裡產生睏意，接著像是催眠一樣的闔上眼睛。

醒來後諾比尼在房裡踱步，他所探知莫庫爾最有辦法的情報商人便是雪莉，但雪莉已經為了錢出賣他，回去莫庫爾沒有意義。

「客人，我為您送早點來了。」旅店小伙計索多輕聲喚道。他是老闆的兒子，十歲大的年紀就非常習於招呼客人。

諾比尼要他進來，索多捧著盛牛奶、麵包的木盤進門，但諾比尼並不餓，他說：「你吃過了嗎？這些東西給你吃。」

「這怎麼行，我會挨老爸的罵。」小伙計將木盤放在桌上，眼神渴望地看著麵包。

「反正我吃不下。你我不說出去，誰會知道這件事？」諾比尼將木盤往他推過去，索多便不客氣撕起麵包。

索多邊吃邊問：「客人，您胃口不好嗎？是不是生病了，若要找醫生的話，我們鎮上的米契爾先生很不錯。」

「不是醫生能解決的事。」

「醫生也解決不了的病，那只剩下巫咒了吧。如果是這樣，港城倒有個人很值得您尋訪。」索多咕嚕咕嚕喝下牛奶，漫不經心說起諾比尼感興趣的事。「您聽過圖拉真大師嗎？據說他會到歌米蘇待一陣子，有好多達官貴人慕名而去呢。」

「圖拉真？」諾比尼喃喃道。

索多笑道：「您沒聽說過嗎？他可是數一數二的預言家，那些有錢人甚至是王侯為了趨吉避凶會將大把大把的金幣扔到他的梧桐木櫃上，要是我也懂預言該有多好。」

「我不需要預言家，那對我沒有用。」聖士不在乎未來，朝生夕死從不擔憂下一刻死去。諾比尼原本可以毫無情感的看待死亡，自從受到最可怕的詛咒，他竟湧起害怕的感覺，總有一日他會被詛咒吞噬。畏懼使他像個平凡人，再無法進行崇高的聖士任務。

「也許圖拉真大師能告訴您如何解決事情，雖然我也不知道預言究竟能看見什麼。客人，謝謝您的招待。」索多吃完東西，端起木盤往外走。

諾比尼坐回床上，既然想不到更好的辦法，不如去歌米蘇找那位圖拉真大師。於是諾比尼立即動身，跨上黑馬朝港城馳去，歌米蘇因為地處岸邊，與對岸奧錫萊斯大陸多貿易往來，儼然成為莫庫爾地區最繁榮的城市。歌米蘇由當地商人選出商行總督進行管理，充分行使自治權，那裡自由且多神信仰，與莫庫爾嚴格的撒冷教格格不入，因此莫庫爾最誠信的撒冷信徒將歌米蘇稱為「惡魔之港」。

蒼穹碧藍如洗，夏陽毫無顧忌穿透繁忙的港城。往返歐里安登大陸與奧錫萊斯大陸的商船在此密集，各色貨物堆滿貨棧，形形色色的人盤據中央商業街。人口組成複雜的歌米蘇反成保護色，諾比尼方能安心遊走於此。

圖拉真的下榻處並不難找，稍微打聽一下，便有人指引他到歌米蘇最大的總督旅館，門口擠滿絡繹不絕的人潮，諾比尼沒興趣排隊，於是轉身先尋找住宿地點。

有幾名扛著巨劍的獸人從諾比尼身邊走過，讓他忍不住提高警覺，在伊利斯麥城的遭遇仍然心有餘悸。說來矛盾，半年以前諾比尼還是殺人為使命的聖士，但現在卻為了不讓詛咒發威而努力遏止殺人念頭。曾經的同伴肯定鄙視如陰溝老鼠般逃竄的他。聖士雖不光明，卻是陰暗的主人。

「客人，您來的時機正好，我們店剛好剩一間房。」腦滿腸肥的旅店老闆笑吟吟地看著諾比尼。

諾比尼掏錢排在櫃台上，讓老闆一眼便能看清，老闆慢慢點了點，滿意地頷首。歌米蘇的好處就是錢幣永遠是真理。

「給我等等，這房間我要了。」

老闆準備收錢時，一隻帶著皮手套的手丟出一枚金幣，清脆的聲音響徹櫃台。諾比尼的錢幣一下子被晾在旁邊，老闆當機立斷收下金幣，諂笑道：「不好意思啊客人，差一點點您就有房間睡了。」

歌米蘇的壞處完美無瑕顯現在諾比尼面前。大方丟出金幣的少年劍士走到諾比尼身旁，得意地笑道：「果然沒認錯人，偷馬賊。」

「我們認識？」諾比尼疑惑地問。

少年劍士怒道：「你在伊利斯麥城偷走我的馬，還想裝傻？在這裡遇見我算你倒楣，我的馬呢？」

聽著他的口音，諾比尼想起逃出伊利斯麥城時就是搶他的馬，但一抵達歌米蘇，那匹馬便隨便找個馬商處理掉。

「賣了。」

「太過分了！你這妄自尊大的傢伙，一點禮貌也不懂。」

「而且我付過你馬錢了，銀貨兩訖。」

「你這傢伙越說越過分，我偏要這個房間，要嘛你就出比我高的價錢。」

老闆怕兩人鬧事，打圓場道：「既然兩位這麼有緣，不如就共住一間吧？小店小本經營，經不起兩位打鬧啊。」

「怕什麼，大不了賠錢，總之我跟這個沒禮貌的傢伙槓定了。」少年劍士怒氣沖沖道。

「好吧，這房間讓給你，我去其他地方。」諾比尼收回自己的錢幣，轉身離開。

「等等，事情可沒有就這樣算了，我會一直跟著你，讓你沒地方睡。除非你跟我道歉，我能考慮原諒你的失禮。」

「難道你是為了我的道歉才來歌米蘇？」諾比尼瞪著他。濃厚的殺氣從灰袍披風裡緩緩流瀉，似乎下一秒便會大開殺戒。

但少年劍士毫不退縮，彷彿諾比尼只是被關在牢籠裡毫無威脅的猛獸。少年劍士猜對了，現在的諾比尼的確不想有任何舉動，更不願惹出麻煩。

「本來不是，現在是了。我一定要聽到你的道歉。」少年劍士握住劍柄，說道：「如果你不懂禮貌，正好，我的劍是個非常合格的禮儀老師。」

諾比尼說：「只要我道歉你就不糾纏我了？」

「沒錯。」

「好，我不該偷你的馬。」

「就這樣？」少年劍士詫異地說。

諾比尼問：「哪裡不對？」

「完全沒有誠意，你認為這麼敷衍的道歉我會接受嗎？」少年劍士質問道。

「小鬼，我很忙，別再跟我囉唆。」諾比尼捉住少年劍士的衣襟，將他舉到眼前，他直盯道：「聽明白了？」

少年劍士視若無睹，默默拔劍，諾比尼放開他，輕易閃過這劍，劍擊削去櫃檯一角，老闆訝異地看著少年。

「別擔心，我賠。」少年劍士讚揚道：「閃得倒很輕鬆，難怪敢這麼沒禮貌。」

諾比尼驚訝少年的傲氣，方才那一交手明明能看出兩人的實力差距，這少年卻絲毫不肯退讓。以少年劍士的年紀而言，這般身手絕不算弱，必是下過一番苦功。

「算我怕了你，告訴我怎樣道歉你才滿意。」

「說對不起，要有誠意的說。」

諾比尼無奈的微微點頭：「對不起，我不該偷你的馬，請原諒我。」

「你看，這樣不就好了嗎？好啦，房間讓給你住。」少年劍士收劍入鞘，肅穆的表情化成爛漫的笑顏，一時間讓人無法反應。

「小鬼，我奉勸你一句，獨自遊走別讓人知道你身上帶這麼多錢。」諾比尼提醒道。這少年兜裡不曉得裝了多少金幣，一但到最亂的舊城區恐怕被扒乾了還不自知。

「放心，我很強。」少年劍士莞爾，就像個少不經事的孩子。

諾比尼懶得再搭理他，等他走了後，便問老闆：「這裡有吧？」

「有，當然有。」老闆僅透過諾比尼的眼神便知道他要什麼，他熱絡地說：「您先到房裡等，待會就為您送上去。」

諾比尼先付了訂金，走到二樓的房間。歌米蘇另個好處便是從來不會有人質疑嫖客，這裡簡直是金錢打造出來的樂園。不多時，一名膚色麥黃的標緻女子摸進諾比尼的房間，那女人只管收錢，對於諾比尼身上的黑紋毫不過問。

他忽然懷念雪莉逗弄那些炙熱的黑紋，雪莉靈動的表情讓男人難以罷休，至少比現在坐在他身上的女人要魅惑多了。結束後諾比尼睡了個午覺，醒來後打算再到總督旅館打探情況。

經過櫃檯時，老闆神祕兮兮地說：「客人，您叫去的小姐說她差點沒暈過去呢，哈哈，難得聽見這些小姐這麼抱怨。」

諾比尼嗤笑，揮了揮手走進午後的中央商業街。歌米蘇的自治護衛隊正照例在街上巡視，諾比尼刻意避開這些穿著鮮亮制服的人，雖然他們不會隨意盤查，諾比尼還是小心翼翼。總督旅館前的街道簡直成為鬧區，一堆商人看準商機，紛紛沿街搭設店鋪，讓擁擠的人潮變得更加水洩不通。

看來憂慮自己命運的人太多了，多到連滿天諸神也處理不完。以撒冷為合法宗教的莫庫爾地區雖無明令，但預言師也識趣的不踏入協定區，但那裡的人民甚至是王侯仍躡手躡腳到歐里安登大陸上其他地方尋求高明的預言師。

諾比尼望著人潮，打算晚些再來，轉身離開時對向來人撞到諾比尼，卻是先發難道：「好痛，你個混球，走路不看路嗎？」

諾比尼直接繞開那人。那人擋住諾比尼的路，對著高大強壯的諾比尼說：「混蛋，你似乎不懂歌米蘇的禮貌？」

諾比尼眼神忽變，他一早上已經被少年劍士的「禮貌論」弄得心煩，又跑出一個不知好歹的混混，他的態度也不再客氣。

「哦？」諾比尼兩手藏在袍子裡，眼神令人畏懼。

「唬我，老子不會幾招，還怎麼再這裡生存？」他食指指尖比著諾比尼。

諾比尼瞬間認出巫咒手勢，一般巫術雖無法對他的肉體造成傷害，但詛咒一但吞噬巫術，會出現強大反噬。諾比尼正要閃開，白光卻沒打到諾比尼身上，一瞧竟是少年劍士替他擋住攻擊。

那名少年用劍斬下白光，這可不是件簡單的事。

「我方才看到了，是你故意撞這位先生，不懂禮貌的人是你。」

「哼，臭小子，看你怎麼閃。」混混又伸掌發出一道更大的光芒。

諾比尼直接撞在白光上，少年劍士驚叫道，但諾比尼一腳往混混的下顎踹去，讓他飛了一層樓高。這混混的巫術遠不能與真正的巫師比擬，在諾比尼眼中只是小孩的玩意。

「先生，你不要緊吧？你被直接擊中了。」少年劍士擔心地問。

諾比尼隔著一層布冷笑，不久前這小子才追著他討公道，現在又反過來擔憂。

「依我看你還是別太衝動，若這些混混來一群，你可要吃虌的。」

被諾比尼踹倒的混混早逃得無影無蹤。少年說：「先生，你也不算是壞人嘛。我的名字是紀亞。」

「我叫諾比尼。」

「諾比尼，意思是劍的光芒，對吧？」紀亞笑問。

「沒錯。倒是你怎麼還提著行李在街上晃？」諾比尼注意到紀亞扛著行李。

「今天來歌米蘇的人太多，我問了許多旅館都沒位置。」

「既然如此，我的房間可以讓給你，我睡路邊也無所謂。」

「先生，請別小看我，我已經十六歲了，是個能獨立而行的成年人。」紀亞充滿自信地笑說。

諾比尼哼笑一聲，甩開衣袍離去，「那麼我也不勉勉強你了。」

「等等，先生，我實在找不到地方睡，就請你遷就我一晚。」紀亞跟了上來。

「呵，早上你才找我吵了一架，現在又想跟我住同間房，真不明白你的想法。」

「一事歸一事，我們的事已經扯平了，剛才我救你一次，你替我擋一次，那麼我們就是朋友。」

活了這麼久，諾比尼不是沒看過倔強的人，但紀亞這樣幾乎不怕死也要爭取公道的人倒是很少見。

老闆看到諾比尼與紀亞一同走來，馬上說道：「小少爺，您來的正好，剛剛有個人退房，您若還需要房間，隨時等您入住。」

「真的？太好了。先生，這樣我們就能一人一間。」紀亞說。

「隨你便吧。」諾比尼正愁怎麼跟這小夥子分房，反而鬆了一口氣。

晚飯是老闆親手烘烤的豬肉派配野菜，一名瞎眼的吟遊詩人乘著明亮月光進到旅店，唱起琴靈的幽怨，吸引住宿客圍觀。諾比尼坐在欄杆上望月，大口塞進豬肉派，並喝了些啤酒。蟬聲唧唧的夜太過吵雜，與諾比尼從前的生活反差極大。

「先生，你不喜歡聽故事嗎？」紀亞用盤子端豬肉派跟調味過的蜂蜜汁，走到諾比尼身旁。

諾比尼即使出來吃飯也是穿著灰袍，包裹面巾，露出的眼眸流瀉著濃郁的憂愁與黑暗。除了紀亞，沒人敢與諾比尼接觸。

「帶狼狹地的琴靈傳說無聊透頂。」

「先生——」

「別叫我先生。」

「諾比尼先生，你肯定不是撒冷教士，能請問你來自哪裡嗎？」

諾比尼默默飲酒，他從不輕易與人搭話，即使對方是個單純的少年也一樣。

「我來自米烈迪爾。」紀亞說。

「哦？」諾比尼盯著紀亞。

米烈迪爾王國是奧錫萊斯大陸上的軍事強國，該國有個著名的傳統，領主之子不分爵等，一到十五歲便會到各地遊學。這些米烈迪爾貴族教導相當嚴厲，並崇尚道德精神。紀亞劍術高人一等，傲慢而優雅有禮，完全符合米烈迪爾貴族的形象。

「諾比尼先生，你也在進行旅行嗎？」

「旅行總有目的能去，我卻不曉得要往何處。」諾比尼右手枕著頭，左手拿著粗糙的啤酒杯。

紀亞坐在他身旁，問：「諾比尼先生，如果沒有方向的話，聽取預言是不是個好選項。你相信預言嗎？」

「所以我才徘徊在圖拉真前。」

諾比尼很訝異自己竟與紀亞如此自然的聊天，包括雪莉在內，自離開北凍山脈後他對每一個遇到的人都保持警戒。

「我來歌米蘇，目的是為了找圖拉真大師，我想知道這場遊學之旅該如何繼續。」

「哦，你有煩惱？」

「有的，當然有，我與諾比尼先生一樣，也有很多苦惱。對吧？」紀亞突然衝著諾比尼笑。

「不知道什麼時候才能排到圖拉真大師。」紀亞嚷嚷道，一邊錯拿諾比尼的啤酒杯，一口啜飲。

紀亞連忙吐出來，皺著臉看著啤酒杯內濁黃的液體。

「我才不是不敢喝，只是沒想到拿錯了。」紀亞的臉瞬然紅起來，似乎怕諾比尼笑話他。

但諾比尼凝望皓月，思忖身上惱人的詛咒。如果圖拉真的預言是要他繼續旅行，他該繼續走下去嗎？但解決詛咒後，他還能回去北凍山脈嗎？當初他不顧血誓毅然離開，那裡豈還有他的容生之地？

「諾比尼先生，抱歉打擾你，請問你在思考人生嗎？」

「思考人生？或許如你所說吧。」諾比尼並不懂何謂思考人生，有記憶起他便接受成為聖士的嚴格鍛鍊。聽從殺人指令就是人生。直到這身詛咒降臨。

「我們在學院時也很常思考這些事，以人為何而活作為思考題目，諾比尼先生一定覺得很奇怪吧？不過我們學院裡聘請的教授來自千眼鎮，那裡的人不信神，只相信探索到的真理。」紀亞說。

千眼鎮位於某個遙遠的海島，那裡是理論與知識的世界。讓諾比尼困惑的是那群不信神、只相信真理的人，假如沒有神，那麼真理從何而來？

「我累了，你也早些睡吧。」諾比尼喝完剩下的啤酒，擱下啤酒杯，悠然離去。

諾比尼的房間正好面對月光，他還是習慣躲開月色，藏身於陰暗之處。血神喜愛絕對黑暗，因此聖士不讚詠明月，只有絕對的黑暗才是聖士的益友。

染上詛咒一個月後，諾比尼再也克制不住詛咒帶來的劇烈痛楚，漸漸不再想殺人，不想讓這些血液滋養這個可怕的敵人。

他忖如果還是碰不上圖拉真，乾脆往神祕的東方尋找答案。

許久，諾比尼才在紊亂的思緒裡緩緩沉睡。醒時已接近晌午，諾比尼先纏好偽裝，摸著飢腸轆轆的肚子走下樓。

「您早，昨天入住的小少爺要我為您準備一隻烤雞，您隨時能開動。」老闆殷勤地說。

諾比尼瞪了老闆一眼，老闆立刻闔上嘴，把香噴噴的烤雞送到諾比尼桌上。按照紀亞的個性，這應是為了答謝諾比尼昨日曾說要與他同房住的回禮。諾比尼覺得這性格十分有趣。

大快朵頤一番後，諾比尼到中央商業街找圖拉真，但仍是一堆人排隊等待。諾比尼見這陣仗，完全失去耐心，忖著直接溜進去圖拉真房間。正猶豫時，他看見紀亞嬌小的身影，身旁跟著一名二十多歲的男人，那人身材修長結實，戴著一頂插著羽毛的棕色高帽，穿著短袖衣褲，舉止輕浮。歌米蘇很多騙子，像紀亞這種人最容易被盯上，諾比尼便湊了過去，躲在兩人看不見的地方竊聽。

「先生，你的意思是我能優先見到圖拉真大師嗎？」

「完全正確，小少爺，只要你先付我一筆訂金，保證讓你馬上見到大師。」男人拍胸膛道，一副信誓旦旦。

「但是大家同在排隊等候，若我用錢插隊，是不高尚的行為。」紀亞不想用作弊的方式。

「小少爺，你定是有非常重要的事想詢問圖拉真大師吧？既然如此，你只是先用多一點的錢買到需求，如果其他人有這樣的需要，他們肯定也會多花錢做這件事。」

「真的是這樣嗎？」紀亞陷入苦思的泥沼，教養與個人慾望拔河。

「老實告訴你吧，其實這是圖拉真大師特別挪出來的機會，他想藉此找出真正虔誠的人。小少爺，你一定有很多事情想詢問大師，只要再額外付一筆錢，就能與大師獨處，包你問得過癮。」男人故意裝作怕旁人聽見的模樣。

紀亞一聽，這既不牴觸道德，又能優先見到圖拉真，便高興地拿出三枚金幣。

「太謝謝你啦，我馬上替你安排。」男人迅速拿走紀亞的錢，眼神掂量著紀亞的錢袋裡還有多少金幣可以撈。

若讓對方繼續舌粲蓮花，紀亞恐怕會被騙空錢囊裡的金幣。諾比尼覺得自己瘋了，竟然有了拔刀相助的想法。

他走到男人身後，喝道：「既然如此，也讓我見見圖拉真。」

紀亞看見諾比尼忽然冒出來，高興地說：「諾比尼先生，你來的正好。」

「什麼時候能見到圖拉真？」諾比尼冷冷瞪著男人問。

「這個，很快。」男人說：「你先留下住址，等安排好後將立刻通知。我這個人絕對童叟無欺，要不是我與圖拉真大師交情好，這個機會可是用錢也買不到。」騙子慢慢移動腳步，並閃躲諾比尼懾人的眼神。

「我們住在街尾的鬱金香旅店，需要留名字給你嗎？我想先把機會給這位先生。」

諾比尼冷哼一聲，若他沒出面制止，那騙子今晚必定澈夜慶祝宰到大肥羊。

「不必留名字，等我跟大師溝通好，立刻到旅店通知二位。」男人混入人群，轉身逃逸。

他的動作早在諾比尼判斷之中，諾比尼一伸手便捉回來，紀亞眼中充滿訝異。

「不如直接帶我去找圖拉真，騙子。」

「騙子？諾比尼先生，這個人是騙子？」

「你別含血噴人，憑什麼說我騙人啊。」男人掙扎道。

「帶我去見圖拉真，我就相信你。」諾比尼將他轉到正面。

「大師就住在總督旅館裡，這大家都知道啊，你去了就能見到。」

「我說的是現在，現在就要見到他。」諾比尼態度強硬。

但紀亞不明就裡，以為諾比尼想強人所難，便皺眉道：「諾比尼先生，他說等他與圖拉真大師商談好便會來通知我們，你為何要強迫他？」

「小子，這傢伙根本不認識圖拉真，他只想騙你的錢。」諾比尼掐住男人的脖子。

男人面色猙恐，顫顫地交出方才拿走的金幣。紀亞這時才恍然大悟。

「謊言是玷汙純潔的第一步。」紀亞生氣地說。

「別說教了，拿回你的錢，否則他會被我掐死。」

紀亞頷首，但那男人手中瞬間發出一道強光，諾比尼鬆手推開紀亞，那道強光重擊在諾比尼身上。

歌米蘇像是每個小混混都懂巫術似的，可是剛才的波光不像昨天的混混只懂皮毛，扎實且殺傷力強大。

男人見諾比尼蹲下，連忙轉身逃跑，諾比尼蹬地起跑，追在他身後。

男人的行動敏捷，簡直不像一般的混混，他跑至人煙較少的廣場區，冷不防發出一道紅焰，諾比尼驚見火魔法，卻閃避不及，紅焰在他的肩側留下焦痕。

男人的目的是要甩開他，因此都是用阻嚇性的巫術，但諾比尼不是一般人，這時兩人的距離漸漸縮短。男人突然停下，轉身放了一道巨大紅光，紅光變化如蛇，纏住諾比尼的身體。諾比尼被強大的束縛咒箝制行動，威力遠超出一般巫師。

廣場上悠閒漫步的行人被這道紅光嚇得落荒而逃。

「不好意思，我本來只想撈點錢，誰想到竟被你盯上，不過我不會對你做什麼。」男人在諾比尼身上摸出一小袋錢，他爽朗笑道：「這些就謝謝你啦，半小時候你就能恢復自由。不過在之前我不保證護衛隊會對你幹什麼唷。」

「看來你不是普通的騙子，歌米蘇真是奇怪的地方。」諾比尼笑道。雖然男人的束縛咒不容小覷，但對他體內的詛咒來說，根本不值一提。

這時紀亞也跟著兩人追到廣場，拔出冷光峻峭的利劍。

「米烈迪爾的標誌，看來我惹上不好惹的人了。」男人看見劍身上有戰馬與征袍的浮雕，咧嘴一笑。

「放開諾比尼先生，否則我將用我的劍教你禮貌。」

「親愛的少爺，我想不必了，恐怕我得失禮的限制你的行動。」男人拿下棕色帽子致意，手中放出一樣的紅光。

紀亞以為能切開那道紅光，因此嚴正以待，諾比尼這時掙開束縛咒，衝到紀亞面前擋住光束。男人訝異諾比尼竟能掙脫。

這擊卻喚醒了諾比尼體內的詛咒，這一刻他能清楚看見男人身上蘊藏強大的魔力。詛咒在體內奔騰，黑紋正在膨脹，每一寸都渴望鮮血，想要撕裂所有活物。

「諾比尼先生，你沒事吧？」紀亞一時也慌了手腳。

男人卻沒趁亂逃走，他緩緩走近諾比尼，驚訝道：「黑詛咒……小少爺，你快離他遠一點。」

「為什麼？」紀亞以為這都是男人弄出來的。

「他身上有非常危險的詛咒。」男人的眼神不再輕薄，認真地審視諾比尼。

「別靠近我，我會殺了你們。快走！」諾比尼發出低鳴，他要到安靜的地方等詛咒消退。

「你體內住著一個惡魔。非常可怕的惡魔。」男人手掌懸在諾比尼頭上喃喃詠咒。

這使諾比尼如火焚身，詛咒在體內亂竄，甚至痛得像是骨頭不停斷裂。紀亞怕男人殺了他，用劍抵住男人的脖子，命令道：「快停止，否則我殺了你。」

「別阻止他——」諾比尼喝道。

紀亞以為諾比尼痛到瘋了，但男人卻文風不動，專心詠咒。

一股平靜的力量流入諾比尼體內，沁涼撫摸他焦灼的血液，收回流竄的詛咒，火燒的劇痛慢慢平息。諾比尼蹲在地上喘息。

「諾比尼先生，你沒事吧？」

「沒問題。」他揮揮手。

「正常人只要經歷一次不是瘋了就是死了，你竟然能撐這麼久？」男人訝異地問。

「你也不是正常人。」諾比尼說。

「沒錯，我這種人就是奇怪的存在，與其說無拘無束，倒不如說遊手好閒來的貼切。」男人又恢復嘻皮笑臉。

「諾比尼先生，你生病了嗎？」紀亞擔憂地問。

「也能這麼說吧。」諾比尼站起來，問那男人：「你是解咒師？」

「很可惜，我不是，你身上的詛咒我解不了。」

「原來如此，你旅行的目的是為了找解咒師。」紀亞恍然大悟。

「難怪你想詢問圖拉真。」男人把金幣還給紀亞，「不騙了，不騙了，這樣騙來的錢我花得不安心。」

男人準備撒手離去，諾比尼卻說：「等等，我有話要問你。」

「可是我還要找肥羊呢，一直說話很容易餓肚子。」

「跟我來吧。」諾比尼說。

「你這可惡的騙子。」紀亞瞪著男人。

「小少爺，謊言可是走入現實人生的第一步。」

※

吃飯的尖峰時間過後，飯店內只剩寥寥無幾的客人，男人不客氣的叫了一大桌菜，以及一大壺啤酒。紀亞從未見過如此臉皮厚的人。

此時紀亞大致明白諾比亞身上纏著可怕的東西，那是連米烈迪爾王國都有所耳聞的邪惡詛咒。

「可以說了吧？關於我的詛咒。」

「等等，灰袍先生，你連我的名字都不知道。」

「叫騙子或無賴有差別嗎？我只想知道詛咒的事。」

「騙子這稱號太庸俗了，應該稱呼我為語言藝術家，專門用華麗的語言包裝事物。」

「我隨時能撤掉這桌菜。」

「真是一點幽默感都沒有，就是這樣世界才會越來越無趣的。我叫傑德米特，是個四處流浪的巫師兼語言藝術家。」

「一點也不相配的名字。」紀亞不屑地說。傑德米特在通用語裡代表人心真誠。

傑德米特隔著袍子診斷詛咒的情況，他的手法與之前替諾比尼治療的解咒師無異。傑德米特大略檢查一遍，搖頭道：「這個詛咒撐了半年，狀況並不好，你隨時都可能變得狂暴，恐怕找不到幾位有能力替你解咒的人。不過沒想到你的身體竟然能撐住詛咒吞噬，我猜千眼鎮的書呆子一定迫不及待想解剖你的身體找出答案。」

「你們巫師必有互通渠道，告訴我誰是最厲害的解咒師。」

「你這問題好棘手，即使有我也不曉得要上哪兒找人，不如詢問圖拉真大師吧。」

「小子，要是見的到大師，我何須在此浪費時間。」諾比尼不掩失望。

傑德米特拍著胸脯說：「放心，我可以替你安排。」

「又想騙人了？」紀亞說。

「我真的認識圖拉真大師，你們跟我走，包管馬上見到。」傑德米特信誓旦旦地說。

「諾比尼先生，這個人看起來不可靠。」紀亞輕聲說。甚至連對方是不是有名分的巫師也不知道。

「我也不是可靠的人。」諾比尼答道。

紀亞不明白此話的意思，但諾比尼已結完帳，跟傑德米特往總督旅館去，他也只能默默跟上。紀亞跟在傑德米特身後，手放在隨時能拔劍的位置，以防他逃跑。

總督旅館仍聚集龐大人潮，傑德米特帶著兩人擠進人龍，最前方則有兩名強悍的保鑣顧門，保鑣要他們到後面排隊。傑德米特附在保鑣耳邊輕聲幾句，保鑣點點頭，便進去房間內，接著出來指向旅店裡另一條小路。

三人沿著小路通往二樓，整個二樓都被圖拉真給包下，因此除了他的隨行人員誰也不能入內。

「是傑德米特先生吧，圖拉真大師有請。」二樓的保鑣立刻放他們進入。

這下紀亞才相信傑德米特真的認識圖拉真。這一樓層共有十名剽悍的保鑣，但諾比尼的氣勢卻遠遠壓倒他們，那雙銳利的眼睛所瞄之處，皆讓保鑣防備。

「這些人嗅到你的可怕了。」傑德米特笑道。

「閉嘴。」

圖拉真住在最裡面的房間，門口有兩個人把守。

「我先進去打聲招呼。」

傑德米特進去後，四周瞬然寂聲，諾比尼與紀亞跟兩名保鑣乾瞪眼。過了半刻，傑德米特的腳步聲打破沉默，他莞爾道：「大師對你很有興趣，快進去吧。」

諾比尼頷首，徐徐走入房內。房間相當寬敞，是諾比尼下榻處的三倍大，到處都掛著不同色彩的絲幔，一排窗戶由各種寶石裝飾成馬賽克藝術。

「惡魔之港逢惡魔，這也是命運。」圖拉真盤坐在一張檀木桌前，披頭散髮，看來相當隨意。

「你是圖拉真？」

「不然誰才是圖拉真。」他的聲音彷彿琉璃摩擦的清脆聲響。

圖拉真比諾比尼想的還年輕，實際上他已超過一百歲，卻仍然精神斐然。他的面前有一顆黯淡的紫晶球，兩側點燃黃色的香煙，麝香的味道放鬆諾比尼緊繃的神經。

「你害怕什麼？」

「我什麼都不怕。」諾比尼了當地回答。

「除了詛咒？」

「也許是。」諾比尼坐下，看著圖拉真的眼睛。

「你為何要找老朽？」

「我染上黑詛咒，跟著占夢師的指示來到歌米蘇，告訴我，如何消除詛咒。」諾比尼解下面巾，露出焦黑扭曲的黑紋。

「活了一百多年，的確曾見過這種詛咒，但沒有一個人活下來，中詛者若非瘋了就是尋死，但活著是折磨，死也沒這麼容易。時隔這麼多年，居然又見到這副惡魔之軀。」圖拉真動了動手指頭，「說明你非善類。」

「沒錯，我身上背負許多血業，這是身為聖士的代價。」諾比尼自己先脫口而出，在圖拉真面前他像被看得一清二楚。

「啊，聖士，被孽血滋養的怪物。」圖拉真的反應並不大，他雙手放在紫水晶上，口中唸唸有詞。

「我要去哪裡消除詛咒。」

「沒有一個解咒師能封印惡魔。」圖拉真斬釘截鐵道。

「我不想聽這些廢話，告訴我去哪裡可以解咒。」

「諾比尼，這是你的宿命，你必須跟隨意志而行。在找到方法之前，你或許已被詛咒吞噬，你要明白那不只是詛咒，而是一個惡魔。」圖拉真警告他。

「我要成為第一個擺脫它的人。只要告訴我該怎麼走。」諾比尼堅定地說。若他放棄的話，早可以在雪地中發狂，挨著寒冷死去。

圖拉真活了一百多年，甚少看到意志如此堅強的人。

「孩子，我只能預言，不能告訴你實像。聽著，我在你的命運裡看見微弱的救贖，老朽無法告訴你那是什麼，若你執意尋找，或許會比被詛咒吞噬更加痛苦。你異常執著的心，將是災難的起源。」

「我該往哪裡走。」

「隨意志而行。諾比尼，你的詢問結束了，祝你找到解咒的方法。」圖拉真雙手合十，滿意地說：「那小子說的沒錯，你果然讓我眼睛為之一亮。」

「那小子……傑德米特？」

「我不知道他叫什麼，方才守衛跟老朽說有個年輕人願用性命擔保有趣的東西，老朽苟活這麼久，閱遍天下萬物，早已對每日詢問的人感到無趣。」

諾比尼沒想到又被傑德米特騙。

「諾比尼，老朽還有個忠告，你的詛咒肯定有方法能解，但我看見你痛心疾首的未來。」

「謝了，老頭。」諾比尼重新纏好面巾，走出門外。

傑德米特神祕兮兮地笑道：「如何，圖拉真大師很厲害吧？」

諾比尼揍了他肚子一拳，「挺厲害的。」

「紀亞小少爺，你不進去嗎？」傑德米特捧著肚子問。

「不了，我不想依賴預言，這趟旅程我打算到此為止。」

「是嗎，那真可惜了，只是錯過這次機會，下次可沒這麼容易混進來。」

離開總督旅館，排隊等候圖拉真的人們依舊眾多。

「大師每天聽這些凡事俗事，肯定覺得很無聊，唉，就沒什麼好玩的嗎？」傑德米特伸著懶腰，眼神飄向諾比尼。

「傑先生才不該每天在市場裡騙人，既然你身為巫師，就該做些正當的事情。」

「小少爺，每個人都有自己活著想法，真正做壞事的巫師多的是呢，對吧？諾比尼。」

「誰知道。」

紀亞拿了三個金幣給傑德米特，鄭重地說：「這些錢給你，別再到街上騙人了。」

傑德米特接下金幣，笑著揮手：「我會考慮的，謝啦，小少爺。有機會再見。」

紀亞問：「諾比尼先生，你找到旅途的方向了嗎？」

「姑且算是吧。你為何要放棄見圖拉真？」

「可能是我不想再受到預言之類的東西束縛，我覺得這樣反而不好，所以我要結束旅程，回去米烈迪爾。」紀亞仰望湛藍蒼穹，泛起一抹笑容，笑顏裡徜徉少年真意，「人還是要自己把握前途，我不想將一切交給無形的命運。諾比尼先生，你打算去哪兒？」

「不知道，四處尋找解咒的方法。」雖然圖拉真要他跟隨意志，他卻連該往何方也不清楚。

「若你不嫌棄的話，可以跟我一起回米烈迪爾王國，那裡有位盛名遠播的大巫師，他也許有法子。」紀亞誠摯地說。

「不久前我們還為一匹馬大打出手，現在卻結伴同行。」

「我明白諾比尼先生的苦衷，如果可以，我也想替你解除詛咒。」

諾比尼腦中無任何想法，去一趟米烈迪爾王國也無損失，除了解咒，他還得避開圖斯裁判所的追緝，不如先去奧錫萊斯大陸。經過一番沉思，諾比尼說：「反正我去哪兒都行，就當護送你回家。」

「別小看我了，我曾經一個人擊敗一整團盜賊。」紀亞驕傲地說。

「你的劍術不弱，但最可怕的不是刀劍相向的盜賊，而是蒙著人皮的豺狼。」諾比尼忖他再過幾年會體驗的更深刻，貴族間爭鬥可比征討盜賊團嚴酷許多。

「我們明日一早就搭船出發。」

「什麼時候出發都行。」諾比尼眺著一朵白雲，忽然他也像那朵雲兒不知要飄往何方。

第二章　約定

清晨下起濛濛細雨，似要將等候的時光拉得毫無邊際，好不容易等商品交換完畢，滿載而歸的商人喜悅的走回船上，膚色黝黑的船長站在船長室外盯著魚貫而入的商人，並用手勢指揮水手起錨。

水手們集結起來，拉起小海鷗號的船錨。小海鷗號是大型三桅帆船，定期搭載商人到歐里安登大陸與奧錫萊斯大陸中途的龍骨島作生意，龍骨島出產的香料與藥材在奧錫萊斯的港口相當暢銷，因此船上的乘客大都是貿易商。

「我還以為這艘船會永遠停靠在這裡，僅差一班船，就得在這裡耗上一天半的時間。」諾比尼擅長等待，但他的耐心不包含陪伴成天算計的商人，等候他們與島民討價還價，簡直比看地平線還無趣。

「至少我們可以在龍骨島晃一圈，而且這裡的海鮮很美味，我很喜歡金槍魚的味道。米烈迪爾不靠海，從海岸快運來的海鮮沒有這麼新鮮，說到海鮮，立陶港的也挺不錯。」

「你倒挺懂吃的東西。」

「品嘗各種事物也是遊學的一部分啊，再說了，回到米烈迪爾後，說不定就——」紀亞的聲音漸漸變小，隱沒在嘈雜人聲中。

紀亞望著海面的樣子就像普通的少年，漂亮的鈷藍色眼眸銜著他這個年紀會有的憂愁。身為貴族當有更嚴苛的煩惱，結束遊學後紀亞完成成人儀式，必須開始分擔家族事務。米烈迪爾的貴族男子一旦成年，終其一生就不離開戰馬與征袍。

細如牛毛的雨變成繡花針的大小，紀亞沒有戴頭盔，露出優雅的栗色頭髮，他將長髮紮成馬尾，臉龐白嫩的模樣看上去就像是女孩子。

「到米烈迪爾王國之前還有一些時間，隨你想做什麼都可以，反正我只要解咒，其他沒有意見。」諾比尼仰望雨勢，抽著鼻子說：「雨還會變得更大，先到船艙躲雨。」

「諾比尼先生，你跟一開始的樣子不同呢。我還以為你是蠻不講理的人，如果沒有詛咒，諾比尼先生一定會有更美好的生活吧。」紀亞莞爾道。

「嗯……淋雨讓你變笨了，小子。」諾比尼心底卻忖：若沒有詛咒，我一點也不像人。

走到艙底沒多久，雨勢滂沱而作，滴滴答答的巨響似乎要鑿穿木板，商人擔心的討論起小海鷗號的平衡性與噸位。

「諾比尼先生對於天氣的預測好準，難道你懂占星術嗎？」紀亞佩服的說。昨日傍晚他要求諾比尼到龍骨海灘看夕日時，諾比尼便說了今日的天氣狀況。每個聖士都要懂的觀察氣象，他們必須從雲色、風向判斷天氣，這都是為了更順利執行任務。

「占星術是預言，我不懂預言。」否則他又何須跟著紀亞回去米烈迪爾王國。

懂的「諾比尼先生，可以告訴我為什麼得到詛咒嗎？是被怨恨你的巫師陷害，還是發生什麼事？我想，如果知道原因的話，肯定對解咒有更大的幫助。」紀亞問。

「這可不是床邊故事。」諾比尼拒絕。

「抱歉，是我太急躁了。」紀亞便閉口不談。

一旁的商人大聲嚷嚷道：「對，就是聖士，怕什麼，他們那些毒蛇又不會坐上小海鷗號。」

每個人都知道他蓬鬆的捲髮是假髮，但一直沒人告訴他那頂假髮後面早已鬆脫。

禿子的同伴回道：「也不能這麼說，他們可是收錢就殺人的可怕集團，聽說綠樹堡領主的兒子就是被聖士殺害。」

「那又如何？綠樹堡領主也只能在城堡裡抱著兒子的屍骸痛哭，他敢率領騎士去找人算帳嗎？而且算起來，也是綠樹堡領主的兒子先找人輪姦立維卡公爵的女兒，這可是我千方百計才打聽來的消息，總之，立維卡公爵為了報仇才雇用聖士。」禿子眼睛不經意往上吊，他對自己的情報頗為得意。

「真的？難怪立維卡公爵要把女兒嫁給肥豬總督，原來還有這回事。」

「你想想，立維卡公爵找聖士暗殺綠樹堡領主的兒子，綠樹堡領主也不能指著他的鼻子說是他指派的，反正聖士專幹陰溝事，國王都睜一隻眼閉一隻眼了。不過他們兩人的領地距離不遠，中間只隔了條溫馴的恩羅河，早晚都會打仗的吧。」其實禿子也只是聽到小道消息，並沒有立維卡公爵找來聖士的證據。

但諾比尼可以證實禿子的話，綠樹堡領主之子正是死在他手中。不過諾比尼並不曉得對方犯了什麼錯，因為所有來到聖殿的買主都是透過主教們接觸，主教絕不會洩漏任何買主資料，因此被殺者的親屬即便想報仇也無從下手。

「那裡的冬麥是帶狼狹地品質最好的，運到莫庫爾地區的利潤足足有一倍耶。要是他們打起仗，我們的生意怎麼做？」禿子的夥伴擔心的是貿易因戰火中斷。

諾比尼注意紀亞的表情，他小巧的臉龐也專注盯著兩名商人大談闊論，不時隨著他們的語調頷首。。

駛離厚重的烏雲後，晴朗的陽光映入船艙，諾比尼醒來時幾乎所有人都還因前一晚的啤酒宴會而酣睡。諾比尼與紀亞睡在票價最貴的單人艙，費用由紀亞支付。

他參觀過紀亞的房間一次，整潔而紀律，如他的性格一絲不苟。紀亞的作息簡直能比擬深居箴言巷的撒冷教士，完全能看出米烈迪爾王國對貴族子弟的嚴格要求。

諾比尼在前面的甲板找到紀亞，船上技師似乎整晚沒睡，參加完啤酒宴後一直在保養船隻。

「早，教士先生。」技師張口是嘴裡滿是酒味。

「早。」諾比尼裝模作樣的學著撒冷教士的手勢，他用教士的身分上船，以免惹來猜忌。

技師吹著口哨離開後，紀亞爽朗的問候道：「諾比尼教士，你愈來愈有模有樣了。」

「小子，我跟撒冷一向不對盤。」或許是因為他們不噬血。

「如你說言，天氣放晴了，呼吸著新鮮空氣鍛鍊身體實在太美好了。」紀亞張開雙臂，像要擁抱微薄散落的晨光。

「說起來，我也好久沒有進行鍛鍊，」諾比尼看著雙手，「如果生疏就麻煩了。」若不隨時保持最佳狀態，遇上雷茲或其他追殺者會相當辛苦。

紀亞突然伸出拳頭，鈷藍色的汪汪大眼盯著諾比尼，「既然如此，由我陪諾比尼先生對練如何？」

紀亞蹬腳過來，就像一頭飛快的羚羊，諾比尼捉住他的腳，把他輕輕摔在地上。

「唉唷。」紀亞叫了一聲，隨即後滾翻起身，他的馬尾散開，披落成柔順的栗色長髮。「諾比尼先生，你在偷笑嗎？」

「嗯？這個情況我應該笑嗎？」

「也不是這個意思，反正你不准笑我。」

「好啊，若我知道怎麼笑的話。」諾比尼趴在欄杆上，看著如紀亞頭髮柔順的海面。

「咦，就像我現在這樣啊。」紀亞一邊綰馬尾，一邊咧開嘴角，連潔白的牙齒都清清楚楚。「諾比尼先生是因為詛咒的關係，連怎麼笑都忘了嗎？不過很難想像諾比尼先生開口大笑的模樣呢。」

雖然紀亞沒看過諾比尼的真面目，但想必不會是讓人喜歡的樣子。

天空遠方突然出現一圈紅點，以非常快的速度向小海鷗號靠近，諾比尼注意到那個紅點，很快紅點變成一頭半艘船大的赤色大鳥，牠有三對火紅的大羽翼，張開時像是一團火球，屁股後還拖著五條長長的紅尾翼，彷彿拖著熾熱的火焰。

諾比尼戒備道：「這頭大鳥想做什麼。」

「牠叫銳特耳，是船隻的守護神。」紀亞指著在天上盤旋的大鳥。

「守護神？但願如此。」

「先生，這位小姑娘說的沒錯。」一道輕柔的嗓音從背後響起。

諾比尼卻沒發現背後有人，他顧著與紀亞說話，完全放鬆了警戒，若來者是雷茲，他的背恐怕早被刺上一劍。

冒然插入話題的是一名金色短髮青年，他清嶙的臉龐像是刻意餓了好幾天，諾比尼轉過身的眼神讓他嚇了一跳。

「抱歉，我做了讓你不開心的事嗎？」那個瘦如竹竿的青年說。

「不，不過你倒是讓他不高興。」

紀亞指著他說：「你太沒禮貌了，怎麼可以說我是小姑娘？」但他站在魁梧的諾比尼身旁確實顯得非常嬌小。

「容我奉上最高的歉意，方才見到你的背影，便想一定是個姑娘。事物果然不能只靠眼睛來看清本質。」說話文謅謅的青年說：「我叫比厄婁，是來自千眼鎮的研究生。因為這位先生似乎不相信銳特耳是船隻守護神，才忍不住開口。沿海地區一直有銳特耳拯救落難者的傳聞，立陶港還立有銳特耳的神廟，莫庫爾地區也有關於銳特耳的傳說。但說句會得罪人的話，『神』一詞似乎不大恰當，銳特耳守護過往船隻的安全，其實是將船隻跟人當作障礙物，牠們認為這些東西會阻礙獵食。我專門研究銳特耳這類大型生物，會搭上這艘船是為了研究龍骨島上的龍。」

比厄婁叨叨絮絮解釋了一堆，諾比尼卻不感興趣。

「龍？那座島上有龍嗎？」紀亞倒聽得很入迷。

「龍骨島傳說是上古龍死後硬化而成，當地還留了幾顆類似龍蛋的物品，上古龍孵化要上千年的時間，可惜我沒有永恆的壽命來勘驗那到底是不是龍蛋。假如成為神的話，就能知道一切未解的事情呢。」比厄婁笑道。

當比厄婁察覺諾比尼身上的撒冷教士裝扮，便問：「若我的言論有所冒犯，還請你多多包涵。畢竟神一類的東西，在千眼鎮以外的世界還是很通行。」

「如果我覺得不舒服，會把你丟到海裡。」

「那我就放心了。你不是教士。」比厄婁莞爾道。

撇開瘦弱的身材不提，比厄婁是個不折不扣的英俊男子，他的左手食指戴著一枚鐵色戒指。這枚鐵色戒指是給頒發千眼鎮學會認證的研究生，意旨『如鐵堅信真理』，除此外還有許多顏色的千眼戒，代表威望和各領域的貢獻。

「你也有一個千眼戒。」紀亞說。

「也有？你還有看過誰戴嗎？」這引起比厄婁的好奇。

「傑奧爾夫教授，他戴了五個千眼戒，只是有不同顏色，除了鐵色的，還有赭色跟青色。」

「哦，傑奧爾夫教授很厲害，在千眼鎮是非常德高望重的人物。聽聞他到米烈迪爾王國的學院任教去了，有機會真想跟他見面。」比厄婁打量著紀亞，「如此說來，你是傑奧爾夫教授的學生？」

「某方面算是吧，教授指導我關於土地的變化，我認為那對我而言很有用。」

「呵呵，難道你是土地稅務官的兒子。不過能見到傑奧爾夫教授的學生，真是一件讓人愉悅的事呢，你可要在他身邊好好學習。」比厄婁突然以學長的口吻說。

「比厄婁先生，你似乎懂很多事情，我能問你一個問題嗎？」

「如果有我能為你解答的問題，我一定努力為之。」

「關於詛咒，你知道多少？我知道千眼鎮不論神，所以這個問題我——」紀亞偷瞄了諾比尼一眼。

比厄婁揮揮手，笑道：「如果哪天能檢驗到神的存在，我們肯定會比世上所有宗教的信徒都還虔誠。《無法言語的秘術》裡對詛咒的解釋，以類似原始巫術的方式，透過任何媒介轉嫁仇恨或執念到某個對象身上。受詛咒的方式很多種，大多像是病症，這些醫師無法解決的病症會由巫師一類的人處理，千眼鎮最新的關於詛咒的看法，認為這是某種心理制約產生的想像。詛咒造成的心理變化的程度頗大，實在難一言蔽之。我想，這方面還得請教研究跟神祕學有關的巫師，也許能從他們的經驗法則得到更多論證。」

「說到底，你們解不開詛咒的問題。」諾比尼說。

「這領域確實非我所長，如果是銳特耳的問題，我可以清楚告訴你們牠的棲息地與習性。」比厄婁毫不介意的承認。

銳特耳飛了好幾圈後，向北方的天空飛去。

小海鷗號的速度漸緩，船長敲響警鐘，宣布道：「立陶港的海關人員上來查稅了，照慣例大家保持配合，很快就會結束。」

「查稅？在這裡？」諾比尼問。

「因為每日進出立陶港的吞吐量龐大，他們便在鄰近島嶼設立海關先行查貨物並繳稅，如此能加快進港效率。歌米蘇也是這麼做。」比厄婁解釋道。

一艘中型道蒙船悄悄接近小海鷗號，它在小海鷗號旁宛如小孩。船上有二十多人，有一半的人穿著盔甲。

「那艘船的前頭有個口，專門傾倒燒夷劑，附近海域的海賊只要看到掛著立陶港旗幟的道蒙船泰半會落荒而逃。照他們話說，那是神詛咒的物質。」比厄婁說。

海關人員登上小海鷗號，帶頭的人員喊道：「請各位配合檢查，都是老規矩了，我不希望有人不誠實。長袍一類的衣物都得脫掉，不准有人包緊緊的，誰敢走私我就把他綁在道蒙火口，扔在海上燒死。」

「少來了，卡斯騰斯，你哪次不是這樣唬人。結果上次那群麥登人把罌粟塞在屁眼，你不也讓他們安全上岸。」船長站在船長室外大笑道。

「我才同情吃了雜有屎味的白痴癮君子，不過那群麥登狗東西早被判處絞刑，你若願意的話可以到處刑者公墓去看看他們的慘狀。好啦，老實點，否則連屁眼都檢查。」

諾比尼冷眼看著那群海關，若是他脫掉灰袍跟面巾，詛咒的事馬上就會被發現。這裡是海上，他想跑也無路可去，除非要一口氣游到立陶港。

諾比尼的裝扮太過明顯，卡斯騰斯指著他，「教士先生，請把你熱死人的袍子脫掉，配合點，很快就好了。」

「海關先生，他無法脫掉袍子，今天是為神緘默的日子，所以請原諒他一語不發。」紀亞求情道。

「只是不能說話，難道是不能聽人說話嗎？脫袍子又不必動嘴，快，省得我幫他動手。我不是莫庫爾人，對撒冷教士沒太多耐心。」卡斯騰斯不耐煩地說。

紀亞摸著佩劍，只要亮出駿馬與征袍的徽號，立陶港的海關斷不敢對米烈迪爾王國失禮。道蒙戰船的燒夷劑雖然厲害，但米烈迪爾王國的攻城隊能把整個立陶港拆到一板不留。

卡斯騰斯又催道：「教士先生，難道你喜歡撅起屁股，讓人檢查屁眼？」

「先生，你的話語實在太粗魯了，這位教士先生是我的朋友，不如你先檢查我吧。」比厄婁亮出千眼戒，嘴角高傲的笑。

「千眼鎮的人……哼，教士先生，立陶港的天氣很熱，你可別中暑了。其他人去檢查商品。動作快！」卡斯騰斯放棄檢查諾比尼的念頭，進入船艙一一查驗。惹上千眼鎮的人，就是有十桶燒夷劑都沒用。

「不必謝我了，先生。」比厄婁說。

「我沒打算道謝，我身邊還有更厲害的武器。不過不讓他出鞘也好，入港前能少一事是一事。」

「哦，看來是我小覷了土地稅務人，」比厄婁對紀亞笑道。「上岸後我會去沼澤區調查坤庫，聽說這些綠色大鵝忽然數量銳減，這可不是什麼好消息。」

比厄婁又說起坤庫的特色與習性，紀亞聽得津津有味，但諾比尼完全沒聽進去。

※

海關檢查完，又經過近一天的航行，次日清晨小海鷗號順利抵達立陶港。立陶港是不毛多山的喀斯特地形，紅頂白牆的平房沿山盤繞，不像新興的歌米蘇高樓聳立。

「很高興認識你們，這趟旅程比我想像的還愉快。」

「比厄婁先生，謝謝你告訴我這麼多事情。」紀亞昨日聽得太入迷，還讓比厄婁連夜說故事給他聽。

「哈哈哈，有好學的學生想聽，我當然義不容辭。我沒說錯吧，諾比尼先生？」

「別把我牽扯下去。」諾比尼也被紀亞強迫拉去聽講，因此腦袋塞了一堆不需要的資訊。

「我覺得我們還會見面的，雖然不知道為什麼，但有時候直覺比科學還理性。」比厄婁揹起行囊，迎接他的人已架著豪華馬車在遠處等候。他揮手道：「後會有期，諾比尼先生，紀亞小姐。喔，是紀亞先生。」

「混蛋。」紀亞朝著比厄婁的背影喊道。

「從立陶港到米烈迪爾需要多久路程？」

「快的話，六、七天，慢的話，可以繞個一年。」紀亞慧黠地笑，但他隨即辯解道：「我並不是不想回去，只是想知道奧錫萊斯大陸還有哪些需要住意的地方，我半年前從米烈迪爾出發，一直在南方遊歷，後來聽到圖拉真大師的消息，我才搭船到歌米蘇。」

「小子，你不用跟我解釋這麼多，我說過了，一切隨你。」

「我不能因為我的任性而延誤諾比尼先生解咒的時間，那個詛咒很痛苦吧，我希望你能快點好起來。」紀亞真摯地說。

「我們到那間酒吧裡聊，小海鷗號上的啤酒都是酸水，這裡應該有鮮釀的啤酒。」

「鮮啤肯定有的，而且米恩特半島的葡萄酒品質堪稱一絕。米恩特半島的烏法出產的葡萄酒被稱為『神淚』，父親只有招待重要客人時才肯拿出來，我也只喝過幾次呢。」

「聽起來很有意思。」

兩人走向立在突出岩岸上的黑石酒吧，突然一陣驚呼吸引了他們的目光。他們往港口看去，一艘吃水極深的大型商船停泊在外海，它的大風帆如銳特耳的翅膀傲視其他商船，十餘丈高的船身上有著三層建築，通身漆著赭色的防水漆。
那艘船風格迥異，船頭放置著金碧輝煌的威嚴龍頭，船上的人也是未曾見過的裝扮。它像一座移動的小鎮，靜靜停駛在海面。
「真龍國的船，我也是第一次見到，比傳聞的還要巍峨。」紀亞驚呼道。
「唯一能穿越無盡之洋的大寶船。」諾比尼也是頭次見到。
當地人似乎已經很習慣看到大寶船，所有商行立刻圍到那些東方商人身旁。
「真龍人會帶來很奇妙的東西，像是輕如羽毛，漂亮如畫的衣服，大家都很喜歡那些東西，不過父親說真龍人的物品奢華無比，容易讓人玩物喪志。」
突然有個人猛然撞到諾比尼身上，那個跌得踉蹌的男人穿著光亮的甲冑，摸著光溜溜的後腦勺。
「不長眼的混蛋。」光頭男子怒道。
「先生，你撞到人應該說聲抱歉吧。」
「臭小鬼，敢跟大爺說教，你不要命了？」光頭男子怒氣沖沖地走向紀亞。
紀亞正要拔出劍教這名身板結實的男子禮貌，諾比尼捉住他的胳膊說：「你跟神祈禱了嗎。」
「滾開，否則我連教士都打──」光頭男子卻動彈不得。
諾比尼掐住他的脖子，輕易的將他高舉過肩，甩到一旁去。裡面又衝出好幾個同樣穿戴甲冑的男子，他們看著被拋到一旁的夥伴，詫異看著諾比尼。
「我們好歹也是有名的傭兵團耶，一天竟然吃了兩次虧。太丟人了。」其中一人忍不住說。

「這傢伙比裡面那個還可怕，快走吧，免得真的被他們殺了。」光頭男子慌忙站起來，不斷逃避諾比尼的眼神。

熟悉的聲音從酒吧內部傳來，「喂，那幾個自恃甚高的傭兵呢，我們的事情還沒處理完耶。」

「傑先生?你不是在歌米蘇嗎？」紀亞瞠目看著戴著棕色高帽的傑特米特。

「啊，你們終於來啦，在那裡太無聊了，想說跟著諾比尼應該會發生很多有趣的事。不過我搭的船好像比你們還早到，所以就在這裡等候，順便處理一些混蛋打發時間。」

「既然如此，你幹嘛不一開始就跟我們行動。」

「再怎麼說我也是巫師，總想要給別人一點驚喜。喂，你們幾個想跑去哪裡?剛才聽你們說得很厲害，怎麼全跑了?」傑德米特手聚火光，作勢要發出。

那些傭兵見狀，逃得更加起勁。

「真是的，難得的樂子全沒了。對了，諾比尼，這裡的啤酒很好喝唷，來一點吧。」

「巫師都是像你這樣亂來的傢伙嗎？」諾比尼在莫庫爾見到的解咒師與巫師大多道貌岸然，即使有態度較為輕鬆的，也沒有傑德米特這般隨性。

「我跟那些人不一樣，沒有無趣的名聲要顧，但也因為這樣時常接不到工作。先喝啤酒再說，老闆，再給我兩大杯。」傑德米特向吧檯的駝背老人比出兩根手指頭。

三人分別坐在吧檯前，啤酒很快就送上來，諾比尼問：「有葡萄酒嗎?」

「很遺憾，先生，已經沒有了。」

「我沒關係的，請給我一杯無花果茶。」

「原來紀亞不喝啤酒啊，其實我正在跟史基敏聊到關於葡萄酒的事情。誰知道那幾個小痞子過來挑釁，說我說話太吵了，本來是想悠閒等你們來，沒想到還是出手了，真是損害我的優雅教養。」傑德米特靠著椅背，壓低高帽子。

「事實上這一個月來我店內都無法銷售葡萄酒。」老闆史基敏嘆道。

「米恩特半島不是盛產葡萄嗎，怎麼會沒有葡萄酒，難道是收成不好？但這幾個月天氣都很正常啊。」紀亞問。

「收成的確不錯，問題在於無法採收。烏法附近的葡萄農說，那裡發生了一些問題，但問了也問不出答案，這附近的酒吧只能賣存貨。如果農民再不送葡萄來，不出一個月整個立陶港連一滴葡萄酒都找不到。」

「所以囉，」傑德米特替老闆補充道：「我擅自替我們接下這個任務，探查烏法的情況。」

「我們？」諾比尼疑惑地看著他。

「這可是很有意義的事情，而且還有不低的酬金喔。成天當語言藝術家也挺無聊，或者該說開市不順吧。總之，紀亞，你認為呢？沒有葡萄酒的話，這些人民的生活會很辛苦的，你應該會想幫忙吧？」傑德米特先詢問急公好義的紀亞。

「嗯，如果是為了解決當地人民的問題，我願意接受。」他的反應完全在傑德米特掌握之中。

「我可不是賞金獵人。」

「諾比尼先生，我們應該對有困難的人民挺身而出，你一定也想幫助這些可憐的人們吧。」紀亞擺出他的正義精神。

諾比尼忖，紀亞如果握有一塊領地，一定是備受愛戴的領主。儘管米恩特半島與米烈迪爾王國一點關聯也沒有，紀亞仍想替當地人解決煩惱。

「好吧，我說過全你聽指揮。」諾比尼只好做最擅長的事，聽從命令。

「如果你們願意去的話，真是再好不過，我立刻找一張地圖給你們。不光是品質最好的烏法，法爵、瑞曲康斯賽等地連一顆葡萄都沒送來。」史基敏很開心有人去幫忙探勘，他免費送上兩大杯啤酒，但隨之就斂起笑容說：「不過，唉，我實在不想瞞著你們。其實之前也有像你們這些接任務的賞金獵人，可是他們後來都音訊全無，也許是逃跑，或者是……對不起，或者他們都被葡萄農無法說明的原因給殺害。」

「難怪酬金這麼高，果然是值得冒險的任務。我們會回來拿酬金的，到時你可要讓我們喝你儲藏的『神淚』唷。」

「被你發現了啊。」史基敏尷尬笑道。

諾比尼沉默啜飲啤酒，盯著黑石酒吧裡陽光照不到的角落。

※

進入葡萄產區的路相當狹小崎嶇，當地人是用特製的獨輪車把葡萄一車車運到港口。明亮的天空照映灰暗的岩石地，但人車繁忙的季節卻空蕩無人，只有一旁稀疏的綠草地上三三兩兩的牧羊人。

牧羊人躺在地上哼著當地語言的小曲，濃稠黏糊的語調像是有話說不清，傑德米特也跟著他們一起和聲。

「你會唱他們的歌？」紀亞驚訝地問。

「這裡的人很常唱哪，有一陣子我遊走米恩特半島，久了也會跟著哼幾句。你的表情好像在說『怎麼可能，這個只會騙人的騙子。』收起你失禮的嘴臉，小少爺。」

「太安靜了，連風都不敢出聲。」諾比尼嗅著乾燥的空氣。

「照史基敏的說法，夏季是這裡最忙的時節，現在卻安靜的像下雪的北國，這裡的百姓大多靠葡萄為生，不將葡萄運到港口簡直是拿生計開玩笑。除非有什麼威脅到生命的事在這裡上演，讓他們連呼聲也不敢開口。」傑特米特說。

山路像是直接攤在太陽底下，路上只有少數遮蔭處，供應葡萄運輸隊的茶水站也因為無人運作而荒廢，就像自然而然依附在荒蕪的岩壁旁。

來到山頂時，眺望下去的景象卻與一路上的荒涼不同，碧綠的田野緊貼較緩的山勢，沁涼的瀑布切開山谷，成為當地人的生命泉源。瀑布折衝到下游，流經之處便是安寧的葡萄園，屋舍沿著河岸兩邊搭建，這地方彷彿是被故意隱藏的世外桃源。

傑德米特比照著史基敏給的地圖，「那裡是烏法，如果照這條路走，會先經過瑞曲康斯賽。」他指向一條逐漸向下的緩坡，從那裡會直接經過瀑布上游。

沿著緩坡往下走，路面變得平實，側邊有夯實路面的痕跡。

貧瘠的地面在這裡冒出扶疏的月桂林，形成岔路岔出兩條石徑小路，路面卻無指示進入瑞曲康斯賽的路標。傑德米特拿下帽子搧風，思忖道：「兩條路看起來一模一樣，不如用擲骰子的方式決定。」他從衣服裡拿出兩顆木製骰子。

「巫師會隨身攜帶骰子嗎？」紀亞問。

「人生總會遇到自己無法解決的事，這時候倚靠外力是非常重要的事。骰到大的話，就走左邊，小就右邊，如何？」

「如果走錯路，恐怕要待在樹林裡過夜。天色不早了，再兩個小時就會天黑，從山上看見的位置判斷，跨越上層瀑布走到瑞曲康斯賽起碼要兩小時。」諾比尼說。

「果然該明天一早出發的，沒料到會有岔路的情形，不過人生本來就一場賭博，賭錯了也就認命啦。幸運的話說不定能獵一頭山豬，現烤山豬可是非常美味的喔。」傑德米特樂觀的說。對他而言走錯路也無所謂。

紀亞不認為這裡獵得到山豬。但他富饒興趣地說：「野宿也是挺有趣的事情，野地行軍的時候父親總不肯讓我跟去。」

這說明紀亞的父親並不希望他參與軍國大事，或該說無意培養紀亞為接班人。諾比尼認為紀亞的父親是對的，以紀亞的性格很難在爾虞我詐的貴族世界生存。

紀亞跟傑德米特一拍即合，像是打定主意出來遊玩，諾比尼也只好任他們去。

林子裡突然發出一陣嚎叫，諾比尼聽見慌亂且急促的腳步聲朝他們衝來。

「真的有山豬啊？」傑德米特喜出望外，準備詠唱火魔法現烤山豬。

諾比尼聞到一股躁動的獸息，那是渴望血腥的怒號，他向紀亞喊道：「快讓開！」

寒光從森林投射出來，紀亞拔腿要跑，一頭花斑黑齒虎猛然撞飛他，黑齒虎揚著黑色獠牙往紀亞倒下的地方衝過去。傑德米特發出一道攻擊的光波，但打在黑齒虎的厚皮身上不痛不癢。牠瞪著傑德米特，甩甩頭又朝紀亞撲過去，諾比尼擋在紀亞面前，雙手握住黑齒虎的大獠牙，發出如猛獸般的怒吼。

黑齒虎的力量與獸人不相上下，論起野性黑齒虎亦不遑多讓。假如比厄婁看見稀少的黑齒虎，肯定會興奮地拿出墨水筆與羊皮紙，沙沙地繪下草圖。

「傑先生，快幫忙啊！」紀亞抽劍衝上前喊道。

黑齒虎用尾巴甩開紀亞，諾比尼趁機扭住黑齒虎粗厚的頸子，將牠摔倒在地。傑德米特雙手聚出巨大火球，喃喃詠唱，將火球砸向諾比尼與黑齒虎。

「諾比尼先生還在那裡，你瘋了嗎？」

但火焰已熊熊包圍他們，諾比尼拚命鎖住黑齒虎，讓牠在炙熱的地獄裡掙扎。黑齒虎的叫聲淒厲如小貓，高溫火焰將美麗的花斑紋燒成一片焦黑，烤肉的氣味撲鼻而來。與此同時，諾比尼的灰袍子也被烈焰吞噬。

「傑先生，我們快去找水澆熄，快啊，諾比尼先生會被燒死的。」紀亞的聲音提高了八度，慌張地扯著傑德米特的衣角。

「巫火只能用巫水澆熄。」傑德米特不慌不忙詠唱水咒，灑下水花澆熄那團火球。

濃煙竄升，諾比尼身體還冒著焦煙，他的袍子全被火給燒盡，只剩一條底褲。爬著扭曲黑紋的身體映在他們眼前，以及頭上三條怵目驚心的長條黑疤。

「再慢一點，你就成為裸體人了。」傑德米特打趣道。他向紀亞說：「你忘了他身上的詛咒是最強的盔甲嗎？」

「然後我會殺掉你。」

諾比尼本以為又會渾身發痛，詛咒卻隔絕了巫火大部分傷害。

「諾比尼先生，你的臉色很難看？沒事吧。都是你啦，傑先生，放這麼大的火幹什麼。」紀亞指責道。

「你那身力量，嘖嘖，竟然能完全鎖住黑齒虎的行動，我想你的真目應該是獸人之類的生物。」

從黑齒虎冒出來的地方又多了兩個打赤膊的中年男子，他們手持竹槍，訝異地看著燒成炭的黑齒虎。

「得來不費功夫，剛好出現兩名現成的嚮導。」

那兩個人嘰嘰喳喳，語氣驚惶，比手畫腳像在討論諾比尼他們。紀亞說：「那是潘達內陸的土話，我還聽得懂一點，我問看看他們會不會說通用語。」

紀亞走向焦慮的兩人，三人用土語溝通，那兩人頷首，其中個子比較高的男子走到黑齒虎的屍體旁說：

「敬美麗的耳忒彌，希望妳的怒氣息怒，因為我們殺害了妳摯愛的兒子。」

他說完禱告詞，向三人鞠躬道：「三位英勇的先生，我叫哈南士，這是我弟弟喬治，我們住在瑞曲康斯賽，感謝你們救了我們，但這個行為卻觸怒受我們崇敬的女神，她保佑我們的葡萄園生生不息，我們卻殺死她的兒子。」他努力用優雅的詞彙修飾彆扭的通用話。

「你是指那頭差點咬死我們的黑齒虎？」傑德米特問。

「是的，我們的救命恩人。」

「兩位，你們提到了葡萄園，也就是說你們是葡萄農。」

「本來是的，現在卻要像獵人一樣上山採集、狩獵。」哈南士露出哀戚的臉色，他跟喬治手上除了竹槍什麼收穫也沒有。「如你們所見，耕耘的手不會使槍，這片樹林已沒有足夠的果漿供我們果腹。」

「你們的葡萄園呢？立陶港的商家們都等著釀葡萄酒，你們卻在這裡思索如何上山打獵，為免太莫名奇妙了。」紀亞問。

「這跟你們沒什麼關係，請別多問了，否則會跟那些人一樣……」喬治憂傷地說。

「你是指那些來替你們排憂解難的賞金獵人？」傑德米特瞇起眼，他看見喬治眼底的恐懼。

「隨便什麼都好，只希望你們不要插手，拜託──」

「別說了，喬治。三位好心人，我們只是希望你們別受傷。」

「你們是透過葡萄收成來繳稅給這片土地的領主吧，如果問題一直不解決，麻煩可能會愈來愈多。面對收不到稅金的領主，你們認為能搪塞過去嗎？」

「那是另外一回事，反正我們隨時都會死。」喬治說。

「是的，人終究難免一死，但我會讓你們快樂的老死。說了這麼多，是否能帶我們到你家歇息，有葡萄酒喝就再好不過了。」傑德米特搭著兩人的肩。

「會死喔，如果你們死的話，不要跟耳忒彌女神告狀。」喬治微微握拳，身體顫抖，反覆說道：「不是我們的錯，不是我們的錯。」

「現在回去的話，走到一半就天黑了吧，三位先到我們家來歇息，明天再離開也不遲。」哈南士雖不想他們進入瑞曲康斯賽，但還是不忍他們在森林過夜。

「是騎士大人——對不起，原諒卑賤的僕人沒看見您——」喬治這時才發現站在後面悶不吭聲的諾比尼，他嚇得跪地求饒。

「對不起，我弟弟他有生病了，你不要見怪。喬治，快起來，那位是恩人先生，他只是臉上有些燒傷。一定是燒死黑齒虎留下的傷疤，恩人先生，我們該如何感激您。」哈南士將喬治拉起來，向他解釋諾比尼不是壞人，但哈南士自己也不敢直視諾比尼。

「借我一件能蓋住身體的袍子。」

「沒問題，請三位恩人跟我們來吧。」

傑德米特與諾比尼交換眼神，皆認為這件事遠比他們想的複雜。在哈南士帶路下，很快的走過在山頂上看見的瀑布，來到綠藤蔓延的瑞曲康斯賽。農民在葡萄園裡辛勤工作，葡萄也攀著支架長出纍纍果實，一旁的獨輪推車上疊滿剛熟成的綠葡萄。

這片景象不像是無法供給立陶港，只是這些農民都太安靜了，彷彿被某種制約限制，必須保持沉默，偶爾有探頭發現諾比尼的人，都呈現驚慌的反應，直到諾比尼遠離視線許久，他們才心有餘悸的走回去工作。

「瑞曲康斯賽一直都是這樣嗎？」

「本來不是的，不過現在所有地方都一樣了。請別東張西望，大家很害怕陌生人的眼神。」哈南士說。

瑞曲康斯賽人居住在土牆茅舍，外邊還圍了一圈籬笆，村子的另一邊卻荒廢了，只有雜草與殘存的地基。這是被攻擊過的景象，而且不是猛獸所為，黑齒虎不會特意拆毀房舍。

喬治步履蹣跚的走進家中，拿出魚簍踱到河邊，山裡落了空，他改到河邊碰運氣。不只喬治，其他的農民也紛紛拿出魚簍到河邊。

「這裡發生過戰爭嗎？」傑德米特問。

「米恩特半島上的國王簽定貿易協定後，已經二十多年沒有戰火，而且發生戰爭的話，港口的人怎會不清楚。再說了，也該是富饒的立陶港先受到波擊。」紀亞說。

「說的也是，但做到這種威嚇的程度，不是戰爭的話……」傑德米特側頭問哈南士：「在我們之前還有很多賞金獵人——就是那些想幫你們解決問題的人來這裡吧？」

「不瞞您說，是的。」哈南士看起來很慌張。

「他們人呢？」

「唉，不知道，也許死了。三位恩人，我就直說了吧，那些信誓旦旦的人確實來過瑞曲康斯賽，但他們去了法爵後就再也沒有音訊，我們也不敢去法爵打聽。所以，三位尊貴的恩人，請你們享用完麵包後，舒適的睡上一覺，然後打消念頭回到立陶港。」哈南士的語氣近乎是央求。

「我們會回到立陶港，只是要先等這裡的事情結束。請放心，我以王國的尊嚴發誓。」哈南士與喬治悲觀、懦弱的語調激起紀亞愛民如子的信念，他舉起劍，用騎士的方式許下承諾。

「如果你們執意的話，我不會勉強。只是今晚『那些人』會出現，請你們不要破壞村子的安寧，求求你們。」哈南士只差沒有跪在地上求情。他提到「那些人」時恐懼已渲染全身，他不敢多提，彷彿只要多說一個字，那份恐懼會活活吞掉他。

「我先進去告訴我的母親，請你們稍等，不過切記不要搭訕村人。」

哈南士進屋後，傑德米特說：「簡直像是耳忒彌女神的安排，這麼快就能見到幕後影子。」

紀亞的劍還沒收回劍鞘，憤怒地說：「我一定用這把劍教訓他們。」他發現諾比尼只是很冷靜地盯著圍籬上的寄生植物，他收起佩劍，故作莊重道：「喬治先生剛剛提到了『騎士』吧，雖然說半島上的國王不會輕啟戰端，但他底下的人可能會陽奉陰違，也許是某個歉收的領主率領騎士來搶奪葡萄園？」

傑德米特捻著下顎的短鬚，「騎士不一定是只拿著大長槍，光鮮亮麗騎在駿馬上的貴族。而且你說過啦，米恩特半島有貿易協定，那些貴族如果作亂，上面的王不可能坐視不管。」

「騎士不是騎士，會是什麼？」

「山賊。」諾比尼開口道，「有些勢力龐大的山賊團會自稱騎士。」

「確實有這麼一回事，他們打劫領主的庫房，搶些華麗的衣服，像小丑一樣活蹦亂跳。我曾經在莫庫爾處理過一些自稱騎士的山賊團，那個地方太和平了，幾隻小貓咪就自以為是獅子。」傑德米特說。

「如果是山賊的話，這些農民不致於會如此害怕。畢竟領主有保護人民的義務，他們大可以報告國王。」

「或許不是普通的山賊，是跟鬼一樣的鬼魅，你注意到他們只敢說『那些人』，他們都直呼神的名諱了，卻不敢稱呼山賊。」傑德米特分析道。

紀亞還想爭辯，他認為山賊絕不敢如此明目張膽，除非這個國家的國王是一灘爛泥。哈南士拿著一件灰袍子出來，他說：「很抱歉，先生，這件袍子可能會有些不合身。」

諾比尼套上袍子，果然只能套到膝上，但已經無法要求更多了。

「先生，您的臉沒事吧，似乎燒傷的很嚴重。」哈南士問。

「再給我一條面巾就行了。」他慶幸哈南士沒宣揚有個身染詛咒的人在村子出沒。

「我會努力找出東西給您，現在請進來吧，我已經知會我的母親。旁邊的倉庫是空的，很乾淨，因為沒有儲放東西的必要……總之，請你們盡情的休息。還有，請別忘了我們的約定，夜裡千萬別打擾——」哈南士嚥著口水，不敢再往下說。

傑德米特拍他的肩膀，狡詐地笑道：「放心，我們會乖乖看著『那些人』。」

諾比尼他們到瑞曲康斯賽已是黃昏時刻，很快天已完全暗下來，烏雲蓋住星芒，黑暗裡只聽得見淙淙水聲。各戶烤麵包的炊煙飄入寂靜的夜空，桌上一盤野菜與燉魚湯，只等香噴噴的烤麵包出爐。

房屋的通風良好，捕捉了夏夜的涼風，但餐桌上卻一陣死寂。哈南士的母親憂容滿面低頭默默捏著麵包，她發現諾比尼的視線，便強逞笑容道：「請儘量吃，你們是我兒子的恩人，我不能讓你們餓著。」

哈南士的母親見到諾比尼時也是驚慌失措，但哈南士說明那是燒傷而非詛咒。

「女士，感謝您烹調美味的晚餐，這麼棒的佳餚如果有葡萄酒作陪就更好了。」傑德米特用餐巾擦嘴，觀察他們的表情。

「的確是很好的搭配，可是我們現在什麼都沒有。客人，我兒子的恩人們，這裡的事情你們無法幫上忙，為了你們好，請當個聾子啞巴直到天明。」哈南士的母親通用說說得並不好，但她極力想表達善意。

用餐後沒多久，哈南士一家人坐在屋內發愣，房舍外堆著一籃一籃的葡萄。諾比尼他們坐在穀倉裡，從縫隙窺視籬笆外的動作。整個村子像是陷入昏迷，半點聲息也聽不見，但焦躁不安的情緒隨著搖曳的燈火流洩全村。

紀亞用絨布擦拭劍身，讓米烈迪爾王國的徽號保持明亮。

「諾比尼先生，外面有動靜。」

「是嗎？」諾比尼竟想到發神，他往外看去，聽見了馬蹄踏步聲。有人持著火把下馬，那些人指揮村人把葡萄裝載好，運到馬背上。火光照亮了那些人的臉，他們蒙著面，身材結實但不高，看上去只是普通的山賊團。

「是旗號，真的以為自己是騎士團了。」傑德米特嘲諷道。那些山賊手持飄揚的旗幟，學著騎士貴族的派頭，他們徽號是一個持斧頭的壯士，像是個野蠻善戰的部落戰士，或是矮人。

「聽說矮人很喜歡喝酒，這些人該不會——」

傑德米特打斷紀亞的猜測：「矮人比他們矮很多，也更加強壯，而且他們不騎高頭大馬，更討厭妄自尊大的貴族。」

最後一句話惹怒了紀亞，但紀亞只哼了一聲帶過。

搬運過程除了那些山賊呼叫，村民們一言不發，只希望快送走瘟神。

「他們在強奪葡萄農的辛苦結晶，我要去制止他們。」紀亞說。

「小少爺，別忘了對哈南士的承諾，你要學著沉著應對，我們必須先知道敵人的底細，知彼知己，百戰百勝。」傑德米特拉住紀亞的手臂，但紀亞甩開他。

突然一名山賊捉住哈南士，對著他大聲咆哮，接著把哈南士攆到一旁。那些山賊鼓譟起來，指著諾比尼他們藏身的倉庫。

哈南士跪在地上搖頭否認，顯然山賊不相信，他們像獵犬一樣嗅到不善的氣息。

「他們鼻子真靈，或者說是你的殺氣太重？」傑德米特看著諾比尼。

「如果只需要殺死他們，那麼這件事就簡單多了。」

紀亞這時表現沉著，他壓著嗓音說：「諾比尼先生，他們不是在看我們。」山賊從他們看不見死角拖出一名劍士，劍士被重重毆打，幾乎失去意識。山賊扯著哈南士的衣領，像是要啃掉他的臉，哈南士被揍了一拳，那山賊才肯罷手，轉去處理劍士。

「是賞金獵人，看來不只我們來狩獵，這下更有意思了。」傑德米特靠在縫隙邊，莞爾道：「這個夜晚還會很長。小少爺，我勸你閉上眼睛。」

第三章　詛咒

那幕處決的畫面紀亞正好沒看見，不然他肯定會衝出倉庫，成為山賊的焦點。那名賞金劍士驚愕的表情深深烙在諾比尼眼中，那是尚未覺悟而死去的眼神，被暗殺者多半是帶著這份驚惶躺在血泊中。

「之前那些賞金獵人大概都被這樣處理掉了，怪不得沒有人回來。但是有膽量賺賞金的人大部分都不是膿包，看來米恩特半島的山賊不太尋常。也許他們是戰敗而失去領主的騎士，這些人擅長格鬥，也不乏懂的用巫術的人，這樣的組合幾乎能當作一支小規模的正規軍，怪不得那些賞金獵人只有送死的份。」傑德米特說。

「別說了，請停止這個話題，捨棄榮譽的人不配稱為騎士。他們是山賊，我們要討伐那群惡人。」紀亞縮在角落，眼神比以往還要凌厲。雖然他沒目睹斬首的畫面，但倉庫外的一切像重演於他的眼前。

傑德米特的猜測讓紀亞感到不舒服，傑德米特也因此禁聲。他走到倉庫一角躺下，帽子放在一旁，沉默的他像是消匿夜色之中。

「小子，明天別去了。」諾比尼說。

「諾比尼先生，請容許我拒絕這個要求，山賊就是山賊。如果這時候退縮了，我沒有顏面回去米烈迪爾。」紀亞別過臉，人蜷曲成一彎半月，「還不確定那些人是不是戰敗的……騎士。」

「也許像你說的那樣。睡吧，夜還很漫長。」

星月無光的夜晚最適合聖士入眠，熟悉的血腥似要喚醒諾比尼麻木不仁的殺人回憶。

翌日諾比尼張開眼時天空鑲了一層薄薄的光，窸窣的腳步聲打破黎明前的寧靜，傑德米特卻還呼呼大睡。紀亞不在位置上，諾比尼走出倉庫，看見紀亞在幫忙哈南士撿拾薪材。

「您起的真早，不過小少爺幾乎天還沒亮就起來了，雖然說不需要勞煩他，但小少爺卻幫了這麼多忙，讓我感到相當惶恐。」哈南士說。

這舉動確實很符合紀亞的性格。諾比尼看了一旁的榆樹，他記得賞金劍士的頭最後是掛在樹枝上。

哈南士明白諾比尼的眼神，嘆了口氣道：「先生，昨晚的事情你們都親眼目睹了，我很感激你們想幫助我們的心情，但是，若要幾位善良的先生為我們送命，我……」他發現諾比尼的眼睛一直在看別處，便不再多說。

「諾比尼先生，再過一會就能開飯了。」紀亞拍了拍手，靠了過來。

「是的，希望你們離開這裡的最後一餐能夠心滿意足，這是我唯一能做的事。」

「哈南士先生，我們吃完後就會往那群人的巢穴出發，奪回你們辛勤的結晶。所以請不要再說悲觀的話。」

哈南士認為那只是逞強的話語，他與村人的悲觀是從許多像昨夜一樣被殘殺的賞金獵人身上累積而成。

「或是等稅吏帶著大披士兵進入瑞曲康斯賽，強迫你們從所剩無幾的家中交出稅金，還是說你們指望國王的軍隊進來替你們主持公道。」傑德米特的聲音從後方傳來，精神抖擻地向他們揮手。

「領主大人……恐怕根本聽不進去，他滿腦子只有閃亮的錢幣，以及烏法釀的美酒。他只在乎能不能上繳足夠的金錢給國王，那樣的領主──」哈南士發現自己說過頭，他趕緊正色道：「不，我只是隨便說說，我們葡萄區的人注定被困在牢籠。」

紀亞以認真的口吻說：「昨天我已經用我的劍立誓，既然立下神聖的約定，即使獻出鮮血也必須允諾。」

「您的口吻像極了騎士故事裡的貴族。」哈南士十指緊扣，瞄著三人，「可是，就算領主大人率領軍隊，恐怕也不是『那些人』的對手，他們就像從地獄爬出來的三頭惡犬。」

哈南士的恐懼已深刻骨髓，一提到昨晚的山賊，全身就止不住顫抖。他懇求道：「聽我的奉勸吧，三位可敬的先生，吃完早餐然後裝作無事離開這裡，我不願你們牽扯進來。」

「可是現在要我們走也是不可能了，這位小少爺等不及替你們伸張正義，不如再相信耳忒彌女神一次吧。」傑德米特莞爾道。

※

哈南士終於肯說出那群人的下落，他們藏身在烏法附近的木頭保壘，那座堡壘是他們強徵村民蓋成。

相較於前往瑞曲康斯賽的路上一片荒涼，葡萄區綠意盎然，據神話說是因為大地女神耳忒彌開闢一條生命河流鑿穿此地，才形成葡萄區這片樂園。當哈南士述說神話時，諾比尼卻忖比厄婁肯定會正經八百說明這裡的地貌與氣候云云。

馬蹄印整齊的出奇，簡直不像隨意散漫的山賊。這些現象讓紀亞惴惴不安，貴族淪落成山賊的事情會發生嗎？至少米烈迪爾王國不會，米烈迪爾貴族重視榮譽大於性命。

傑德米特知道紀亞忐忑的情緒，刻意將話題轉到葡萄區領主身上，「紀亞，你知道這號人物嗎？領民對他的評價似乎不是很高。」

「葡萄區跟立陶港隸屬古諾史奈王國，國王路德維希三世很注重經濟發展，他的名言是：『用黃金倒淹歌米蘇。』印象中國王還曾處罰過苛刻百姓的貴族。」

諾比尼依舊沉思，此時他只披著灰袍子，臉上並無任何掩飾。這是他半年來第一次這麼做，之前為了低調尋找解咒方法不得不如此，但此刻非常適合拿來嚇唬山賊。

他們沒有走進法爵打草驚蛇，這裡雖然遍地結滿葡萄果實，卻跟瑞曲康斯賽一樣死氣沉沉。葡萄區的聚落是沿著河流發展，他們刻意走岔路小徑，繞到烏法背後。路上偶然發現幾把生鏽的武器，刀刃上風乾的血跡讓他們憶起昨日被處決的劍士。

走出茂密的林子，艷陽重新照在頭頂，路連接到一塊凸出的山壁，能俯瞰柔順的河流在此處突然劇烈改變角度。烏法位於葡萄區低窪處，山賊的堡壘正可以將四周看得一清二楚。

諾比尼說：「路上至少有兩個哨站，我先去開路。」說完他壓低身子，消匿在石頭堆裡。

紀亞嘖嘖稱奇道：「雖然知道諾比尼先生很厲害，卻沒想到他會隱身術。」

「不，他屏住了氣息，所以看起來才會整個人不見。」傑德米特稍稍抬起高帽，前往堡壘的道路沒有太多遮蔽點，但諾比尼卻能完全消隱蹤跡。巫師的感官比常人還要靈敏，即使是隱匿氣息多少也能察覺動靜。

傑德米特此時卻沒任何感應，彷彿諾比尼憑空消失。

兩人經過一個用來標紀路程的石頭，遠遠便看見倒下的屍體。山賊的哨站只是幾棵木板蓋成休憩場所，一旁放有用來警示的響箭，不過這名守衛已經沒有機會使用了。

「沒有血。」紀亞驚訝地瞧著那張驚慌的臉孔。

這是諾比尼的招數，他怕血液會喚醒沉睡的詛咒，所以讓敵人在不流血的情況下死去。

「不像貴族或騎士，沒有你這麼像。」傑德米特觀察倒下的守衛。

來到第二個哨站時，諾比尼正好扭斷對方的脖子，那一幕烙在紀亞鈷藍的眼眸，像是個毫無情感的死神。

諾比尼站在那裡等候，他聽見同伴的腳步聲，不言苟笑道：「處理完畢。」他的心境比之前還要平坦，宛若回到服膺血神訓示，取人性命為準則的時候。

「拔掉眼睛後，獸籠裡的人都變成瞎子。」傑德米特用手蓋在額上，眺著頂上的堡壘。

山賊的堡壘若有其事的插著旗幟，紅色旗幟繡一名怒眼的持斧戰士。紀亞驀然停下腳步，訝異地指著那面紅底旗幟，說：「普魯侯王國的徽號——昨天看見時我就覺得似曾相識，紅底的執斧戰士，錯不了，是普魯侯王國。」

一組巡視中的山賊發現這些可疑人物，他們不敢置信地望著倒在地上的同夥。

「小少爺，等會再驚訝吧，那三個人盯上我們了。」傑德米特手執白光，向他們鞠躬道：「不好意思，由於理由很麻煩所以就不說了，這是給你們的見面禮，快樂的吃下去吧。」

一束白光射出，那三名山賊立刻抽刀抵禦，白光攻擊被擋下來，山賊笑道：「好像比之前的強一點。只有一點。」

「是嗎？」傑德米特總算明白那些賞金獵人為何會吃驚。他聚集了更強的光束，嘴裡喃喃詠唱。

山賊舉刀向傑德米特衝去，光芒猛然射出，山賊只看見眼前一片茫茫，反射性的舉刀抵住，白光旋成更強的衝擊，一舉扳斷附魔刀，刀骸被捲到半空。傑德米特慢慢走向他們，將強光逼近他們眼睛，山賊丟下刀子，摀住雙眼。

白芒裡噴灑三道血泊。

光束驟然散去，傑德米特拍著後腦勺，「一不小心就認真了，明明只是這種程度的附魔刀。」

諾比尼同意傑德米特的話，那幾把附魔刀跟雷茲的劍相比，簡直是在刀子上塗奶油的程度。但能確定這些山賊最少都持有這種程度的附魔武器，只是這些山賊的身手根本不足以抵抗成群的賞金獵人，卻仍有這麼多人吃驚。

「對了，小少爺，」傑德米特走到紀亞跟前，「剛才你提到普魯侯王國吧？」

普魯侯王國是奧錫萊斯大陸上少數能與米烈迪爾相提並論的強大國家，難以想像普魯侯貴族落草為寇的模樣。

「是的，堡壘上掛的紅色斧人旗幟的確是普魯侯徽號，普魯侯王國跟米烈迪爾交流頻繁，所以我記得很清楚。」

傑德米特怕紀亞又胡思亂想，便說：「反正是誰都無所謂，重要的是幫助葡萄區的人恢復秩序不是嗎？」

「嗯……」紀亞頷首，把拳頭放在胸前沉吟。

※

這些山賊沒想到會有棘手的人物找上門，前門被攻破後，他們便節節敗退到大廳。

「他媽的，區區三個人就敢與『伊佛騎士團』對抗。」

「哦，原來是三個月前被征剿的『伊佛』，這次找到了稍微懂的附魔的小巫師就想稱王了？」傑德米特踹倒擋在他面前的山賊，他甩了甩搶來的附魔刀，鄙笑道：「當時我要跟去討伐你們的時候遲到了，還很懊惱呢，畢竟那筆錢足夠讓我泡在酒吧半個月。」

「我很好奇一件事，」諾比尼抓著山賊的脖子，「你從剛才開始就沒用過巫術。」他用一掐，那名山賊立刻氣絕。

「用巫術實在很麻煩，而且無趣，偶爾換換手感也不錯。」

那些山賊認出諾比尼頭上醜惡的黑疤，驚慌地喊道：「是黑詛咒──那個人是惡魔，快跑啊。」

三十多名山賊頓時失去戰力。

這些自稱騎士的傢伙歇斯底里到處狂奔，但紀亞不會因為這樣就手下留情，他憤怒喊道：「既然知道惡魔的可怕，為什麼要變成讓人畏懼的惡魔？」

「沒用的東西，沒用的垃圾，這也配稱為騎士。一群飯桶，一群窩囊廢，本王的面子都被你們丟光了。」渾厚如魅的聲音環繞大廳，鎮壓住慌亂的山賊。

山賊們瞬間跪伏在地，他們停不了渾身發抖，瞬然靜謐的大廳只能聽見牙齒喀喀作響。

「裝模作樣的傢伙，貴族遊戲好玩嗎，準備從王位上下台吧。」傑德米特大聲笑道。

「乾脆把你們都殺了，你們就像普魯侯騎士一樣都是廢物。」一道身影緩緩走來，鮮紅色的天鵝絨披肩垂至地面，頭戴仿造普魯侯的三眼戟珍珠王冠。儼然國王的派勢走到山賊中央，將手裡的葡萄酒狠狠砸在地上，「你們這些沒用的普魯侯騎士，懦弱而且不忠誠，每個人都該死，不配親吻本王的手指頭。」

紀亞瞪大眼睛，凝視那道傲世的身影，「西維伊．埃法席斯公爵。」

「又是誰喊本王公爵，本王說過多少次了，吾乃普魯侯王。」埃法席斯吼道。他身材高大，十隻手指頭戴著各式寶戒，但臉卻特意蒙了起來。

「吾王，對方太可怕了，他是惡魔，他有黑詛咒——」

埃法席斯掐緊發言者的脖子，扯下絲巾，臉上布滿紅色肉瘤，那非疾病產生的病變，它充滿意志與生命，如同諾比尼的詛咒渴望殺戮。

「那算什麼，本王也有。」埃法席斯殺了那名山賊。「現在都站起來，拿著刀殺死入侵者。」

「謎底揭曉了，怪不得哈南士一直說他們是惡魔，真是形容的半點不差。」傑德米特詫異地說。

這下能說明一波波的賞金獵人為何敗於「伊佛騎士團」。

埃法席斯的詛咒惡化很深，他沒有諾比尼的力量抑制詛咒蔓延，此時的他幾乎快失去理智。

「西維伊．埃法席斯公爵，看著我。」

「嗯？哦，是米烈迪爾的——哈哈哈，你來的正好，本王要帶領騎士團消滅普魯侯王國，本王要讓哥哥知道他的決定是錯的，本王才是最有實力的統治者。然後再一舉殲滅米烈迪爾王國，成為奧錫萊斯最強大的王！」

「小少爺，快回來，你不是他的對手。」傑德米特捉住紀亞。

「小少爺……哼，說得很對，你們都不是本王的對手。」

詛咒的王撲向傑德米特，傑德米特詠唱防禦陣勢，但他忘了巫術在詛咒面前無效，只會讓詛咒更加猖狂。傑德米特跟紀亞被甩得老遠，那些山賊立刻拿起刀追殺過去。

「黑詛咒，來的好，讓本王讓你這草民知道這力量真正可怕之處。」埃法席斯抽出紋有斧人圖騰的佩劍。他興奮地走到諾比尼面前，舔拭嘴角發腫的紅疤，對詛咒賦予的力量感到非常滿意。埃法席斯的身材比諾比尼還巨大，爬著紅紋的臉也更為駭人，他眼神露透著嗜血的貪婪。

埃法席斯一劍劈下，諾比尼上前握緊他的手，讓他無法行動。一股灼燒感竄進諾比尼體內，諾比尼身上的詛咒反向催化埃法席斯。

埃法席斯臉上的紅紋開始滋長，強烈的炙熱感在他身體裡爆發，他踹開諾比尼，大吼道：「好熱，好想殺人。我要鮮血，熱騰騰的血。」

詛咒與血液融合，驅動埃法席斯的殺戮意念。諾比尼能感到極大的壓迫感，一絲涼意湧至喉頭，那雙殘暴的眼神銜著地獄的怒火，讓他第一次有退縮的念頭。

埃法席斯毫不留情將兩個擋路的山賊切成兩半。

「國王，是我啊，不要殺我——」

「我喜歡這份畏懼，只有強者才有資格成為國王。」埃法席斯舉劍朝向紀亞，「本王要拿你的腦袋當成禮物獻給米烈迪爾王，只要擊敗米烈迪爾，哥哥也不得承認我是最強的王者。」

「西維伊．埃法席斯公爵，可惜你的侄子才是合法的普魯侯王。」紀亞的臉上濺滿鮮血，他用劍擋住埃法席斯的去路。

詛咒的王嗤之以鼻道：「合法的王？當本王把臭小鬼趕下王座，並在王座兩旁掛幾個自認忠誠的老骨頭的首級，整個普魯侯王國就會知道誰是合法的王。」

埃法席斯敞開雙手，一團熾焰包覆住他，所有山賊頓時拋下武器，他們搗著頭跪在地上，大聲求饒道：「吾王，求求你放過我們，我不想變成惡魔——」

大廳裡盤桓哀嚎，山賊身上也開始出現紅紋，貪得無厭的詛咒一個個吞食他們的靈魂。傑德米特用盡全力聚集巫火，「紀亞，讓開，我要一次幹掉這顆噁心的紅蘿蔔。」

埃法席斯輕輕一撥推開紀亞，他把劍插在地上，衝向傑德米特。巫火倏地纏成旋渦，與埃法席斯的詛咒相熔。

山賊停止呻吟，分成兩路朝諾比尼與紀亞走去。他們空洞黑暗的眼神挑起諾比尼的詛咒，四面八方蔓延著令人不適的氣息，詛咒衝入腦袋，控制了聽覺，諾比尼聽見有個堅信的聲音要他釋放殺人的快感。

山賊蜂群而上，他們的靈魂被殺意吞沒，成為詛咒的傀儡。諾比尼揍出一拳，幾乎打爛迎面而來的山賊半張臉，但失去靈魂後也消失所有感覺，他們發狂大叫，圍著諾比尼打。

埃法席斯痛苦的大吼道：「啊——好燙，住手，不要奪走我的身體——」

傑德米特與諾比尼的強悍讓詛咒發揮至極致，埃法席斯用力抓著自己的臉仰頭大叫，血若瀑布自臉頰湧落。

埃法席斯一口氣吹散巫火，他在煙霧中泛出血紅的色澤，天鵝絨披肩以及衣服都被燒盡。詛咒的王像被紅色藤蔓纏繞，已經認不出他原先的模樣，眼眸裡最後一滴人性被詛咒榨乾，兩排獠牙發出利劍般的寒光，朝傑德米特手臂狠狠咬下去。

「救我，求求你們——」

傑德米特的巫術起不了作用，他只能用拳頭狂毆埃法席斯的腦袋，但那惡魔的頭比鋼鐵還硬，傑德米特打沒幾下拳眼已腫起來。

「啊哈哈哈，廢物，沒用的巫師。」埃法席斯鬆開口，吐掉一口血。他抓起傑德米特，將他丟到厚重的梨木門旁。

埃法席斯沒忘記承諾——拿紀亞進行血祭。此時紀亞被一群山賊圍得水洩不通，他的劍術對這些不怕死的怪物不起作用，埃法席斯忽然將他眼前的山賊撕成兩塊。那些山賊只好全聚到諾比尼那裡，試圖讓他活活被累死。

「滾開，他是我的。米烈迪爾的貴族，看著吧，沒人可以奪走本王的位置。」

紀亞猛然將劍刺入埃法席斯的腰際，但立刻冒出一陣藍焰，紀亞趕緊鬆手退到牆邊。

「坎努斯鋼也不過如此。」詛咒的王拔出佩劍，將它丟到一旁，腰間的傷口立刻恢復原狀。

傑德米特倒在地上看著完全變成惡魔的埃法席斯，事態比他想像的還要嚴重，要擊倒這樣的惡魔不曉得要耗費幾個強大的巫師進行封印。他按住血流不止的手臂，那火燒般的痛傳入骨頭，若非他巫力之強，早已痛昏過去。

「西維伊．埃法席斯公爵，醒醒吧，你明明就不是這樣的人，你不是說跟王位比起來，人民的福祉才是最重要嗎？」紀亞向埃法席斯埃法席斯大喊：「這是你親口告訴我的不是嗎？」

「小鬼，等你嘗過權力的滋味，才會明白善用謊言。可惜你沒有機會嘗試，有些事天生就不公平，你不認命嗎，小鬼。」埃法席斯踩在紀亞身上，眼中充滿怨懟，「你再怎麼掙扎也沒用，不如讓我送你痛快的死去。」

紀亞泫然落淚，眼角邊滾落滴滴淚珠。

諾比尼衝過去救紀亞，卻被劃了一刀，刀痕從黑疤破開，他雖將其中幾個山賊揍到粉身碎骨，身體也滿佈傷口。山賊看準他的體力將盡，準備給他最後一刀——但他們忘記了對手也有詛咒，而且比支配他們的惡魔還要可怕。

諾比尼捏碎附魔刀，眼神不再平靜，詛咒之根倏地站領他的四肢。黑紋扭動變粗，猶如神祕圖騰蔓延半身，黏著在皮膚上的血液瞬然蒸化成悶人的氣味。

諾比尼撕開擋路的山賊，衝到埃法席斯面前，埃法席斯丟開紀亞撲了上去，詛咒的王與半身黑紋的聖士互相拚搏。兩人發出嚎叫，瘋狂的像要殺光大廳內每個活物。紀亞的頭顱撞上牆，眼中一黑一紅的恐怖身影在晶瑩的眼眶中漸漸模糊。

模糊的記憶裡全是血與火焰的味道，當紀亞恢復意識時，身邊全是血跡，傑德米特露出亂糟糟的頭髮，一臉憂心忡忡站在身邊照顧他。

所有山賊都以可怕的慘樣倒地，沒有一具屍體完全保存。埃法席斯，詛咒的王橫躺在地上，戴著複製的普魯侯王冠安詳闔眼，那份暴戾之氣消失了。

「傑先生，諾比尼先生呢？」

傑德米特指著角落，諾比尼倚在牆邊，像是一具血人。

「他、他死了嗎？諾比尼先生真的——」

「不，他只是失血過多昏過去，那樣的傢伙怎麼會死？死的本來應該是我們。」傑德米特看著驚魂未定的紀亞，「被詛咒控制的諾比尼陷入瘋狂殺戮，慶幸你沒有看見那一幕，諾比尼殺死埃法席斯後，已經殺紅眼想攻擊我們，但他突然瘋狂攻擊自己，像是要把自己給殺了。最後他昏倒過去……我想諾比尼是不想傷害我們，否則——算了，活下來就好。回去通知葡萄區的村民吧。」

紀亞盯著埃法席斯，尋找記憶中相符的印象。

「前任國王是這位埃法席斯公爵的哥哥吧？」傑德米特說。

「嗯，埃法席斯公爵是個非常嚴厲的人，不過他對領民非常好，他常常賑濟麵包跟衣物給領民。為什麼他會說出那種話——抱歉，我太激動了。」紀亞清了清嗓子，繼續說：「埃法席斯公爵以為他的哥哥迪弗希禮一世會將王位傳給他，結果卻是其子繼承。聽說公爵一怒之下召喚了惡魔，也許是失誤了，才會染上詛咒——當然這些都是我聽來的傳聞，但可以確定繼位大典後公爵便消失無蹤……」

「埃法席斯肯定非常怨恨他的哥哥吧，但我認為他愛民如子的心並沒有變，仔細回想瑞曲康斯賽遭到威嚇，但從沒半個人受傷，昨夜山賊雖然舉止粗魯，最後也只處決那名賞金獵人，在詛咒的表皮之下，他沒有忘記他最初的信念。」傑德米特半是猜測，另一半是不想在這種時候還讓紀亞傷心。

「埃法席斯公爵告訴我：『遭遇不公平時放棄了才是真正不公平』，他怎麼可以就這樣死去——」紀亞的淚水又忍不住在眼眶打轉。

「坎努斯鋼真的很厲害，怪不得米烈迪爾王國要拚命保護這個祕密。」傑德米特將劍還給紀亞。遭到高溫燃燒，劍身只有表面塗層焦黑。

「你的手沒事吧？」紀亞問。

傑德米特戴回高帽，一抹莞爾道：「沒事的，休息一陣子就能痊癒。」他輕描淡寫帶過差點死去這件事。

※

諾比尼醒來時已是翌日夜晚，繃帶巧妙的遮住頭上的黑紋。昏迷時他一直夢見黑白分界的夢。張開眼睛時看見紀亞趴在桌上小憩。

「醒的正是時機，正好吃麵包配葡萄酒。」傑德米特探頭進來說。

「葡萄酒……我回到瑞曲康斯賽了？」

「歡迎回到美好的人間，先來嚐一點吧，包準你還想再喝。」傑德米特將醇紅的液體倒進杯子，遞給諾比尼。

諾比尼飲了半杯，頷首道：「沒什麼特別。」

傑德米特替紀亞蓋上被子，「小少爺澈夜照顧你，整個人都累壞了，就讓他繼續睡吧，我們去吃飯。」

走出倉庫，氣氛已經大為不同，村人興高采烈的燒起柴火，不分年記載歌載舞，慶祝脫離恐怖的統治。

「這些村人一開始不敢相信我們辦到了，他們把葡萄一車車運回來時，還以為這是一場美夢。紀亞看到人們的笑容也很開心，這都是你的功勞，賞金就讓你拿最大份，不，全給你也不為過。」傑德米特說。

「詛咒，有朝一日我也會像埃法席斯一樣。」諾比尼看著纏著繃帶的雙手。他忖著自己本來就是為執行殺戮而生，被詛咒控制與否似乎沒有區別。但他心裡卻不希望成為嗜血的存在，這點在莫庫爾逗留時他就已了然於心。

「你得到詛咒前，一定是非常危險的人物吧，幸好當初沒跟你為敵，不然我就沒福氣喝到這等佳釀。」

瑞曲康斯賽人歡天喜地圍著營火暢飲，麥拉錫、烏法兩個葡萄村落也是如此，大家不約而同歌頌女神耳忒彌，彷彿提早慶祝大地女神的慶典。

傑德米特在宴會中載歌載舞，與哈南士開懷暢飲窖藏多年的葡萄酒，諾比尼靠在榆樹旁，粗糙的樹幹壓迫著傷口，諾比尼卻不感覺痛，他凝望帶給葡萄區生命的河流，烏雲似乎隨埃法席斯死去而消散，明月讓善於黑暗的人無所遁形，諾比尼把自己攤在月色下，他還是覺得不習慣，想換個地方沉思。

諾比尼忖著堡壘裡的酣戰，當他控制不住詛咒時，每一擊都感到興奮，甚至想永遠保持這個狀態，但面對傑德米特與紀亞時他突然克制詛咒，因此他不斷攻擊自己。

倘若他還是以殺人為本的聖士，喚起詛咒的他定會毫無猶豫殺光所有人。離開厚雪寒冰的北境，諾比尼平靜的心漸漸產生質變，產生許多不曾有的情緒。

「諾比尼先生，你應該在床上多休息一會，你的傷勢很重呢。而且也不該喝酒，我在床邊看到滴下去的葡萄酒，這樣傷口會癒合很慢。」紀亞忽然從背後走出來，一見面就叨叨絮絮說了一堆。

「這些傷，還死不了。」諾比尼本來想說這些小傷，但這是他第一次受這麼嚴重的傷。

「不管怎麼說，諾比尼先生要好好照顧自己才行，畢竟你救了我們。」紀亞坐到諾比尼身旁，鈷藍色的眼瞳在月光下清澈如許。

「也差點殺了你們。」諾比尼直言不諱。

「那都是詛咒的錯，就像埃法席斯公爵，如果沒有黑詛咒，諾比尼先生肯定也會綻露笑顏，不必披著袍子跟面巾遮掩真面目。」

「我救你，只是需要你幫我找解咒師。」

「那就當作是這樣吧，我以劍發誓，一定會讓你的詛咒痊癒。」紀亞把臉埋在雙腿間，喃喃地說。

隔日一早諾比尼他們帶著作為謝禮的葡萄酒回到立陶港，史基敏捏了捏臉頰，怯懦地問：「你們真的回來了？我沒有眼花吧？」他擦了擦眼，挺起佝僂的身軀。

「這種大熱天走山路真是折磨，先來點解渴的東西，你懂吧？」傑德米特手撐吧檯，比出握酒杯飲酒的手勢。

「沒問題，馬上來，你們稍等。」史基敏立刻轉憂為喜，為他們三個各準備一大杯「神淚」。老闆自豪的說：「這批『神淚』我可是封藏了二十年，一直捨不得開封。」

傑德米特邊喝邊說出事情經過，當然他特意模糊埃法席斯的部分。史基敏聽得驚嘆連連，這才明白這麼多賞金獵人為何最後都下落不明。

史基敏問：「葡萄區目前的狀態還行嗎？」

「明日開始恢復運貨，倒是我們的酬金一毛都不能少唷，這次真的出了不少力氣。」傑德米特說。

「當然，這是港區商會合資的，我們還會多給一些報酬。唉，想不到葡萄區發生那樣的事情，但過了兩個月，恐怕還有一些小麻煩要處理。」後半段話是史基敏的自言自語。

突然一隻手抓住傑德米特的後衣領，傑德米特毫無防備，一把被摔到地上。

「別動，我只是想問個話。」偷襲傑德米特的人拿著匕首抵在諾比尼脖子前。「你們三個是不是動了我的蠢弟兄，以及搶走了葡萄區賞金的混蛋。」

她是個身材修長，綁著茶色辮子頭的漂亮女人，雙手紋著小片方形符號，兩耳穿著大大小小的耳針，穿著獸皮短上衣，與皮長褲中間留下一片麥色的結實肌膚。傑德米特正想破口大罵，但看見她姣好的身材頓時語塞。

「再問一次，是不是你們？」

諾比尼倏然移動到她身後，匕首也被搶到他手中。

「喂，妳這個沒禮貌的女人，連招呼都不說一聲就偷襲我們。」紀亞插著腰生氣地說。

「沒禮貌的是你們吧，沒通知我就搶走工作，本來還想靠這份任務打發等待的時間。」她嘉許地看著諾比尼，「你的身手真好，不曉得纏起來的臉孔好不好呢。」

「很醜。」諾比尼說。

「這位美麗的女士，幸好妳沒沾上這份厄運，要不是我們跟耳忒彌女神有點私交，否則可能沒辦法活著走出葡萄區。」傑德米特站起來，拍掉帽子上的灰塵，整齊戴回頭上。「被美麗的女士偷襲是我的榮幸，只是下次就沒這麼好運了。」

那女人蹬地移動到傑德米特面前，朝他下腹重擊。那速度幾乎能與諾比尼相提並論。

「這也是的榮幸嗎？」紀亞忍俊不住。

上次被諾比尼他們教訓過的三名傭兵也跑進酒吧，喊道：「大姊，就是他們偷襲我們。」

「雖然不曉得你們來自哪裡，但在一般來說偷襲的定義是趁人不備，而幾位上次的行為在奧錫萊斯大陸通常被稱為惡意挑釁。」傑德米特用手指轉了轉帽子，莞爾道：「如果要找碴的話，到外面去吧，畢竟老闆還要做生意。」

「你們三個，這是怎麼回事？」

「大姊，當然是他們說謊——」

「既然如此，就由我與你們三位堂堂正正的對決，這樣幾位沒話說了吧？」

「傑先生，可是你的傷——」紀亞擔心地問。

「放心，我會在傷口感到痛以前結束他們。」傑德米特聚出白光，慢慢走向三名傭兵。

「巫師……」黃皮膚的女人坐到吧檯前，手肘靠在吧檯上。

那三個傭兵豈是傑德米特的對手，他們連忙喊道：「這次就先算了，大姊，我們先去港口幫忙，等下再來找妳。」說完便一哄而散。

「真是窩囊廢。看來是我誤會你們了，不過巫師先生還是別太逞強的好，你那隻手還無法發動巫咒吧。」她媚笑道：「既然你們已經解決葡萄區的事，就算了吧，反正我本來只是想接來打發時間。」

「等等，沒禮貌的女人，妳應該向我們道歉。」紀亞嚴肅地走到她面前。

「嗯？不然要我脫掉衣服道歉嗎？」

「誰那樣說了，我只是——只是要妳為攻擊傑先生的行為道歉。」紀亞紅著臉說。

那女人突然湊過來輕捏著紀亞的臉，「你這小傢伙好可愛啊，皮膚也像女孩子一樣嫩。」

「走開！」紀亞甩開她的手。

「呵，不過要我選，當然還是粗獷強壯的大男人。」她瞟了一眼諾比尼，「老闆，我要黑啤酒。」接著她便獨自啜飲啤酒，方才的騷動彷彿一場幻覺。

「也許這杯葡萄酒能換取妳的名字，女士。」傑德米特替她倒了半杯。

「這本來就是我的報酬，不需要你多此一舉。」她笑道，仰頭飲乾，「我叫安娜希，是來自沙密的傭兵。」

三人不約而同看著安娜希，各忖著不同反應。沙密位於歐里安登大陸東方，是一片寸草不生的荒漠，唯有少數綠洲能進行農耕，因此許多驃悍善戰的沙密人成為在各地作戰的傭兵。這片沙漠雖然貧瘠，卻佔據了往西的重要通道。過去三個世紀，波流士人征服了周邊邦國，建立幅員廣闊的波流士帝國，米烈迪爾與普魯侯的領土加在一起還不足它的三分之一，更別說它令人驚畏的百萬雄兵。

波流士帝國的征服步伐終止於沙密邊境，為了進入歐里安登大陸腹地，波流士帝國幾乎年年用兵，始終無法攻克沙密的部族聯軍。

「安娜希小姐應該是為了北邊蓄勢待發的戰爭而來吧。」傑德米特說。

「本來是這樣沒錯，有個領主開了不錯的價碼要我到立陶港等待，我跟我的弟兄等了一個星期，卻沒見到那人。閒著發慌的時候，聽說了葡萄區的事情，才想著去活動筋骨。不過那些貴族真是討厭，我可是很忙的，必須提高價錢，彌補我的損失。」安娜希喝著黑啤酒，朝坐在後面位置的紀亞說：「我單純對那位失信的領主發牢騷，可不代表所有人，你可別誤會了，親愛的小貴族。」

安娜希替大小領主作戰，對貴族的風範、談吐瞭若指掌，從紀亞的言行舉止便能看出其身分。

「如果在戰場上的話，我一定會殺了妳。」紀亞說。以騎士精神聞名的米烈迪爾從不招攬傭兵，他們討厭不講禮節的戰士。

「很可惜，我們無法相遇，否則我會很期待。說起來這些貴族打仗的規矩不少，看著就覺得累。」

「一年前的格呂克斯堡之役結束後，確實有要禁止使用十字弩的傳聞。好像是斐迪南大公差點被十字弩射死。」傑德米特說。

「格呂克斯堡確實是讓那些貴族慘痛的戰役，那場戰役我也參加了，不過不在斐迪南大公的隊伍，簡單而言就是懷有二心的貴族聯合不滿苛政的農民暴動。但斐迪南大公的確右腳中箭，整個人暴跳如雷。」

「有趣的是戰爭結束後格呂克斯堡附近的領地還是降稅了，」傑德米特飲一口啤酒，「雖然貴族贏了戰爭，但最後還是給農民降稅。」

安娜希用手指捲起辮子，「似乎是這樣的結果，不過我只在乎酬金。」

紀亞忽然開口道：「因為普魯侯王國的西維伊．埃法席斯公爵發出聲明，要為了格呂克斯堡的農民展開和平進軍，格呂克斯堡之役才能以調降稅率落幕。斐迪南大公因而對普魯侯王國轉變原先的友好態度，埃法席斯公爵也許是因為這樣才——」紀亞猜測這件事成為埃法席斯繼承王位的敗筆。

「喔，經你這麼一說，戰爭結束兩個月後似乎有格呂克斯堡聯合米烈迪爾進軍普魯侯的流言，但斐迪南大公大概是發瘋了，居然以為米烈迪爾會願意幫他。不過雖然軍事上沒有行動，我卻聽說更驚人的消息。」安娜希搖了搖啤酒，　著杯裡的泡沫，「似乎與惡名昭彰的聖士有關。這件事算是機密呢，不過聽說埃法席斯公爵已經消失了——喂，蒙著臉又板著臉的男人，你好像突然對這話題有興趣了。」

諾比尼聽見「惡名昭彰」的稱號，心裡頓時沉甸甸，儘管這是世人普遍給予的評價。但這時他卻思索著自己長年的作為，這麼輕易被這四個字囊括。

「聖士啊，牽扯到他們總是沒好下場。」傑德米特說。

「我只聽說有聖士參與其中，這與埃法席斯公爵失蹤有無關聯就不清楚了。」

「如果是聖士出手，肯定不會讓目標失蹤。」諾比尼說。

「我以為你不喜歡說話呢。」安娜希靠近諾比尼，在他耳邊說：「你說的對，聖士一旦出手，只有目標的屍體或自己的屍體，沒有其他可能性。」

諾比尼頷首。

安娜希扭動著窈窕身軀，走到紀亞身旁，傲人的胸圍映入紀亞眼簾。傑德米特忍不住吹起口哨。

「妳又想幹什麼？」紀亞坐離她，眼神不敢往她身上看。

「倔強的小貴族。」

紀亞突然拔劍一掃，安娜希笑著躲過，「差點就浪費美味的黑啤酒。」

面對紀亞的攻擊，安娜希還以嫣然微笑，「你的眼睛真漂亮，如果換上女裝，肯定會迷死那些春心蕩漾的貴族少爺。」

這句話讓紀亞再次拔劍相向，安娜希躲過攻擊，跳到椅子後面，諾比尼制止道：「夠了，別挑釁他。」

安娜希坐回位子上，「抱歉了，我也有失態，好久沒碰上像你們這麼有趣的人。蒙面先生，你邀我喝酒，也該舉起杯子啊。」

諾比尼稍微舉起杯子示意，傑德米特趴在吧檯上，問正在整理酒櫥的史基敏：「老闆，你不是提到有一些小麻煩要處理。反正已經處理完這麼艱鉅的任務，你就開個價，我們一道解決。紀亞也是這麼想吧？」

「我沒意見。」紀亞說。

「小子，你嫌麻煩惹得不夠？」諾比尼哼了一聲。

「要委託的話，也該請我去。雖然這裡的啤酒很好喝，不過我比較喜歡活動筋骨。」

「兩位請別爭了，這件事你們無法解決，我代替立陶港商會感謝你們的好意。」

「老闆，你這話是瞧不起他們，還是瞧不起我。不好意思，沙密人不喜歡拐彎抹角，請你用白話再說一次。」

史基敏無奈地說：「這是商會內部的麻煩事，實在不需要賞金獵人出手，不如我替妳介紹其他的工作。保鏢一類的工作你認為如何，昨日上岸了一批亞麻，但前往卸貨地點的路上聽說盤據了一些麻煩的盜賊，往返大約五天時間，價格一定對得起妳的付出。」

安娜希正要開口，一個理平頭的中年男子闖進黑石酒吧，氣喘吁吁地說：「會長，不好了，事情就像你說的那樣。」

「各位請稍待片刻。」史基敏用布擦手，急忙走出吧檯。「怎麼來得這麼突然？不是協議好再給一個月時間嗎？」

「我們已經跟他說過了，但他堅持不聽啊，這兩個月都沒有進展，從哪裡生東西出來。」

「先別慌張，總之先把商會的高層幹部都聚集起來，大家一起去道歉說不定會有點用處。」

「會被吊死嗎？」中年男子一臉驚恐。

紀亞霍然站起來，看著中年男子與史基敏。

「不，沒事的，請你們繼續飲用。我們到外面說吧。」兩人便帶著焦躁的情緒走出店外。

紀亞也跟著走出去，傑德米特擔心地說：「還是跟著他去吧，紀亞現在心情這麼浮躁，要是惹出什麼大事就不好了。」

「嗯。」諾比尼也同意。

一大群人擠在商業街，全副武裝的士兵把守道路，商會成員則圍著身穿華服，腆著大肚子指高氣昂的中年男子跪下，此人正是管理葡萄區與港口貿易的奧赫福特伯爵，相當擅長商業之道，被喻為古諾史奈王國的金鑰匙。

史基敏身為立陶港商會會長，趕緊到奧赫福特伯爵面前跪下，「尊敬的伯爵，不是我們刻意賴賬，瑞曲康斯賽得從明日才開始運送葡萄。」

「哦，要是我的記憶沒有偏差的話，現在早已是夏收的時間，但古諾史奈王宮酒窖卻沒出現一瓶當季的美好葡萄酒，這會讓宴會廳美麗的天鵝絨餐桌布感到相當寂寞。若國王問起我：『奧赫福特，這不該是你的辦事效率，也許應該換個更有能力的人管理港口。』原本我想派你們熟稔的稅收員崔佛前來替我說情，但他跟立陶港商會的私交太光明正大了，為了國王陛下的稅金，我只好從海岸上的城堡風塵僕僕趕來。」奧赫福特伯爵將手背在身後，皮笑肉不笑地說：「而你們卻給我不甚滿意的答案，我所敬重的商會大佬們，請務必解釋清楚。否則你們將會明白奧赫福特的手段，不像他本人和藹可親。」

「大人，這並非我們有意推延，但這兩個月葡萄區發生太多事情。葡萄區的人也不肯告訴我們實情，一直到今天早上——」

「總而言之，你們想告訴我因為某種難以啟齒的理由，使得原本該繳納的葡萄酒蒸發無蹤。我寧願你們告訴我是黑齒虎吃光了牠根本不愛吃的葡萄。」奧赫福特酸言酸語道。他揚起戴著紅寶石戒指的右手食指，指著史基敏，「諸位想必早料到我將親自來訪，只是沒想到出現的如此意外吧。既然葡萄明日才開始運，那麼夏收該上繳的份就用窖藏品進行抵押。我一向很信任你們，千萬別讓我去一個個清點你們的窖藏有多少葡萄酒。」

史基敏慌了，那些窖藏酒至少都有十五年歷史，價值跟新釀的葡萄酒天差地遠。他撞著膽子爭辯道：

「伯爵，這些東西是立陶港商會的合法資產，您若強行這麼做，將違反國王陛下親筆簽署的《自由港城協定》。」

「這的確是陛下給予的條件，但協定也記載了無法繳納最低賦稅時的相關辦法，我現在執行的都是合法行為。」奧赫福特嗤笑道，左手食指與拇指摩娑，「抵抗者，一律以違反繳稅命令逮捕。」

「你不能這麼做。」史基敏怒道。

「你想告訴我這麼做會使港口大亂？讓我告訴你們事實，想取代你們商會跟國王陛下簽署《自由港城協定》的人多的是。」他狡詐地笑。

這便是史基敏所說，諾比尼他們無法插手的事情。稅務乃他們國內的事情，外力若強行干涉，等同於宣戰。在一旁聆聽的紀亞早已不齒奧赫福特伯爵的言行，他手握住佩劍，臉色相當難看。

「啊啦，不去阻止小鬼頭的話，他的國家就要跟米恩特半島宣戰了。」安娜希在背後說道。

傑德米特當然知道這道理，他急忙繞到紀亞身後，但紀亞已經搶先一步。

「大人，商會一直聽從您的指示繳稅，這次只不過稍微延誤了一點，只要再寬限我們一段時間，我們會繳納兩倍數額。」

「史基敏會長，我很願意相信你的說詞，但我更願意相信國王陛下會想喝你窖藏的經典五十年『神淚』。五十年啊，正好與國王陛下的歲數相等，你不認為很合適獻給陛下嗎？」奧赫福特咂咂嘴，絲毫不留情面。

紀亞衝到人群裡，被士兵用長槍擋住，「幹什麼，沒見到奧赫福特伯爵在這裡？」

「我正是來找他。」紀亞砍斷長槍，推倒奧赫福特的士兵。

第四章　冰瘧

奧赫福特伯爵的士兵團團包圍紀亞，情勢一下子進入最糟的局面，如果只是被攆出去，還有轉圜的餘地。但是奧赫福特似乎不這麼認為。經過一番纏鬥——紀亞甚至揍了奧赫福特一拳——紀亞最後被士兵逮得正著，抓回到港城的執政宅邸收押。

那些商會人員，特別是史基敏十分慌張，紀亞很可能會被汙衊為商會派遣的刺客。史基敏等人連忙撇清關係，但奧赫福特充耳不聞，只要他們快回去準備東西。

傑德米特他們眼睜睜看著紀亞被抓，此刻若貿然出手，事情會更加無法收拾。因此他們等奧赫福特一行人離開商業街，才悄悄跟在身後。紀亞沒有被銬上枷鎖，只是被架在隊伍中央，由兩名士兵嚴密監視。

伯爵在港城的執政宅邸是個建在獨立山壁的精緻莊園，透過管線輸送水灌溉莊園內美艷的花草。莊園的地勢不是最高，但視野無疑最好，從瞭望臺能完全掌握立陶港的一舉一動，以確保這塊重要稅收地不會遭遇麻煩。

紀亞被帶進莊園內，諾比尼三人只能躲在外邊的矮樹叢，傑德米特說：「要直接闖進去？」

「但我們冒然闖進去救走紀亞，伯爵肯定會遷怒當地居民，如果爆發衝突的話——」

「代表又用的到我們沙密傭兵，這是開玩笑的，只是你們犯不著這麼緊張，伯爵看起來沒有動怒，他對小鬼頭很有禮貌。」

「誰曉得他是不是想沽名釣譽，諾比尼，你認為呢？」
「這女人說的有道理，如果他知道小鬼是米烈迪爾的貴族，這件事不必我們出手就能解決。」諾比尼說。
「米烈迪爾？原來如此，」安娜希甩著辮子頭，莞爾道：「那過剩的正義感的確有些相似，討厭傭兵的地方更是一模一樣。」
「但當紀亞看見奧赫福特伯爵的行為，根本就不可能用貴族方式進行談判，」傑德米特擔心道：「如果伯爵的態度依然如此，紀亞大概會說以米烈迪爾尊嚴為誓，在莊園裡大鬧特鬧。」
「還有史基敏的眼神閃爍不定，那非害怕，而是逃避的眼神。」諾比尼判斷道。
「伯爵跳過稅吏親自帶兵前來，似乎不只是為了葡萄區的事，大概跟商會想逃避的事情有關。也許是稅率太高，稅吏收賄後在帳本做了手腳，伯爵才親自探查此事。」
「兩個大男人在玩尋找蛛絲馬跡的遊戲嗎？很有趣，我也湊一腳試試。巫師小哥方才說到賄賂吧，我認為賄賂是有的，但應該跟稅率無關。那紙國王簽訂的什麼什麼協定——對，《自由港城協定》，感謝你的提醒——我記得稅額是按固定比例繳納，如果奧赫福特單方面強行加稅，商會大可以告到國王那裡。」
傑德米特突然狡詐一笑，「有個更快的方法，直接抓人問。」
「商會的人嗎？我不認為他們會說實話。」
「這件事關係到營救紀亞的正當性與否，假如結果是伯爵的問題，反抗殘酷稅吏無可厚非；若是國王的問題，恐怕得動用紀亞的貴族關係，進行一番威嚇。」傑德米特摸了摸下顎的短鬚，「前提是要得到正確的情報，這方面不曉得是不是沙密傭兵的專長。」

「其他人不好說，但這確實是我的專長，抓個男人來吧，我會讓他心服口服。」安娜希感興趣的說。

「諾比尼，你認為要找誰下手？」

「從史基敏身旁慌慌張張的中年人。」諾比尼說毫不猶豫說。

「有趣，我要讓那個男人倒在我的腳下。」安娜希笑道。

「走吧，趁紀亞沒把事情鬧大前先去探查真相。依那小子的性格，大概正與伯爵爭鋒相對，但伯爵的嘴比黃蜂的針還毒，紀亞可能被氣得說不出話來了。」

想到這個畫面，傑德米特與安娜希皆會心一笑。

※

那個中年男子叫做約翰，是史基敏最重要的親信。

約翰帶他們來到港區的暗巷，阻街女郎在古老褪色的牆壁前招攬回眸的客人，街兩旁搭起各樣色彩的防雨布，陽光透過這些彩布暈成矇矓的光。

「傑先生，你認為在這裡談夠隱密了嗎？」約翰停在一間不起眼的小店前，幾袋香料擺在門口兩側。傑德米特告訴他有一筆不便明說的生意，約翰立刻聯想到進海關前會被扣查的物品，這些東西有極高昂利潤，沒有當地商行的幫忙，根本無法順利銷往其他地方。

「這個問題應當問您，約翰先生。您認為安全，我當然沒問題。」

「放心，這裡是我經營的門面，絕對沒有問題。」約翰熱情地說。

這要歸功約翰進入黑石酒吧時雖然見過他們，史基敏卻無機會介紹，經傑德米特舌粲蓮花，約翰便相信他是歌米蘇的貿易商。

四人走進店內，有五、六名樣貌凶狠的男子起身向約翰致意，老闆坐在櫃檯裡打瞌睡。店裡亂而不髒，除桌椅外沒有其他擺設。

「看起來真像放高利貸的地方。」安娜希小聲說道。

諾比尼讓他們感受極大的威嚇，如受驚嚇的貓拱起背，約翰趕緊安撫道：「這是傑先生的保鑣，你們有時間還不快去算帳，別讓伯爵算到這裡的錢。」

接著約翰帶三人進入一間房間。這間房間與外頭的樣子有天穰之別，牆壁漆成立陶港富人最喜愛的海藍色，並掛上水鹿、花豹等等動物頭顱。地上鋪著波流士紅絨地毯，是非常昂貴的奢侈品。

約翰說：「其實這地毯是仿製品，我家裡那塊才是真的。呵呵，請坐，我們談些正式的話題吧。」他肥大的屁股坐入柔軟的大墊子，傑德米特坐在他對面，安娜希與諾比尼則站在兩旁。

「我最喜歡與爽快的人談生意，不過，其實我們方才看見你們似乎出了點小問題，應該不是跟這些東西有關。」傑德米特故意提及奧赫福特伯爵。

「唉，別提了，那是專收我們辛苦錢的吸血領主。倒不是為了『那玩意兒』來，請你放寬心進行交易。」約翰打了哈欠，「真是適合午睡的好天氣，傑先生，來一點葡萄酒吧。」

「前幾天除了窖藏外，到處都說沒有葡萄酒。你敢相信嗎，以葡萄酒聞名的立陶港竟然沒酒可買，真是荒唐。」

「一言難盡，一言難盡。傑先生這麼年輕就擁有三艘大貨船，真是不容易的事。」約翰按了按銀鈴，很快就有人端著葡萄酒進來。「歌米蘇目前的葡萄酒價錢如何？應該又上漲不少吧。」

「這還得感謝我的祖父留下的遺產。」傑德米特發現這杯葡萄酒不是窖藏，「你們這裡供貨一斷，賣葡萄酒的商家都說產量稀少，比往年貴上許多。」

「請嘗嘗新釀的葡萄酒，與窖藏有不同的風味。南，如果沒什麼事不要讓人進來打擾我與傑先生，知道嗎？」約翰吩咐拿酒進來的漢子。

新釀？傑德米特不改聲色地說：「嗯，甜味都保留其中，這一期的葡萄非常棒啊。可是我聽說——」

「聽說歸聽說，傑先生。在外邊做生意，需要打探門路，你還年輕，雖然有錢但還沒建立起通路。若你願意的話，我可以用葡萄酒換取『那玩意兒』，半阿羅瓦換四磅香菇。」

「約翰先生，我沒有聽錯吧？四磅香菇脫手的話能買一輛新的大篷車。」傑德米特故作驚訝地說。約翰說的「那玩意兒」其實是北方寒冷地帶出產的冷菇，當地原住民製成藥粉後用於儀式，服用後會產生飄飄然的快感，被引進南邊後立刻造成轟動及封鎖。

葡萄酒產量正常時，兩阿羅瓦能兌換近三磅冷菇，此時約翰的索了快要六倍的價格。

「但你得想想米恩特半島產的葡萄酒價值居高不下，只要你回到歌米蘇哄抬，價格將會繼續升高。只要你願意，我能直接售出十阿羅瓦的葡萄酒，保證新鮮現釀，如果是要用窖藏來換，當然價格就得另外談。」

約翰精算道。

突然間傑德米特三人明白了一件事，黑石酒吧所說的沒有運送葡萄都是謊言，但他們進入葡萄區時，的確看到農民因為壓迫而無法運送。

傑德米特打出暗號，諾比尼悄悄擋住門口。

「約翰先生，你手上能售出十個阿羅瓦，為何街上的店鋪買不到一滴葡萄酒？」

「小老闆，你得知道這是生意的必須模式，居奇抬價只是一個簡單手法。要賺取更多利潤，自然要這麼做。說實話，平時我可不會直接進行交易，但你的貨物確實讓我動心，能讓我先驗驗貨嗎？」約翰奸詐笑道。

裝扮成商人最多只能探聽到這個程度，傑德米特站起來，露出一抹陰笑：「那麼我改使用另一種方式吧。」

約翰立刻察覺有詐，準備按下銀鈴，安娜希瞬間捏住他的胳膊。

「你們想吃貨嗎？快放開我，否則我包管你們走不出立陶港。」

「還記得今天傳來的好消息吧，因為三個接下賞金任務的人，葡萄區又恢復正常供應。讓我猜猜，你肯定還不知道是誰，所以我們特地來打個照面。」傑德米特看著臉色逐漸發白的約翰，露出一絲凶光，「聽著，我們冒著生命危險去解救葡萄區，是為了解決你們的營生之道，不過很顯然你們知道那裡發生的事情。」

約翰臉上肥肉發顫，他扯開喉嚨大叫，安娜希則掐住他軟綿綿的脖子，「別亂動，我只要再用一點力，你那肥愚的脖子就吸不到空氣，接著你發白的臉會變成好看的青色，再染上亮麗的紫色，葡萄的顏色。如果可以，真想讓你照鏡子觀賞斷氣前的美麗變化。」

約翰氣喘吁吁，全身發抖，他知道安娜希的話不是玩笑。

「這些葡萄是『伊佛騎士團』運給你們的吧？不過與其讓我猜測，不如由你公布答案吧，但我得提醒你，我們這幾天相當疲累，沒閒工夫聽廢話與謊言。」傑德米特望著諾比尼。

諾比尼拿起水鹿的頭顱標本，不費吹灰之力就將那顆頭撕成兩半。

傑德米特斂起笑容，狠狠瞪著約翰，「要說實話，還是在無言的掙扎中斷氣？你不說，門外總會有一個人知道，我是一個講究公平的巫師，由你決定怎麼選。」

安娜希緩緩放開手，讓約翰恢復通氣順暢。他邊打顫邊說：「我說，我全部都說，其實是因為奧赫福特伯爵將商業稅控制的太嚴密，我們才賄賂負責港區的收稅人崔佛——我我我們只是想要賺更多的錢——」

約翰嚥下口水，眼睛眨了眨，「一開始是先逃稅，後來商會想要更大利潤，所以聯合『伊佛騎士團』攻擊葡萄區，趁機壓榨價格，但上個月開始，那些山賊突然提高價格，我們談不攏，於是才張貼賞金討伐他們……我們不知道他們為什麼這麼強，殺了這麼多賞金獵人……」

怪不得史基敏要他們別插手，便是怕這些內幕被抖出來。

照此推斷，與港區商會沆瀣一氣的崔佛大概被奧赫福特伯爵抓到小辮子，事情露了餡，才親自來立陶港查明。

「愚蠢的商人。」諾比尼走到約翰的面前。

那雙灼熱的眼神讓約翰顫慄不安，「你們不是說只要我說實話，就饒過我一命嗎？」

「對，但沒說不揍人。」諾比尼倏地揮出一拳，還沒擊中約翰的鼻樑，他已經昏厥過去。

「啊啦，我以為你不會有情緒呢。」安娜希竊笑道。

他們必須盡快把這件事的原委告訴紀亞，否則任他的脾氣發作下去，恐怕到時會演變成米烈迪爾與古諾史奈間的戰爭。

三人迅速離開約翰的小店，一路趕往山上的莊園，正好看到紀亞在大門口揮劍。或許是奧赫福特已經知道他的身分，因此一旁的士兵只敢用長槍抵住他，不敢真的動手。

十多名士兵團團圍住紀亞，紀亞的劍術固然不弱，卻也無法輕易突圍。傑德米特闖進大門，諾比尼直接撞開擋開的士兵，那些士兵對於突然闖來的三人毫不客氣反擊。

「各位千萬別衝動，我們來解釋誤會的。」傑德米特說。

「好了，大家都停下，我不是要你們阻止這位小搗蛋嗎？誰要你們真的打起來。」奧赫福特伯爵在士兵護送下走出來，他和藹地向紀亞說：「我方才已經解釋過了，這是為了懲罰那些不聽話的商家，況且我完全按照《自由港城協定》辦事。」

「傑先生，你們來的正好，我們一起處理掉這個貪婪的伯爵。」紀亞壓根不相信伯爵的話。

士兵聽到奧赫福特伯爵的話，全停止動作。

知道真相的傑德米特走到紀亞身旁說：「收起劍吧，奧赫福特伯爵是對的。」

「傑先生，諾比尼先生，昨日我們才為了可憐的農民挺身而戰，為什麼現在你們卻要幫這些吸血的貴族……」

「我的確專門吸血，但你的話不夠精確，我只吸那些不良商人的血。還有你也是貴族之後，犯不著動這麼大的氣。」

「但我才不會欺負百姓，我要教你真正的貴族禮節。」紀亞不聽任何解釋。

安娜希走過去抱住他，厲聲道：「到這裡就夠了，小鬼，你想鬧到兩國打起來嗎？」

「臭女人，放開我，妳這個沒禮貌的傭兵。」紀亞掙扎道，甚至用力踩安娜希的腳。

「真是的，妳自己不也是個小女孩嗎？」安娜希無奈地說。

紀亞忽然停止掙脫，身體頓時麻痺，她的劍吭一聲掉落在地。她承認了安娜希的話，讓傑德米特與諾比尼大吃一驚。

「小女孩？」傑德米特倒抽一口氣。「等等，紀亞不是男孩嗎？一個正在遊學的米烈迪爾貴族少爺……」

這下他們懂的詛咒的王向葛麗兒的話說：「有些事天生就不公平。」米烈迪爾從國王到地方領主皆沒有女性置喙的餘地，因此無論葛麗兒多麼努力，都與權力沾不上邊，她甚至不該進行遊學。一般女性貴族到了十六歲便要論及婚嫁，為外交盡力。

「啊啦，我還以為你們早就知道，只是一直陪小姑娘玩遊戲呢。」

「這才不是遊戲。」她甩開安娜希的手，憤憤地說。

「葛麗兒公主，我不明白妳為何扮成男裝，不過我能用你們米烈迪爾人最喜歡的誓言發誓，以亮澄澄的金子為誓，我絕對沒有欺壓那些人民。」奧赫福特顯然早已認出她。

紀亞——或該更名為葛麗兒，她瞟向諾比尼，但那張包覆的臉看不出表情，眼神也如平時毫無波瀾。

奧赫福特說：「既然三位是公主的朋友，就一道進來慢慢聊，反正我已受人之託，要好好照顧公主直到她離開這裡。」

「諾比尼先生，你在生氣嗎？」葛麗兒擔憂地問。

「不，我只想知道，妳說大巫師是否真的存在。」

「當然是真的，我希望能讓諾比尼先生恢復笑容——」

「那就好。」諾比尼頷首。

「如果沒有大巫師，你會立刻搭船回歌米蘇嗎？」葛麗兒問。

「我的目的只是解咒，跟妳是紀亞少爺或葛麗兒公主一點關聯也沒有。」

眾人跟著奧赫福特公爵進入舒敞的宅邸，傑德米特又將約翰的事述說一次，佐證奧赫福特公爵並非信口開河。

因此當奧赫福特下令進行搜捕時，葛麗兒也不再有任何微詞。

諾比尼站在落地窗旁，眺望山下的城區，奧赫福特風風火火的行動將讓港區商會大地震。但這些事情與他無罣，他從未忘記自己的目的。

「傑先生，很高興你為我探查葡萄區的事情，你所做的價值勝過千枚里拉。對於葡萄區的農民，我會酌量減少稅額。」奧赫福特伯爵嘉許了傑德米特一番。

「伯爵……請原諒我的失禮。」葛麗兒說。

「不會的，這證明懷森斯親王教導有方，恕我直言，若葛麗兒公主身為男兒身，米烈迪爾又將添增一筆戰力。不過作為女子，也定能鞏固更深的國家友誼。」奧赫福特伯爵稱讚道。

安娜希湊到諾比尼身旁，「這位伯爵真是能言善道，而且異常精明，難怪那些奸詐的商人也鬥不過他。路德維希三世抉擇他管轄這片富庶的區域是對的。」

商會主要成員的店鋪都遭到清查，許多不光彩的資料被丟到海面浮浮沉沉，但奧赫福特伯爵有備而來，他們的罪狀將導致從此失去與國王簽訂《自由港城協定》的資格。

※

諾比尼見奧赫福特滔滔不絕，便悄悄離開宅邸，來到黑巷。黑巷裡的店鋪依舊照常營業，走私進來的冷菇大部分都在這裡進行販賣、吸食，燃燒冷菇時會產生極為刺激的香味，味道會傳遍附近幾條街，但這裡的居民多半從事相關行業，因此沒人會去通報。

他走到其中一家鋪子，掏出錢袋買下半磅磨好的冷菇。聖士經常食用精神藥物，以到達與神同在的境界，不過他們吸食的是一種力量更強的藥草，效力是冷菇的十倍以上。諾比尼得到黑詛咒後便時常吸食，特製藥草用罄他便用相對容易得手的冷菇。

老闆拿出半磅冷菇，一臉驚愕諾比尼竟然買這麼多，通常一小搓就足夠一天的量，即使重癮者不過三個小湯匙的量。

雖然諾比尼從離開伊利斯麥後他就沒再吸食冷菇，但在立陶港發生這麼多事，讓他的情緒不安穩。面對埃法席斯的詛咒，諾比尼首次感受瀕臨死亡的恐懼，但他壓抑住了，甚至用自己的詛咒擊倒另一個惡魔，接著靠著極強大的意志力打消殺死傑德米特與葛麗兒的念頭。一切放鬆後，纏人的壓迫感侵擾他的身體，讓他再次投入冷菇懷抱。

日頭漸斜，霞光渲紅整片海岸，那如血瑰麗的景色猶如活躍的生命。最後一波搶餘暉入港的船隻等待海關檢查，浩浩粼粼裡真龍國的大寶船也像一顆小石頭。

「躲在這裡吸食香菇，這不太像你呢。」安娜希在一處面向海岸的舊街道找到他。

「妳知道我原本該是什麼樣子嗎？」諾比尼哼了一聲，他滅掉打火石，「若沒記錯的話，我們認識不過一天。」

「波流士那裡有個叫做『涅』的宗教，他們說人與人之間是因為『緣分』而連結。」

諾比尼沒聽過這個教派，「很可惜，我信的神一向與異教有衝突。把妳的神收回祈禱詞裡，不需要告訴我。」

「傻瓜，『緣分』不是神，它表示人與人接觸的根本道理。例如你與葛麗兒，例如我與你，兩個不相識的人碰頭，慢慢建立情誼。如果仔細想的話，『緣分』的概念其實很奇妙，難怪你們西邊人老說東方神祕。」

「妳也是東方人。」

「具體而言，沙密是東西方的最後一個分水嶺，我們從來不知道該屬何方，但沙密就是沙密，不必靠千眼鎮的老學究替我們分類。」安娜希盤腿坐到諾比尼身旁。沙密更嚴格來說是模糊的地理輪廓，沒有實質的國家、疆土。

安娜希的話很有意思，讓諾比尼忍不住聽下去，安娜希說：「人的一生大概就是如此，我不喜歡聽『涅』說教，卻覺得『緣分』很有道理。輾轉各個戰場，接觸不同的僱主，都是『緣分』。」

「順生而死，才是真正不變的道理。」諾比尼說。

「啊啦，好好的活，是為了能好好的死。」安娜希站起來，「你雖然是個奇怪又有趣的傢伙，跟你聊天卻也像自言自語，讓我像個傻瓜似的。」

「妳想聊什麼？」

「都是一些你不會回答的事，不如看看天空，風聲都比你聒噪。你也別在這裡待太久，否則小公主見你消失了，肯定又要東想西想。」安娜希笑道。「我發現一件事，你不喜歡叫人的名字。這是為什麼，能說給我聽聽嗎？」

諾比尼懶得回答這個問題，他將冷菇粉末倒在小銅盤上，用打火石點火，冷菇燃點低，一碰火便冒出陣陣香煙。諾比尼吸著令人神怡的氣體，詛咒瞬間疲軟。

安娜希諷道：「啊啦，看起來勇猛的大男人，卻要靠這種東西逃避，世界真是無奇不有。也就是說你這樣的男人，偶爾也有脆弱的時候。」

「是嗎？女人，你這麼愛分析人，乾脆去當教士傳教。」

「才不要，我很享受戰場上的時光，這樣才會死而無憾。」

諾比尼卻忖他在殺人時的心情，算是一種享受嗎？看見被殺者倒下後，再幽怨、再痛苦的神情都無意義，他便忖死是否為人最好的結局。

「喂，你為什麼不拿下面巾，你真的醜到不敢見人嗎？」

「只怕你不敢看。」

「別小看沙密傭兵的膽子，你有種就拿下來，讓我瞧瞧有多醜。」安娜希甩著辮子說。

諾比尼起身，解開纏住臉孔的面巾，經過上次的詛咒氾濫，他臉上的三條黑疤刻印更深，詛咒的力量也愈發活躍。

安娜希的大眼睛頓時僵住，濃密的眼睫毛完整清晰的停頓，讓諾比尼幾乎能慢慢數。

「黑詛咒……你染上它多久了，不對，聽說染上的人根本活不過一個月，然後會——」

「變成沒有理智，最為殘暴的怪物。」若完全發作的話，將會喚醒比詛咒的王還可怕的惡魔。

「那東西是真的嗎？」安娜希忍不住輕觸諾比尼的臉頰，立刻因一陣灼燙收手。

「因為這身燙人的詛咒，跟女人交纏時得特別小心，否則可能會燙死人。」諾比尼嚴肅地盯著安娜希。

安娜希明白諾比尼手上那袋冷菇的意義，她隨後莞爾道：「會燙死人嗎，這我可不相信。」

「妳想試試看嗎？」

「我看還是下次好了，這剛好能實驗我們之間的『緣分』。」安娜希笑道。

※

葛麗兒待在莊園交由奧赫福特伯爵照料，諾比尼他們則在港區的旅店下榻。兩天來立陶港發生大變動，原本的商會以違抗繳稅之罪名遭到剷除，改組後的商會被奧赫福特牢牢掌控。

傑德米特在商業街一角與一名金色捲髮的女士談笑風生，他們待在午後豔陽照不到的陰影下，女士不時傳來驚呼。

「這麼大顆的瑪瑙，妳見過嗎？」他見女士搖甩如陽光般的金髮，莞爾道：「連見過不少珠寶的我也大吃一驚，貝拉特那傢伙名不虛傳，一出手就是絕世珍寶。」

「真的？那你打倒貝拉特了嗎？我聽說他是個帥哥耶，告訴我他長得怎樣嘛。」女士用手肘頂著傑德米特的胸膛。

「當然沒問題，他的臉可好認了，一直聽聞他長得很俊俏，當我跟他打照面時，我確實嚇得愣了一會。」傑德米特湊近那女士的臉，瞇著眼說：「你知道為什麼？因為他跟我一樣英俊，不過仔細瞧的話，我還贏他好幾分。」

「說了半天是要捧你自己啊。」女士笑道。

「說捧也不對，我只是勇於表現自我，妳說呢，美麗的女士。」

「你的嘴真是甜的討厭，但你還沒繼續說貝拉特的故事，那顆大瑪瑙後來怎麼了？快告訴我吧，我好回去跟其他人說。」女士拉著傑德米特的手央求道。

傑德米特勾著她雪嫩的後頸，笑露白齒道：「讓妳跟妳的姊妹炫耀點更值得的事情如何，保證比貝拉特的故事還精采好幾倍。」

諾比尼突然出現在傑德米特身後，不言而威的眼神正好直盯著女士，她春心蕩漾的媚眼立刻掀起波濤。

「我要走了！」

「喂，怎麼突然逃走了？怪了，難道被她發現我是騙人的？」

「不務正業的巫師，又跑來這裡拐騙女人。」諾比尼說。

「原來是你啊，怪不得那位女士像看到惡靈一樣，還有請修正你的用詞，我只是善用語言的藝術與美麗的女士進行交流。可別把我跟下三濫的術士混為一談。」

「如果騙那個豐腴的女人說你跟貝拉特交手過也算是交流。」

「你是不是吃了安娜希小姐的口水，說話開始藏檸檬。」傑德米特神祕兮兮的笑。「都待在立陶港三天了，何時才要啟程去米烈迪爾？不過最無聊的應該是安娜希小姐，她的僱主到現在都沒出現，昨天她氣呼呼地說僱主再不來，她就要直接到北方找新工作。安娜希小姐真喜歡工作，我覺得只要有的吃，有的喝就好了。」

「你真敢說。」諾比尼哼了一聲。他們目前食宿費用皆是由奧赫福特伯爵支付，不過這也歸功於傑德米特在莊園時跟伯爵大肆渲染陪伴葛麗兒冒險一事。

「你特地來打擾我，應該不是為了指責我騙人的事吧？」

「那個胖子要我們到莊園一趟，看來又有什麼事，也許跟葛麗兒有關。」諾比尼這兩天都在等葛麗兒的消息，畢竟說好要到米烈迪爾找大巫師。

「如果是葛麗兒突然說要出發就糟了，我還有許多美麗的米恩特姑娘們沒來得及認識呢，真難抉擇啊，是不是想個辦法多留幾天。」傑德米特很認真的盤算起來。

諾比尼冷冷地說：「他給的錢夠你自己待在這裡一段時間，不來也罷。」

「我開個玩笑嘛，走吧走吧，這時間去說不定能蹭頓豪華午飯。」

兩人來到奧赫福特伯爵的莊園前，守衛打開鐵門，迎面便看到安娜希拿著一盆熱水慌慌張張走過。她看見傑德米特與諾比尼姍姍走來，不顧灑出水花，走向他們說：「總算肯來了，我可是忙裡忙外的活像個老媽子，當了這麼久的傭兵卻變成女傭，這事要傳到沙密，我的面子不曉得往哪擺。」

「安娜希小姐為了掙錢也太拚了，竟然跑到莊園打雜。」

「總比你這成天不務正業，到處騙女孩子的巫師務實多了。不跟你們說了，我還得把熱水拿進去，我也不知道怎麼解釋，你們去找伯爵吧。」安娜希說完，轉身將熱水端進大廳裡。

守衛已經將兩人來的消息告知奧赫福特，奧赫福特穿著寬大的綠絲絨袍子走下迴旋樓梯，堆出笑靨迎接兩人。

「伯爵大人，您找我們來，不曉得有什麼指教？」傑德米特笑道。

伯爵的笑臉蘊藏不安道：「事實上，是與葛麗兒公主有關聯。總之，事情是從昨天晚上開始，服侍葛麗兒公主的侍女忽然衝到我房裡，稟告公主身體不舒服。我原以為只是受風，但情況比我想的還嚴重，公主的身體像火一樣燙，醫生也無法斷定是什麼疾病。因此我才想請問與葛麗兒公主一同冒險過的兩位，這一路上公主是否有什麼異狀。」

「埃法席斯公爵……」傑德米特喃喃道。若這件事牽涉到詛咒的王，恐怕變得非常棘手。

諾比尼眼神銳利地看著奧赫福特，「她人在哪？」

「跟我來。」奧赫福特伯爵嗅到一抹危險的氣息。但他不動聲色，帶著兩人前往葛麗兒的房間。

葛麗兒的床由乳白色的幔幕交織，帷帳若細柳垂下，葛麗兒穿著一襲白衣躺在被褥裡，更襯出她的白膚。杏髮柔順的散在床上，驕傲的紀亞頓時化為一位安靜的公主，葛麗兒通紅的臉頰若一顆鮮豔的蘋果。

安娜希見伯爵等人來了，懊惱地說：「不行，燒完全退不下去，醫生開的藥完全無效。巫師、諾比尼，你們想想到底發生什麼事了。」

「昨天是妳服侍葛麗兒嗎？」諾比尼問那名侍女。

雖然諾比尼語氣平淡，但那雙眼神兇狠地讓十三、四歲的小姑娘不敢直視。

「發生什麼事了，說。」

「好了，好了，這裡交給我。」傑德米特推開諾比尼，輕聲細語地問：「小姑娘，請忘了剛才那個凶神惡煞，妳詳細的說明昨晚事發經過好嗎？慢慢說，不要著急，沒有人會趕妳。」

侍女唯唯諾諾地述說事發經過：「……公主不斷發出呻叫，我那時就站在這裡服侍公主，突然發出一道很紅很紅的光，公主說著我聽不懂的話，然後就……對不起，我太害怕了……然後那道光芒消去，公主便很昏迷不醒，我便趕緊去報告伯爵大人。」

「就這樣，有遺漏的地方嗎？」傑德米特問。

「沒了，真的沒有，我只記得這麼多。」侍女惶恐地說。

「一直到今天早上，醫生來看病時才突然發高燒。」伯爵補充道。

「好，我知道了。」從侍女的描述聽來，葛麗兒很可能是中詛。傑德米特走到葛麗兒身旁，手發出淡薄的光芒感應她的身體。

諾比尼中黑詛咒時並無侍女說的現象，一樣能吃能動，身上的黑疤是隨著血液滋長。但詛咒種類繁多，也不是每種詛咒的徵兆都相同。

「嗯，有股力量在吞噬葛麗兒的身體，諾比尼，你有想法嗎？」傑德米特瞄向諾比尼。

「不清楚。」諾比尼倒訝異傑德米特竟無法判定葛麗兒體內有無詛咒。

「那可麻煩了，雖然不像詛咒，但肯定不是好東西。」至少跟詛咒的王逃不了干係。

奧赫福特伯爵搓著手，不知道他們在打什麼啞謎，「巫師先生，麻煩你直接明白的告訴我，我不是猜謎高手，也沒心情從你的話語裡挑重點。」

「抱歉，伯爵大人。葛麗兒身體裡的力量不像詛咒，詛咒會有強烈侵略性，意圖支配寄宿者的身體。不過，」傑德米特掃視眾人，皺眉道：「那股力量似乎只想侵蝕她，我還是第一次見到這種情況。如果可以的話，找個專精的解咒師來更為妥當。」

「反正這不是一般的疾病就是了——好，立刻派人到各酒館裡張貼告示，一定要找到最好的解咒師。」奧赫福特伯爵喃喃道：「得想辦法治好公主啊，否則怎麼跟米烈迪爾王國交代……」

葛麗兒眼睛深閉，看來極為痛苦，她雙手緊捉著被褥，涔涔汗水浸濕了床單。安娜希又捧著熱水走進房內，她喝道：「小姑娘別發呆了，快幫妳的公主擦汗呀。」

「傑先生，抹酒精在葛麗兒公主身上能行嗎？」伯爵說的是一般退燒的方法。

傑德米特也不能確定，他搔著後腦杓的頭髮，猶豫地說：「姑且試試看吧，但別擦太多，避免造成反效果。」

奧赫福特伯爵帶人到酒窖裡找純度高的酒精，諾比尼趁無旁人時問：「確定不是詛咒嗎？」

「我方才也說了，葛麗兒身上並無你與埃法席斯公爵的徵象，而且也感應不到詛咒吞噬的血性。也許是比較嚴重的疾病？」

「但那胖子請來的醫生確診斷不出病徵。」

「那位醫生只是普通的家庭醫生啊。假如是某種詛，要是屬於輕微的我們巫師能喝抗詛的鍊金藥，那顏色是深綠色就像發霉一樣，不好看也不好喝。」傑德米特摩娑下巴，「但身體沒巫力的人喝下鍊金藥無疑自殺。再說了，連你身上的黑詛咒我都能察覺，簡單的詛咒又怎麼逃得過我的感應。」

「詛咒……不會傳染吧。」諾比尼問。

「這倒不是沒有可能，詛咒非常深奧，即使是《當遇到詛咒時》這本詛咒大全也無法完全說明。真是遇上棘手的問題了，總而言之先幫葛麗兒退燒，等解咒師或高明的醫生來做更進一步的觀察。」傑德米特也幫忙安娜希打熱水。

奧赫福特伯爵命人扛著一大桶酒精到房裡，小心翼翼倒在毛巾裡，基於米烈迪爾男女有別的傳統，只有安娜希跟那名侍女能幫忙擦拭葛麗兒的身體。其他男人只能退到一旁。

「是不是褪去公主的衣服比較好呢？」侍女問。

「這樣反而容易著涼，等她溫度稍微降下，再慢慢解掉衣服。」安娜希細心抬起葛麗兒的手，剛抹上酒精，汗水又涔涔流出。她皺眉道：「得讓葛麗兒補充水分，她的嘴唇已經發白，這是水分缺失的警示。」

傑德米特在一旁抱胸觀看，突然彈著手指，衝到床邊大叫道：「等等，有些詛咒嗜冷，如果散熱會加強詛咒效果，所以葛麗兒的身體才會燙這成這樣。這是身體的反射機制，原來如此，難怪會無法判定。」

「喔！」安娜希恍然大悟，她輕輕拉開侍女，「別擦掉那些汗，去拿更多能生熱的東西來，羽絨被，火爐，什麼都好，快去拿來。」

「這真的沒問題嗎？公主看起來非常難受。」奧赫福特疑惑地看著兩人。葛麗兒看起來像在火堆中掙扎，傑德米特的作法無疑是火上加薪。

諾比尼不懂箇中道理，但此刻絕不是悠閒談論的時候，他打開壁櫥，取出寒冬用的毛毯。

「姑且照著巫師的話去做。」他將毛毯攤開，蓋在葛麗兒身上。

「伯爵，請快點準備大量溫水。」傑德米特忽然胸有成竹，連指揮著其他人準備東西。

奧赫福特命人找來堆在地下室的火爐，火勢熊熊燒起，讓整間房間如烤爐般炙熱。安娜希打開所有窗戶，增加通風，否則他們會先被燻死。

「把這些被子堵住空隙，別讓熱氣散去，另外要不斷補充水分。」

由於流汗甚劇，葛麗兒的臉色瞬間蒼白，但傑德米特仍執意如此，彷彿在進行鍊金的實驗。

「伯爵，我寫個單子，請想辦法弄到單子上的物品。」

葛麗兒的喘氣聲愈發大聲，似乎要被熱氣蒸發，奧赫福特焦急地問：「這麼做真的沒問題嗎？公主的臉色非常難看啊。」

「這時候替她散熱才糟糕——請別猶豫了，快去準備單子的東西。」傑德米特草草寫了一張清單。

伯爵一看單子，逕自念著：「馬油、狐狸皮毛、硫磺粉……喂，傑先生，你打算把公主鍊成黃金嗎？這是什麼詭異的鍊金術清單。」

半信半疑的奧赫福特伯爵還是照著單子去採買，葛麗兒的情況比剛才更糟糕，她的臉色從蒼白變成紫青，這時候只能先按傑德米特的辦法去做。

「諾比尼，你說的沒錯，這的確是被傳染。」傑德米特說。

安娜希接著說：「我現在才想起來，幾年前我也曾見過這種情形，那時候剛處理掉一個濫用巫術而中詛的不良巫師。」她刻意加強「不良」這個詞，繼續述說：「我當時的同伴也發生跟葛麗兒一樣的狀況，身體熱得像火燒，替他退燒的結果是他變成一具冰屍。後來當地的巫醫告訴我們，這種病叫冰瘧，是被詛咒傳染造成的。」

「所以才會感應不到詛咒，幸虧發現的早，只要好好控制就會沒事。看來是與埃法席斯公爵對決時受感染了吧，冰瘧專從傷口感染。」傑德米特脫下帽子，揮掉汗水，「但負責治療的人滿頭大汗呢，真不好受。」

「你蒙著臉一定很難受，這裡交給我跟不良巫師，你先出去吧。」安娜希說。

諾比尼的確被熱氣燜的汗流滿面，但他受過嚴峻氣候的訓練，這程度他還能忍受。而且他不想在葛麗兒安危未定的時候離去，葛麗兒可是受到冷熱交替的痛苦，連強壯的大男人都很難熬住。

「啊啦，葛麗兒不會有事的。」安娜希安慰道。

奧赫福特伯爵回來時已經脫掉綠絲袍，顧不得貴族身分只穿著短袖衣物，他對諾比尼說：「年輕人，我看見你這身教士服飾，都覺得口乾舌燥了。」他挺著凸肚像一條老狗吐舌頭散熱。

諾比尼怕要是被發現身上的黑詛咒，會引來不必要的詰問，便走到屋外，一陣涼爽驅散熱意。

葛麗兒斷斷續續的聲音傳到外邊，讓諾比尼不自覺想進去查看，但他還是選擇在外頭等待。

第五章　血誓

經過妥善照顧，葛麗兒不再像前幾天痛苦呻吟，身體也不像火燒般滾燙，意識則是時有時無。

安娜希嚷嚷道：「啊啦，沙密傭兵改當保母，傳出去可真沒面子。」不過奧赫福特伯爵給予了等同傭兵的報酬，因此安娜希在真正的雇主來到立陶港之前，還是很滿意這份外快。

這日起床後，諾比尼發現窗外下著小雨。昨天他與傑德米特到藥材店與黑街裡專賣稀少物品的店鋪找材料，一直忙到深夜才就寢，整個房間還能聞到刺鼻的鍊金藥。

傑德米特正準備鍊一塊祛寒石，可以除去葛麗兒體內作亂的寒氣。旅社的烤箱跟大鍋釜全成了鍊金場所，但店主被亮澄澄的金子吸引，立刻答應他們一切要求。

天光甫探出頭不久，細雨帶來一陣清爽。諾比尼關上窗子，瞄了眼還呼呼大睡的傑德米特，踩著幾乎沒有聲音的步伐走到樓下。店主也因慵懶的天氣賴在床鋪，空蕩蕩的大廳似乎能聽見諾比尼細微的呼吸聲。

老舊的店門口突然被推開，門板上的鈴鐺發出拖沓的聲響，一名強壯的大鬍子矮人走進來，如小樹幹的粗壯手臂不真實的掛在兩側。那人的步伐聲很大，似要以此叫醒熟睡的店主。

他扯著嗓門吼道：「老闆，快出來，方尼沃厄要來住宿啦。方尼沃厄不喜歡等待，真是的，人類的惰性一年比一年嚴重。那邊的小子，叫你啦，老闆上哪去了？」

「睡覺。」

「真他娘的好命。」方尼沃厄爬到對他而言太高的椅子上，抱怨道：「為什麼不像我們直接席地而坐，椅子這種東西簡直是種族歧視。你剛才說老闆在睡覺吧？也難怪了，歐瑟像個風騷的女人在耳邊吹風，誰能不賴在床上。」

歐瑟是奧錫萊斯大陸西南方多神信仰中的雨之女神。

「年輕人，你是做春夢才睡不著嗎？」

「不是。」

「沒什麼好害羞的，畢竟是年輕人，這很正常的啦。」方尼沃厄的鼻子靈活的抽動，他看向四周，問：「好濃的鍊金藥，小子，難道你是巫師？可是你看起來不像，比較像是想將信徒血祭的撒冷教士。」

方尼沃厄逕自大笑起來，他隨後問：「這裡住著巫師嗎？那種傢伙最是一板一眼，道貌岸然彷彿不可侵犯的處女。」

諾比尼不禁哼了一聲，傑德米特更像是浪蕩的妓女。他搖頭道：「這裡頭住的巫師很隨和，不必害怕他突然放巫火燒掉你的鬍子。」

「哈哈，我才不怕巫師，但有隨和的巫師倒是不錯的事。誰說巫師都得是冷硬的石頭，就像矮人吧，誰說矮人只能當鐵匠。」方尼沃厄拍下粗糙的大手掌，興高采烈地說：「舉我做例子，我就想成為一位吟遊詩人，周遊各國，把魯特琴彈得特別好聽。結果我的父親跟朋友都說這是愚蠢的夢想，我的天神啊，這一點都不愚蠢好嗎。」

諾比尼忖著矮人彈著魯特琴的樣子，那畫面簡直比矮人的軀體還不協調。

「別以為你蒙住臉我就不知道你在笑，反正方尼沃厄被笑好多年了。我小時候為了看魯爾兜的表演，偷偷渡海到伊利斯麥，你應該知道伊利斯麥的馬桑樹吧。有好多人圍在那裡看魯爾兜唱誦《英雄阿席斯》，那個時候我就想，當吟遊詩人總比默默敲鐵的鐵匠好。」

雖然方尼沃厄說得很起勁，諾比尼卻從未聽過名叫魯爾兜的吟遊詩人，若是矮人小時候，起碼是一百年前的事了。

方尼沃厄津津有味地說著陳年往事，「回到家後我被老爸用鐵鎚狠狠敲了一頓，他根本不懂魯爾兜有多麼厲害，即使過了這麼久，也只有魯爾兜有辦法讓人如癡如醉。」

方尼沃厄跳下椅子，走到櫃檯後的酒櫃，那裡有一具裝著蜂蜜啤酒的橡木桶。他倒滿兩大杯啤酒，一杯遞給諾比尼，「拿去，一大早就是要這樣喝酒。」

諾比尼飲了一口，這才跟方尼沃厄提了自己的名字。

「哦，」方尼沃厄的反應就像葛麗兒第一次聽到諾比尼的名字，「劍的光芒啊，你的眼神的確很適合這個名字。你知道我的名字在矮人語裡代表什麼意思？天生的鐵匠，我老爸執意要我當鐵匠。」

矮人生活在高溫多雨的雨林，體質非常耐熱，加上當地專門出產高質量鐵礦，因此很適合成為鐵匠，有許多矮人在各王國擔任王室鑄造師。

「歐瑟在這裡根本是條溫馴的狗，你可知道在我家鄉，歐瑟簡直是潑婦，一天不發一次大脾氣才奇怪。」

矮人一次飲了半杯，像把那些混濁的琥珀色液體送入無止盡的胃，他的大肚子跟壯碩的手臂一樣搶眼。

這時諾比尼注意到方尼沃厄揹著一個沉重的小袋子，方尼沃厄得意地介紹道：「小子，這裡頭可是上好的精鐵，能拿來打造出精妙絕倫的武器，我費了許多時間跑遍大陸才找到這麼一些。」

「有什麼比坎努斯鋼更好？」諾比尼自言自語道。

「你很識貨，年輕人。」方尼沃厄挑出一塊不規則的小鐵塊，「這就是製造坎努斯鋼的原料，這東西的黑價能買下將近半條街。」

諾比尼疑竇了，坎努斯鋼是米烈迪爾貴族的專利品，怎麼可能被拿出來到處供人展示。

「嘿，看傻了眼吧，很多人都搶著用大筆金幣跟我買坎努斯鋼的祕密，雖然我討厭那些貴族，但矮人最守信用，因此我不會背叛米烈迪爾人。」

「你是米烈迪爾的鑄造師？」若方尼沃厄說的是真的，那可是不得了的人物。

「嚴格來說是五十年前，我現在退休了，正努力撰寫詩稿，忖著有天能受邀到馬桑樹演出。小子，如果你想聽我可以馬上唱給你聽。」方尼沃厄期待的看著諾比尼。

諾比尼搖頭拒絕方尼沃厄，但方尼沃厄顯然經常被拒，他毫不在意的將剩下的啤酒送入喉頭。

「坎努斯鋼是米烈迪爾的祕密，王室怎麼會讓你把原鐵帶出來。」諾比尼問。

方尼沃厄又到橡木桶旁裝啤酒，他嗝了一聲，「嘿，這就是方尼沃厄厲害的地方，其實這是複製品，也就是鍊金術鍊出來的贗品。我隱退時，國王便請大巫師鍊了這玩意兒給我當作紀念。」

「米烈迪爾的大巫師？」諾比尼倏然想到葛麗兒提過的人。

「是啊，這世上巫師這麼多，但能被尊稱為大巫師的人倒沒多少。」矮人把玩坎努斯鋼的原鐵，讚道：「能把贗品做得這麼好，也只有那傢伙的鍊金術辦的到。若他想，做出長生不老藥恐怕也不是難事。」

那麼解咒呢?諾比尼卻沒有問出這個問題。

很快的,方尼沃厄已經喝了五大杯蜂蜜啤酒,還不足以滿足他的酒癮。但店主已經起床,他驚訝的發現有人擅自動了裝啤酒的橡木桶。

「是我,方尼沃厄,誰叫你一早在床上思春,我只好自己動手。」

店主鬆了口氣說:「我還以為是哪個無賴惡漢,正想拿根鐵撬敲開他的腦袋。諾比尼先生也起來了,我馬上端出餐點來,請稍等片刻。」

「你真是個寡言的小子,難道你真的是撒冷教士?還是有特殊性癖,有些人會穿上女裝然後用很享受的表情自瀆,甚至有吊在繩子上的,有的人還真的玩到斷氣。我的天神,這連歐瑟都自嘆不如了。」

看著方尼沃厄繪聲繪影的描述,諾比尼覺得他該去說些詼諧的故事,會比寫詩篇來的有趣。

「巫師還沒起來嗎?」

「傑德米特先生睡得很熟,我剛才還特地搖了他一下,差點沒被他踹出來。」店主說。

「哈哈,偶爾也是有這種巫師,正因如此世界才這麼有趣。」

「方尼沃厄,你不是剛從北方離開,那裡的情況如何?我的意思是,真的會打仗嗎?」店主端出麵包與葡萄酒,葡萄酒是奧赫福特伯爵查抄舊商會後重新賣回市面,僅三天時間原本奇貨可居的葡萄酒又回到每間店鋪的酒櫃上。

北方騷動時有耳聞,安娜希也打算到那裡去大展身手,這種時候也是聖士的活躍期,用聖士暗殺敵對的重要人士儼然是簡潔、迅速的方法。若無詛咒影響,諾比尼現在應是躲在某個城堡大廳角落,或移遊在錯綜複雜的頂樑裡等待時機。

「比茲奈同盟，就是那個一直跟普魯侯王國不對盤的北方關稅聯盟，我跟斐迪南大公聊過，他信誓旦旦要與普魯侯開戰，還想以一塊肥沃領地為代價，交換坎努斯鋼的祕密。有看過矮人當人類領主的嗎？簡直笑死人。」方尼沃厄自嘲道。

「聽說普魯侯王國要與米烈迪爾王國聯姻，這兩個大國合在一起，比茲奈同盟根本打不贏吧。」店主坐了下來，捏著麵包送入口中咀嚼。

「這很難說呢，比茲奈同盟還找了其他盟友，打算包圍他們。再說普魯侯跟米烈迪爾就是一對怨偶，吵吵鬧鬧的，要聯姻恐怕還搞不定床笫事。」方尼沃厄說著最擅長的比喻，店主也跟著哈哈大笑。

諾比尼卻笑不出來，因為這個笑果建築在葛麗兒身上。

「小子，你的體格這麼好，去北方當傭兵應該不錯。」方尼沃厄一次喝光半瓶葡萄酒，讓店主趕緊把剩下的酒收起來。「況且你也很習慣了吧，對你來說就像呼吸一樣。」

矮人像是聞到血腥的貓，敏銳地看著諾比尼。

「也有人找我們矮人去參戰，但我們其實很討厭殺戮，人類看見我們粗壯的手臂就以為很適合砍下對方的腦袋。真是愚蠢的想法，矮人人數已經不多了，誰還搶著去送死。」方尼沃厄因歲月黯沉的粗糙臉頰泛起酒暈，他還繼續喝著蜂蜜啤酒，「又不像獸人，牠們是天生的戰士。」

諾比尼不禁往門口的方向探去，他想起在伊利斯麥，雷茲帶兩名獸人偷襲的事。

「聽說有一千多名獸人戰士到北方去了，一千多人啊，非常盛大的情況。真好奇吟遊詩人會怎麼記述這場戰役。」方尼沃厄說。

聽矮人的撰述，北方大戰似乎勢在必行，葛麗兒的地位也就更顯重要。若能促合米烈迪爾與普魯侯，將會在北方掀開新的局面，甚至影響遠至米恩特半島。

「遠遠的就聽到有人大聲喧嘩，我可是很晚才睡覺耶，就不能給個方便嗎？」樓梯傳來傾軋的嘎嘎聲，隨之傳來傑德米特含糊的聲音。

「好重的鍊金藥味，這小子肯定是巫師。懶散成這副德行，倒也算是奇觀了。」

「傑德米特先生，早安，我們吵醒你了嗎？」店主說。

「不，我們也差不多要出門了——咦，這位矮人是誰？」傑德米特撥著凌亂的頭髮走到大廳。

「我是方尼沃厄，將要成為吟遊詩人。」

「哈哈，真有趣，那畫面肯定很精彩。矮人的嗓音配上魯特琴，也許會吸引一些不同的聽眾。」傑德米特一屁股坐到諾比尼身旁，伸手撕著麵包。矮人的大嗓門配上悠揚的魯特琴，這組合用想的就讓傑德米特忍俊不住。

方尼沃厄說：「你這懶散的巫師才沒資格笑我，嘖，你有爵士巫院的記號。我的天神，爵士巫院什麼時候教出這麼散漫的巫師了。」他隨之哈哈大笑。

店主聽見了爵士巫院，頓時臉色驚訝，他問：「傑德米特先生，你是爵士巫院畢業的巫師？那豈不是正統巫師嗎？」

諾比尼也沒想到傑德米特畢業於這麼嚴謹的地方。巫師學習的系統廣泛，但從爵士巫院畢業的被稱為真正的巫師，他們有著足以比擬撒冷教士的清規，世上能被稱為大巫師的人多半是從此處畢業。

傑德米特無奈整理著瀏海，試圖不讓它擋住額頭，「要不是師傅用咒語紋住這麼個記號，我才懶得讓別人知道。每個發現的人都大驚小怪，彷彿巫院出來的巫師一定要符合他們要求。」

「方尼沃厄，你是從哪裡看見記號的？我跟傑德米特先生相處了幾日，也沒見到什麼記號啊。」店主問。

「巫師小子，要方尼沃厄替你解惑，還是你自己說呢？」

「其實也沒什麼特別，在我的右手掌有所謂的『畢業紋』，就是這樣。」傑德米特伸出他的右掌，果然有一塊小而精美的七芒星圖騰，中央還寫有一串古文字。

店主佩服地盯著七芒星，傑德米特收手道：「再看就要收錢啦，真是的，我可不想像那些巫師一樣過無聊的日子。」

「所以你選擇遊手好閒？」諾比尼諷道。

「光憑你的七芒星掌紋，就能在各國找到不錯的差事，何必像個野巫師到處閒晃。」方尼沃厄問。

「我討厭被綁定的生活，所以畢業後我一直周遊各地，找些新鮮事來做。」傑德米特吃完一條麵包，又配了些葡萄酒，邊咀嚼邊說：「諾比尼，石頭已經造好了，我們等等就能出發。」

方尼沃厄拍著大掌，「哈哈，我欣賞你這樣的巫師，我一直討厭那些像處女矜持的傢伙，特別那些是老的都是皺紋的傢伙，無聊又倒胃口。」

「這句話正中我下懷，不說了方尼沃厄先生，我們回來時再邊喝邊聊。」

諾比尼悄悄注視傑德米特的右手掌，那是與聖士完全相反的存在。

※

三天不見，安娜希美麗的眼眸生了極深的黑眼圈，她有氣無力地說：「我真的沒想到，照顧病人比上戰場還累。」

「巫師已經鍊出祛寒石，妳不必再澈夜照顧葛麗兒了。」諾比尼問：「那位胖伯爵去哪了？」

「他一早就說有要緊的事，吩咐我們好好照顧葛麗兒帶著一群侍衛匆匆離去。」安娜希陷入柔軟的紅皮沙發椅裡，「幸虧你們來了，我終於能休息一下。以後有這種差事，打死我也不接。」

於是兩人走到葛麗兒的房間，侍女看見諾比尼便趕緊低頭溜走，她稚嫩的臉頰與脖頸全是汗水。

「老兄，你依然『魅力十足』啊。」傑德米特打趣道。

諾比尼把發著綠光的祛寒石放在葛麗兒身上，葛麗兒的體溫已不像之前這麼高，兩人將覆蓋在床上的厚重衣物全收起來，火爐也終於停止燃燒。

葛麗兒勉強張開眼睛，像新生雛兒的一樣瞇著眼。安娜希跟侍女雖不斷換床單，替葛麗兒擦拭身體，但窒悶的溫度還是讓床褥濕透。傑德米特製的藥物發揮作用，從昨日開始葛麗兒便恢復意識，但身體非常虛弱，張眼沒多久便沉沉睡去。

「別亂動，想睡就睡吧，不要在意我們。妳的身子很虛弱，退燒後還需要靜養一段時日。」諾比尼說。

葛麗兒掙扎著肩膀，似乎想告訴他們什麼話，她吃力的用蒼白的嘴唇傳達訊息。

「米烈迪爾、大巫師……葛麗兒，妳是要告訴諾比尼去找大巫師的事嗎？」傑德米特說。

葛麗兒頷首，她幾乎一動作就會失去力氣。

「我身體很好，不勞妳操心。」諾比尼蒙住的嘴微微上揚，「妳把身體治好了，我再陪妳回去米烈迪爾。」

她的眼睛又緩緩闔上，進入治癒的夢鄉。傑德米特打開窗戶，讓和煦夏風吹散阻塞幾日的悶氣。

「大個子，想不到你也有這麼溫柔的眼神啊。」安娜希靠在門框旁竊笑。

「我以為妳睡死了。」

「是很想睡，可是養成了不確認這姑娘情況就不安心的毛病，啊啦，我是不是也被這小公主激出母愛了。」安娜希自己都覺得好笑。

傑德米特嘎滋嘎茲吃著從一樓拿來的西瓜，「不愧是奧赫福特伯爵，連西瓜都弄的到。對了，安娜希小姐，妳的雇主還不來嗎？」

「前天我的弟兄報信，說雇主最近就會抵達立陶港，我得狠狠跟他敲一筆錢，害我白等了這麼久。本來我已經打算直接去北方了呢。」

「比茲奈同盟？」諾比尼問。

「誰出的價錢高就去誰那裡囉，大個子，你有興趣也能跟我一起去。」安娜希撫著自己的臉頰。

「我不會去。」帶著這身詛咒上戰場，肯定會造成無法收拾的後果。

「小公主的病也快痊癒了，正好我的雇主也抵達立陶港，時間銜合的恰到好處。」

「安娜希小姐，妳真的很拚命賺錢耶，能問妳賺這麼多錢是為了什麼嗎？」傑德米特好奇地問。

「為了餬口飯吃，在沙密那個地方，除了少數蒙天眷顧的幸運兒有田能耕，其他人只能輾轉各地擔任傭兵或隨扈。說來好笑，『涅』說今生殺人是惡業，來世還要承擔同樣的苦，但沒有沙密人會聽『涅』的話，反正有什麼後果大家也不在乎，我們只是為了生存。」安娜希被戰場無情洗鍊的相當豁達。

傑德米特將黑色的西瓜籽吐到窗外，莞爾道：「跟著妳似乎也能遇到許多有趣的事，也許我也考慮當個傭兵。」

「為錢殺人的野巫師倒有聽說過，但像你這樣從爵士巫院出來的正統巫師，不怕被巫廷的人制裁？」安娜希打趣道。

「唉，這東西真的礙手礙腳，做起事來總不太方便。」傑德米特兩手一攤。

戰場上若出現爵士巫院出身的巫師傭兵，肯定會引起軒然大波。

「今晚要在莊園裡吃飯嗎？奧赫福特伯爵一時半不會回來，他說我們可以自由傳喚莊園的廚師，來個鮮嫩多汁的烤全豬如何？」

「哦，這倒是個好主意，順便把伯爵珍藏的神淚給取出來享用，伯爵為人大方，肯定不會計較。再說我們可是葛麗兒公主的好朋友。」傑德米特說。

「呃──」葛麗兒突然發出喘息。

傑德米特趕緊奔到她身旁觀看，發現她的體溫又急速升高，侍女見狀便問：「公主是不是想喝水？我立刻去取水──」

「別讓葛麗兒喝水，否則冰瘧又要發作，回溫是正常現象，期間若聽見她要求喝水，絕對不可以給她。」傑德米特再次強調：「一滴都不行，記清楚了。」

侍女只能看著葛麗兒痛苦的神情，默默替她擦拭冒冷汗的手臂。

「埃法席斯公爵的詛咒後遺症比想像的還強，安娜希小姐，還得麻煩妳多花兩天心力照顧，撐過這兩天就沒問題了。」

「明明就是個厲害的巫師，放著正途不做，偏要浪跡天涯，搞不懂你這正統巫師的想法。」

「這正是我迷人之處，還有麻煩別提到『正統』或爵士巫院，我聽了實在很頭痛。」傑德米特環伺房間，問：「沒有葛根了嗎？莊園裡還有儲貨嗎，帶我去拿，順便到廚房煮成汁給葛麗兒喝，雖然不能喝水，還是得用別的方法保持水分。」

侍女便領著傑德米特出去。安娜希說：「其實奧赫福特伯爵也為葛麗兒的病透腦筋，她再過沒多久便要下嫁普魯侯，此時奧赫福特伯爵等於同時背負米烈迪爾與普魯侯的雙重壓力。喂，你接下來有什麼打算？還要去米烈迪爾找解咒的辦法嗎？」

「嗯，這身詛咒未解，我也不曉得能做什麼。」

「我很好奇你染上詛咒前是個怎麼樣的人，你的眼神很兇，卻擅長掩藏情緒。」安娜希湊近諾比尼，她的頭剛好與他的脖頸平行，她紅潤的雙唇近的像是要在那脖子上留下吻痕。

「人都會隱藏一些事情。」

「沒錯，可是你卻特別的多，但那不是憂鬱的感覺，是種平淡如水的複雜情緒——」

諾比尼不想讓這個沙密女人繼續評判他，「夠了，去幫葛麗兒擦汗吧。」

「你真不解風情，還是說這小姑娘比風情重要的多？」

「誰對我而言都一樣，妳不必寄望太多。」

「少臭美了。」安娜希噘嘴道。

兩人拌嘴的同時，傑德米特已經燒好熱騰騰的葛汁，裝在銀製的盤子裡。侍女用銀湯匙一口一口細心的送到葛麗兒嘴邊，滋潤她乾燥的嘴唇。

「安娜希小姐，晚上我跟諾比尼還是回旅店，現在葛麗兒需要休養，葡萄美酒很容易讓我們忘記分寸。」

「說的沒錯，特別是你這散漫的巫師，要是打攪了葛麗兒，恐怕米烈迪爾王國會直接找你問罪。」

諾比尼盯著臉色憔悴的葛麗兒，腦海浮現她帶有口音的通用話，以及驕傲的神情。回想葛麗兒裝扮成紀亞時的活潑模樣，諾比尼覺得心裡有種從未有過的踏實，為他長久壅塞的情緒挑起一絲漣漪。

「別擔心了，這裡就交給我吧。」安娜希甩著辮子頭笑道。

「我們走了。」

兩人回到旅店時，店主正在打掃門面，他看見兩人的身影，便恭敬地說：「兩位先生，實在非常抱歉，我知道你們用高昂的金額租下敝店，但方尼沃厄，也就是那些矮人先生是我曾祖父的好友，希望兩位能讓方尼沃厄住幾晚。」

「我還以為是什麼事呢，反正空房間這麼多，只要那位鼻子靈敏的矮人爺爺別嫌鍊金藥味道太重，我是沒問題。」

「真敢說。」諾比尼嗤道。他們的開銷全算在奧赫福特伯爵帳上。

方尼沃厄驀然從背後冒出來，他敲著巫師的頭，差點把他的高帽子打下來。方尼沃厄一手拿著葡萄酒瓶，怒道：「小夥子說誰是爺爺，我才一百九十九歲，正值壯年。」

矮人的壽命雖比人類高出許多，但近兩百歲已算高齡，到這年紀還有此等活力，傑德米特也只能笑臉以對。

「你們來的正好，我剛才上街時買了些菜，今晚讓方尼沃厄開伙。」

他們才注意到方尼沃厄粗大的手掌拎著許多食材。

這矮人的廚藝出乎他們意料，比店主烹飪的還要美味，他自滿的說：「我可不是吹牛，所有矮人之中還沒有像我手藝這麼好的，因為今天心情特別好，你們才能一飽口福。」

「我就說總會有像普西一樣懂我才華的人，你們出去後我心血來潮，想彈唱五十年前寫的《阿呆小子的遊記》，結果有個年輕人從頭聽到尾。」方尼沃厄興奮地身體都在顫抖，「我問他：『年輕人，你覺得我唱這首詩好聽嗎？』你猜怎麼著，他回說：『嗯，嗯。』讚詠普西，祢誠摯的夥伴找到一位絕佳知己。」

他們很難想像方尼沃厄在人來人往的立陶港廣場彈魯特琴而不遭到白眼，更遑論有人從頭堅持到尾。

傑德米特忍不住說：「您老確定他的聽力正常嗎？說不定是個聾子。」

店主噗哧一聲噴出正在咀嚼的菜，方尼沃厄生氣的說：「你這巫師別見不得人好，我告訴你，總有一日我會在馬桑樹前，像魯爾兜那樣彈奏魯特琴。」

窗外忽然降起清脆雨聲。店主皺眉道：「真怪了，立陶港在這季節幾乎不落雨，今天卻下了兩次。這可不是好兆頭，代表這陣子可能會有綿綿的雨季。」

「還不是歐瑟在發浪，你們都聽過歐瑟的故事吧？」方尼沃厄露出淫穢的神情。

這故事是西南方流傳的創世神話，天地創立時，大地一片乾旱。英俊的神轟因炎熱而褪去衣裳，露出完美的男性身軀，仰慕轟的女神歐瑟春心蕩漾，情不自禁以手解決，因而形成雨水。

這故事的可謂最知名的神話之一，因而大型妓院都會供奉歐瑟的雕像。

方尼沃厄一杯接著一杯，喝得滿臉通紅，似乎從早到晚都沒停過。

「對了，小子，你為什麼老蒙著臉？」方尼沃厄問。

店主愣住了，他一直不敢開口問這個問題，光是諾比尼眼神微變的樣子他便不敢直視。

「我不喜歡被看到臉，而人們也不喜歡看我的臉。」諾比尼答道。

這個答案無法滿足方尼沃厄的好奇心，他飲下啤酒，打出一個濃濃酒味的嗝，「既然你不說，不如我自己掀起來看。」

「這老頭到底喝了多少酒啊？」傑德米特趕緊阻止方尼沃厄。諾比尼發狂的樣子他依舊記憶猶新，如果在這裡惹他生氣，恐怕會毀掉半個港區。

「從一早來就喝到現在，橡木桶裡的啤酒早被喝得乾乾淨淨。」

諾比尼迅速躲開矮人的手，但喝醉的他變得非常執著，似乎打定主意要揭開諾比尼的真面目。

「幫忙抓住他。」傑德米特捉住方尼沃厄的手臂。

方尼沃厄雖然近兩百歲，身體不改以往強壯，喝醉後他更不分輕重，猛力甩開傑德米特與店主。他撲向諾比尼，但撲了空，吼道：「他娘的，今晚我一定要看到你那張臉有多醜！我都敢見人了，還有誰不敢？」諾比尼身體的詛咒自動將方尼沃厄的行為判讀成侵略，已經一陣子沒受到刺激的詛咒倏地發作，差點無法壓制。一股熱力瞬然潑到喉頭，諾比尼遠離方尼沃厄至少一個長桌子遠的距離。

誰都知道矮人酒癮很大，卻沒想到方尼沃厄酒品如此差勁。傑德米特唱詠束縛咒，想暫時縛住他的行動，他一把推開傑德米特，又撲向諾比尼。手裡的酒杯從沒停止往肚子灌。

「老酒鬼。」諾比尼眼神一厲，店主馬上不敢動彈。那是要用鮮血付出代價的眼神，強悍如獸人都會感到震懾，但此時方尼沃厄醉得無法辨別。

傑德米特忖再不阻止，諾比尼會先手刃矮人，再跑到街上大鬧一番。

「臭小子，想跟我打架，你還早了一百年——」方尼沃厄兩眼一昏，砰一聲倒下，肚子直接壓裂陳舊的地板。

諾比尼感到詛咒的渴望比之前還要強烈，彷彿再過一段時日，就會變得像詛咒的王那樣瘋狂。

「呼，沒事了，諾比尼你還好吧？」傑德米特鬆了口氣。要是諾比尼變得像與詛咒的王對決那樣，傑德米特敢保證方交手就會被撕成碎片。

「方尼沃厄，你還好嗎？」店主戰戰兢兢地蹲到一旁，檢查他的呼吸。

「他只是醉昏過去。」諾比尼說。

「諾比尼先生，請你不要跟方尼沃厄計較，他只是愛喝酒，絕對沒有惡意——」

「我相信。」諾比尼一肩扛起方尼沃厄，「先把他抬到房間。」

傑德米特也湊上去幫忙，雖然靠諾比尼一人的力量就能抬動沉重的方尼沃厄。將方尼沃厄渾身酒味的身體放到床鋪後，傑德米特細聲問：「你剛才有想殺死他的衝動嗎？」

「應該沒有。」這是謊話，但諾比尼不想在此事上面多費唇舌。

「嗯。」傑德米特不安的頷首。諾比尼一剎那散發強大的殺意，那氣息似乎要將所有身邊的活物抹殺殆盡。

諾比尼走了幾步，傑德米特又叫住他，「老兄，你知道我是爵士巫院的人，那裡的人非常保守，他們非常有興趣解決你這樣的『麻煩』。」

「你想說什麼？」

「葛麗兒說的米烈迪爾大巫師，雖然我不知道是誰，但能配上此稱號的很難不是爵士巫院的人。我不認為你到了米烈迪爾後，光憑葛麗兒的影響力就能讓大巫師替你解咒。」

「詛咒之人，必有其惡。」諾比尼說的是一般人對詛咒者的看法。

「對，你知道，我也知道，但葛麗兒不知道。」

「你今天特別多廢話。」諾比尼哼了一聲。

「的確，大概是喝了太多酒，算了，我們吃飯吧。」傑德米特揚起笑容，恢復一貫的隨興。

這時候確實不適合談論這些問題，但遲早都得面對。窗外一抹暗雲遮蔽微弱的新月，無光的寢室把諾比尼融入黑暗，而一如以往，他非常適合待在這樣的氛圍。

※

方尼沃厄對自己昨晚的失禮舉動忘得一乾二淨，他還神清氣爽地向諾比尼打招呼：「昨晚睡得真舒服，但方尼沃厄年輕時能喝下更多酒。」

「巫師小子又再睡懶覺了，偷夢者最喜歡這種人，他們專潛入懶惰鬼的夢，到裡頭製造混亂，接著這些懶惰鬼便會神智不清，連自己做了什麼都不知道。」

這很符合方尼沃厄昨夜的行為，只不過他是被酒精侵入。諾比尼吃著硬掉的煎餅，一邊發出聲音附和。

「今天我打算再到廣場彈魯特琴，普西一定會把我帶入新的境界，如果能遇到昨天那位忠實的聽眾，那就再好不過。我等下要表演的曲目很精彩，你有興趣也能來聽看看。」

「不了，我還有事。」

「你們是去幫貴族小姑娘看病吧，這些貴族養尊處優，風一吹就染病。」方尼沃厄囫圇塞進一大口煎餅，他說：「嘿，可惜我只能彈一般的五弦，魯爾兜能彈到十弦呢！那繁複多變的弦音，完美配合美麗的故事，若你早生個一百年，就有機會聽到他彈奏啦。」

方尼沃厄又滔滔說了一堆話，才甩著不成比例的手臂走出門，正好傑德米特打著哈欠走下樓。

「他真是樂觀，怪不得能活到兩百歲，渾然不知昨晚差點被殺。」傑德米特倒了一些葡萄酒，輕搖杯子，讓暗紅的液體滾了幾圈才送入口中。

「還要準備葛汁？」

「差點忘了莊園裡快沒儲貨了，我們等等先到街上採購一些。」

「你先去莊園，葛根交由我去買。」諾比尼說。

「咦？你一個人沒問題嗎？別太逞強。」傑德米特不放心的說。

「我不是傻子，知道如何像正常人購物。再說了，我沒這麼喜歡任意殺人。」諾比尼知道他在擔心什麼。換做其他人也會有所防範，因此諾比尼也不介意。

細針般的雨絲掛在天上，日頭卻相當耀眼。兩人出門後，在往山上莊園的十字路口分開，諾比尼走往建在崎嶇邊岸的商業大道，雖然時間還很早，但商家已經開店迎客。

幾乎是天一亮，港口處就有絡繹不絕的貨物下船，從商業大道的位置能看到忙碌的海關人員正在清查貨物。位於更高地勢的黑石酒吧已被勒令停業，此時充當一位木材商人的貨棧。

沿街幾間酒吧都張貼徵人啟事，任務種類繁多，有保護商旅，或幫忙除掉野獸，也有徵傭兵，甚至是刺客。諾比尼不禁哼了一聲，一般刺客在聖士眼中只是小孩子，沒有崇高的信念。但對其他人而言，買凶殺人沒有任何不同之處。

藥材店就開在一間傭兵酒吧旁，傭兵出任務時很需要帶一些急救、治療的藥物。這個時間商人尚未進貨，也不見傭兵身影，老闆因而閒得靠在店門口打小盹。

「我要葛根。」

老闆被驚嚇得張開眼睛，又看見諾比尼一雙冷峻的眼睛，連從板凳上跌下來。老闆像一顆梨子在地上打滾，他好不容易站起來，摸著半禿的頭顱敬畏地說：「不好意思，這個月的管理費我會盡快繳清，我昨天本來要去繳的，只是太忙了不小心忘記。」

老闆的個子只到諾比尼的腰盤，就像一隻縮在挺立蒼鷹前的小麻雀。

「繳不繳錢是你的事，我要買葛根。」諾比尼語氣冷淡的說。

「原來是客人……你好，歡迎歡迎，要買葛根嗎？」老闆正色，立即挑出好幾堆形狀不一的葛根。「這是米恩特半島產的野葛根，還有從西南邊來的山葛根。」

老闆詳盡的介紹產地，但諾比尼的眼光卻瞥向放在後邊架子上，如大葫蘆般的葛根，它比一般葛根大了三、四倍。

「客人，這是跟大寶船一起來的葛根王，聽說有相當神奇的療效，當然我也不敢保證是不是跟一般葛根沒兩樣。」老闆誠實的說：「這東西外型很唬人，但幾乎沒人會買，我還考慮下次大寶船商人來，要把葛根王退還回去。」

見諾比尼不為所動，老闆拿著山葛根比劃，「它的體型雖然小了些，可是清涼退火，對中暑或焦渴都很用——」

「葛根王我要了。」

「什麼？您這是……客人，葛根王不便宜，而且效用也不曉得好不好——」但老闆看到諾比尼堅定的眼神，也不敢置喙，連忙將沉甸甸的葛根王搬下來。

諾比尼丟了幾枚金幣到桌上，那是奧赫福特伯爵給的有足夠信用力的米恩特金幣。

「這樣夠了嗎？」

「夠，一定夠。」老闆諂媚地說，開心的將金幣收到口袋裡。

諾比尼把葛根王裝入一個黑色麻袋，用幾隻指頭的力量能輕易挑起它。諾比尼忖這東方的玩意兒肯定對葛麗兒的病情有效。

不遠處傳來一陣嘈嘈琴聲，聽起來像是用琴絃割羊毛，諾比尼當然知道那是誰。能不顧眾人眼光，自得其樂彈奏出這等琴音，也只有活了兩百年的老矮人。

商業大道中央有個廣場，聚著許多小販，諾比尼看見方尼沃厄站在中間的高臺，調整著一把嶄新的魯特琴。方尼沃厄似乎沒注意到一旁的商家投以不悅的眼神，他唱了幾句，彷彿某種獸類的吼叫。不過中央廣場離商販有段距離，因此還不至於打擾商家，否則方尼沃厄早被商會的人逐出去。

幾隻小花貓偎在廣場曬太陽，絲毫不受方尼沃厄的影響。

「年輕人，你來聽方尼沃厄吟詩啦。」

諾比尼以為是方尼沃厄發現他的蹤跡，不過方尼沃厄是在叫喚另一個人。那個聽方尼沃厄表演的人穿著黑色的無袖背心，以及一條黑色皮長褲，他面向方尼沃厄坐著，不停點頭。

那人身材修長，晾在外頭的手臂相當白皙，有一頭火紅短髮，在陽光照耀猶如要燃燒起來。諾比尼卻心裡一驚，他躲在一台大馬車後面，透過隙縫觀察那個紅髮女人。

方尼沃厄昨晚只有說個年輕人，卻未曾提到性別，但眼前這個彷彿聽得津津有味的女人，有著如諾比尼一樣的氣息。聖士，從歐里安登大陸北方冰凍山巒來的索命人。

「阿斯塔蒂……」諾比尼輕輕喚出她的名字。她是一個又聾又啞的漂亮女人。

阿斯塔蒂忽然轉頭看向諾比尼躲藏的地方，她的眼睛如杏仁核般大，黛綠色的眼瞳如一泓清澈湖水。挑亂的紅髮絲若火焰在額前、耳鬢間跳動，如墨點的雀斑深深映入諾比尼眼簾。

她只一瞥又轉回看方尼沃厄演奏，諾比尼則繞路走到往莊園的十字路口。半年了，他頭一次見到以前的人。有聖士的地方，代表有勳貴即將殞落。

立陶港此時有管理財政的伯爵，以及米烈迪爾王國的公主。諾比尼平靜的心掀起波盪，他的舊識很可能是來暗殺葛麗兒，北方正在動盪，會找上聖士也不奇怪。

但這件事有極大機會牽扯到葛麗兒身上，這才是諾比尼擔憂之處。

「這葛根未免太大了，顏色也非常深，你是從哪裡挖出這個怪物。」傑德米特掏開麻布袋，驚訝地問。

「葛麗兒呢？」

「她正好醒來了，不過身體還是很微弱，你可以去看看她。東西交給我就好了。」傑德米特扛起葛根王，說：「這重量虧你拿得這麼輕鬆。」

諾比尼疾走到葛麗兒床鋪前，見到一雙鈷藍色眼眸衰弱的打轉。

安娜希正在收拾剛喝完的葛汁，她查覺到諾比尼的異樣，「你好像很慌張，發生什麼事了？」

諾比尼搖頭，他走到葛麗兒跟前，望著那雙乾涸的眸子。葛麗兒也發現向來穩如磐石的諾比尼眼神慌亂，她只能輕輕皺眉，表達疑惑。

「今晚讓我住在莊園。」

「為什麼？到底怎麼了，沒頭沒腦的我還以為你也染上冰瘧。」

但諾比尼無法告訴他們有名虎視眈眈的聖士，能認出聖士的人必定不單純，他不想遭到質疑。

「總之，聽我的，今晚我要住下來。」

「這倒沒問題，奧赫福特伯爵也還沒回來。」安娜希輕輕撫摸他的雙臂，「你真的沒事嗎？要不要也喝些葛汁，安定心神。」

很難想像諾比尼會有情緒不穩的時候，這讓安娜希也跟著緊張起來。

「不了，我到外頭休息一會，如果有異狀隨時告訴我。」

聖士不論何時都可能出手，現在阿斯塔蒂或許就躲在某處監視。諾比尼坐到沙發床上，他猛然搖頭，這是不可能的，若阿斯塔蒂知道他在這裡，絕對不敢貿然出來。

傑德米特不知何時站到他前面，「老兄，你怎麼神經兮兮的，這一點也不像你。」

「也許太累了，我休息一下便沒事。」

但諾比尼認為阿斯塔蒂可能早知道他在這裡，因此才故意潛伏在港區等待時機。不過尚不能完全確定她的目標是葛麗兒，諾比尼坐在沙發上，思索兩者間的關聯性。

阿斯塔蒂，火紅頭髮的女人，諾比尼還未開始執行任務前便認識她。一個喜歡沉默，一個不能說話，永遠無法產生交集。阿斯塔蒂被譽為完美的聖士，無聞無語，所有情感被天生的殘疾帶去，成為虔誠的殺人武器。

諾比尼記得她小時候咿咿呀呀跟在他身旁，他總是故意疏離，但阿斯塔蒂會眨著明亮的眼睛，露出純真的笑靨。立下血誓後，每個人的情感被抽離身體每一毫，彷彿不曾存在。從小就寡言的諾比尼是如此，曾經笑靨如花的阿斯塔蒂亦然。

記憶裡的阿斯塔蒂突然變成一團火焰，火焰分成藍、紅，又是熟悉而詭譎的幻象，這次他卻毫無顧慮的走進炙熱的紅焰裡頭，火舌如詛咒發作時劇烈，他不吭一聲閉上眼，靜靜聽著火燃燒的聲音。

「大個子，他睡著了嗎？你們昨晚幹了什麼，他整個人感覺好奇怪。」安娜希的聲音穿越幻境，盤桓在諾比尼耳畔。

諾比尼忽然張開眼。

「我也不是很清楚……」

「喂，你像個老人坐在這裡睡呢，累的話到客房去，那兒的床也比較舒服。」安娜希說。

「我沒事，只是做了一些夢。沒事。」諾比尼無法像之前那樣從容應對，他唰一聲站起來，走到莊園後面的花園。

諾比尼從口袋裡拿出壓皺的冷菇，一口全放到嘴裡，他癱坐在樹蔭下仰望刺眼的陽光。安娜希隨後追了上來，她訝異地看著嚼爛生冷菇的諾比尼。

「啊啦，你肯定有不得了的壓力，竟然直接生吃，寒冷部落的祭司們看到你這模樣，也會嚇得從神的國度醒來吧。」安娜希不忘嘲諷道。生冷菇味道強烈，幾乎沒有人生吃。

「葛麗兒沒事吧？」

「你冷靜點，你的樣子好像有什麼人想對小公主造成傷害。還是我猜的沒錯？」

「東方女人，這不甘妳的事。」

「你發神經當然不甘我的事囉，但既然我擔下照顧葛麗兒的責任，這就與我有關。」安娜希蹲到諾比尼身旁，用紙捲起幾根乾燥的小草，以打火石點燃。「你要不是個怪物，早被嗆死了。」

諾比尼將剩下的冷菇放在火上燻出煙味，用力的吸了一口，身體才漸漸緩和過來。

「我認為有人會對港區裡的權貴下手，但我無法確認誰是目標。」

「你是擔心葛麗兒受傷，才會變得這麼奇怪？有我保護葛麗兒，別怕。你才該擔心奧赫福特伯爵，想找伯爵討債的人多的是。」安娜希站起來伸展筋骨，「如果你心情平靜了，就去看看葛麗兒，大概是你買的葛根王意外有效，她現在精神好很多。」

「那就好。」諾比尼丟棄剩餘的冷菇，「葛麗兒就交給妳跟巫師，我出去辦一件事。」

※

再次來到商業大道廣場，阿斯塔蒂已經消失無蹤，方尼沃厄還陶醉在自己的創作之中。商人幾乎是小跑步經過高臺，方尼沃厄的努力還未受到眾人肯定。

諾比尼在廣場繞了一圈，沒有發現絲毫蹤跡，又轉回一開始躲藏的馬車旁，思忖阿斯塔蒂的躲藏處。

突然一道紅影閃過，接著有人用指頭點著他的肩膀。

阿斯塔蒂以手語比道：「你在找我？」

「沒錯。」諾比尼用方言回答。

阿斯塔蒂看得懂這種語言的唇語，她因聾啞受過各種語言的唇語練習，但還是兩人共同熟悉的方言最為親切。

「你陷入了不該有的情緒。」阿斯塔蒂捏著生長幾許雀斑的鼻尖，「你離開半年，墮落成一個普通人。」她靈活的表情裡透漏鄙視。

「隨便妳怎麼說，我要知道妳的目標是誰。」

「無情的諾比尼也擔心這個？」

諾比尼知道她不會說，聖士寧死不從，正因如此才難纏。

「情感是累贅，阻礙昇華的絆腳石。以前你也這麼說，我相信，可是現在你讓我失望。」阿斯塔蒂手中忽然變出一把鋒利的匕首，諾比尼反手擋住，被劃出一條長長的血痕。

「不要傷害葛麗兒，否則我……」諾比尼不想說出狠話。

「你被圖斯裁判所通緝，與其死在別人手中不如由我先殺你。」

阿斯塔蒂從下方一刀揮上來，諾比尼這次格擋住，將她往後推。

「為了那個貴族姑娘？」阿斯塔蒂收起匕首，「你明白你不屬於他們，也不屬於我們。」

詛咒嗅到了血腥，準備伺機而動。

阿斯塔蒂說的不錯，諾比尼已是獨立活在所有圈子外的個體。

「我不想動手。」或者說不想手沾滿妳的血。聖士活不光明，死必磊落。一旦執行任務，不是已死就是敵亡。

兩人沒有在此刻交手，是阿斯塔蒂還念著聖士唯一的羈絆情感。

「等時機到了，由不得你不想，諾比尼，再見，祝你能夠擋住我。」阿斯塔蒂一轉眼就消失在諾比尼跟前。

諾比尼陷入一灘泥沼，如果選擇保護葛麗兒，他便是切斷立過的血誓。這一刻，他深深體會血神的教導是正確的：情感是累贅，阻礙昇華的絆腳石。

第六章　刺殺

新月勾了一夜，也讓諾比尼在柔軟的床上輾轉難眠，不斷注意葛麗兒房間的動靜。反覆醒了幾次後，他與曙光一同離開舒適的床鋪，來到長廊邊徘徊，望著盡頭一大片落地窗。

兩天了，阿斯塔蒂沒來，諾比尼不禁忖她的對象也許是那位善於財政的伯爵。但一切都無定論，此刻諾比尼才知道以前那些被暗殺者多麼畏懼。

「安娜希小姐已經離開了？我還沒謝謝她的照顧。」葛麗兒已能正常說話，胃口也漸漸好轉。

「是啊，一大早就離開了，她要妳好好養病。」傑德米特說。

「我記得這幾天昏昏沉沉時，一直喝著很甘甜的汁液，那是什麼？傑先生，能做給我喝嗎？」大病初癒的葛麗兒說話不像之前有力氣。

傑德米特說：「那是諾比尼買回來的葛根王，妳現在應該吃點營養品，這樣身體才好的快。」

「嗯。諾比尼先生也走了嗎？他是不是嫌我拖累，所以自己去找解咒的辦法。」

「妳想太多了。」傑德米特瞄向門口，「他這兩天一直在巡邏，怕有人傷害妳。」

「誰敢傷害我？敢惹米烈迪爾人，就要他有去無回。」葛麗兒說這句話時充滿血氣，但臉上隨即又浮現一絲蒼白。

傑德米特笑道：「這才像我們認識的葛麗兒。其實我也不清楚，諾比尼只是要我們嚴加防範，他可能是非常關心妳吧。」

葛麗兒轉著鈷藍色的眼眸，哀戚道：「傑先生，請你誠實的告訴我，你認為諾比尼先生的詛咒解的開嗎？」

施咒者必須付出一定程度的代價，才能對目標下咒，最令人畏懼的黑詛咒必須獻出好幾條生命。詛咒愈兇惡，咒也愈難解。

「我不清楚，畢竟解咒不是我的長處。」傑德米特不想讓葛麗兒在身體未康復時擔心。

「如果去了米烈迪爾，大巫師也解不開諾比尼先生的痛苦，那該怎麼辦？」

傑德米特憂慮的是一般人對於中詛者的看法，特別是諾比尼身上的詛咒更為險惡，爵士巫院出身的大巫師恐怕見到只會想辦法解決他，而不是處理詛咒。

「傑先生，你怎麼愣住了？」

「妳認為諾比尼是個怎麼樣的人？或是說，妳知道大家對中詛者的想法就是那樣。」

「他是好人，他救了我們，難道因為他中黑詛咒就認定他是壞人嗎？」葛麗兒知道傑德米特的意思。

「況且你也看見了，他為了保護我們努力壓制詛咒。」

幸而她說這些話時情緒很平穩，否則傑德米特一時也想不出緩和的話語。

「我去廚房看大廚準備的如何，不過因為妳身體還未全好，所以要吃清淡的食物搭配一點苦藥。」

樓下突然鬧哄哄，急躁的腳步聲響澈長廊，底下的衛兵看起來非常慌張。傑德米特擋在葛麗兒面前，他忖著諾比尼說的威脅，竟會在如此平凡的晨間到來。

葛麗兒見傑德米特慌了神，連忙說：「把我的劍給我。」說著，準備起身迎戰。侍女跌跌撞撞跑進來，氣喘吁吁地說：「公主、公主，」她的傳遞方式讓兩人覺得厭煩，急著用眼神逼問。她喘了幾下，才說：「奧赫福特伯爵回來了，您的叔叔哥利席亞公爵也是。」

「叔叔？他終於來了。」葛麗兒心頭一楞。

葛麗兒的叔叔哥利席亞公爵派頭比奧赫福特伯爵還大，光是隨行的衛士就超過三十人，一行人聲勢浩蕩進入莊園。大家這才知道，奧赫福特這幾日是去迎接哥利席亞公爵。莊園裡所有人列好隊伍夾道歡迎，除了葛麗兒他們，其他人似乎早已知道這件事。

諾比尼對於騷動相當敏感，還以為是阿斯塔蒂突然出手，他已準備好隨時應對。

兩位位高權重的貴族進入莊園客廳，葛麗兒在侍女的攙扶下走出來，她穿著淡紅色的連衫長裙，手指穿著鑲有小巧寶石的指環，頭髮綁成美麗的麻花辮，並結著紅色的絲帶蝴蝶結。她不再是戴著頭盔的豪氣紀亞。扮回女裝的葛麗兒更襯托了那張精緻的臉孔，那對鈷藍色的眼瞳因為眼睛的淡妝更顯得熠熠。

雖然早知道葛麗兒是女子，但直到現在傑德米特才看見她打扮後的模樣，完全便是個窈窕精緻的小姑娘。諾比尼也深有同感。傑德米特與諾比尼都被宣到哥利席亞公爵面前，奧赫福特伯爵介紹道：「這兩位便是悉心照顧葛麗兒公主的巫師傑德米特，這位則是諾比尼。」

哥利席亞公爵身材不高，但緊實精壯，衣服一絲不苟，頭髮更是整齊服貼，眼神充滿精光，腰間配著一把劍柄鑲有紅寶石眼的單手劍，這位米烈迪爾貴族儀態嚴謹，坐在柔軟的沙發上也挺直腰桿只坐前端。一旁碩胖的奧赫福特伯爵也被公爵的影響，努力縮起大肚腩。

「我聽高貴的奧赫福特先生提及葡萄區的故事，精采絕倫，也讓我明白兩位的勇氣與忠誠。我代表懷森斯親王向兩位致意。」哥利席亞伸出右手向兩人筆劃。

「葛麗兒向您請安。」葛麗兒像個有教養的貴族淑女規規矩矩的行禮。

「妳留下一張紙條說要遊學，就這樣消失近半年。親王一直掛念妳的安危。」哥利席亞的語氣非常嚴肅，彷彿下一刻就會破口大罵。

「真的很抱歉，我已經想通了，所以才寫信告訴叔叔。父親他還好嗎？」葛麗兒惴惴不安地問。

「他很好，倒是妳的母親為妳任性的行為吃了不少苦，畢竟米烈迪爾王國沒有女子遊學的先例。葛麗兒，我從妳的信上讀到妳結交了好友。聽說兩位一路上照顧非常葛麗兒，身為她的叔叔，我在此向兩位致謝。葛麗兒的父親懷森斯親王正在前線參與作戰會議，因此一接到葛麗兒的來信，便命我星夜兼程趕來立陶港。」哥利席亞公爵打量著諾比尼，「至於諾比尼先生，葛麗兒在信中不厭其煩的提到你的勇敢。」

諾比尼聽見公爵喚他的名字，只簡單的頷首。

「能夠結識朋友是件好事，不過，妳終究是背負兩國友好的公主，妳的父親很高興妳能想通。」他盯著葛麗兒的眼睛，「坐下吧，妳的病還沒痊癒。」

「對，公主快坐著休息，兩位先生也請坐。」奧赫福特說。

「巫師先生，請問葛麗兒的病情還需多久痊癒，是否會留下後遺症。葛麗兒即將嫁給普魯侯王國的堪德利親王，我們不想出現任何一點差錯。」

「沒問題，葛麗兒——葛麗兒公主的身體已經沒問題了，只是身體還很虛弱，再休養幾天便能跟從前一樣活蹦亂跳。」

「先生，若我的視力沒有問題，你應當是爵士巫院出身。」哥利席亞說。

爵士巫院的事諾比尼早已知道，不過奧赫福特伯爵與葛麗兒頭一次聽說，皆流露佩服的神情。但以哥利席亞的嚴格標準來看，傑德米特的言行舉止並不符合從該學院畢業的巫師。

他的眼神讓傑德米特感到渾身不自在。

「葛麗兒，我替妳聘來一位保鑣。」哥利席亞朝外面喊道：「安娜希小姐，請妳進來。」

安娜希走進來時，大家面面相覷，沒想到她苦等多時的雇主竟是葛麗兒的叔叔。

「據奧赫福特伯爵所說，你們之間已認識，那麼我便不多費口舌。葛麗兒，這位驍勇善戰的沙密傭兵將會陪伴妳到結婚之日，免得妳再遭受危險。」

哥利席亞言下之意大家都明白了，便是要安娜希監視葛麗兒，以防葛麗兒又突然不告而別。在米烈迪爾貴族眼中，傭兵認錢不認主子，他們相信交由安娜希監視，絕不會出現徇私的情況。

客廳裡剩下哥利席亞公爵與奧赫福特伯爵談論邊關稅務的事宜，言談中能得知路德維希三世已打算與米烈迪爾做更密切的經濟交流，這讓人不禁聯想到可能將發生的北方大戰。

有哥利席亞公爵在場，傑德米特與諾比尼也不好跟著葛麗兒，兩人只好暫時回到旅店等候。

葛麗兒回到房間後，看著安娜希說：「沒想到叔叔竟然聘妳來監視我。」

「到港口時，看到駿馬與戰袍的徽章我還以為是玩笑呢，雇用我這個貪財戰士，才不會對妳產生同情，幫助妳逃脫。」

「是的，他們的確這麼想，但我早已打定主意，回去履行我身為米烈迪爾貴族的責任。」

「小公主，雖然我這麼說會對不起付我報酬的哥利席亞公爵以及妳的父親，但妳真的打定主意嫁給那位，陌生的親王？」對無拘無束的沙密人而言，貴族間的錯綜複雜一直非常難以理解。

「米烈迪爾貴族生下來就注定了命運，男子上場殺敵，女子為國締結關係。即使身為女子無法上戰場，我也要負擔起責任。相較之下，四處冒險當然好玩多了，半年的遊歷讓我學到許多在米烈迪爾學不到的事情。不過作為聯姻對象，是我身為米烈迪爾貴族的使命，如果能因此讓米烈迪爾王國與普魯侯結交友誼，百姓們也能過上好日子。即使不被允許上戰場保衛人民，我也能用女人的方式保衛國家。」她掛念諾比尼身上兇惡的詛咒，「看見諾比尼先生的痛苦，我便不想再逃避。我要想辦法帶諾比尼先生一起回米烈迪爾，我答應他要帶他去找大巫師解咒，以名譽為誓。」

「恕我多嘴，妳的叔叔看來非常難纏，妳打算告訴他真正的原因嗎？諾比尼身上染了黑詛咒，所以要帶他回米烈迪爾？」

「不，我沒想到是叔叔來接我，但哥利席亞叔叔只是外表嚴肅，妳知道米烈迪爾的人都是這樣的，如果我跟叔叔好好解釋，他一定會諒解。」

安娜希為葛麗兒的天真搖頭，米烈迪爾貴族的脾氣與正統巫師簡直同個模子打造，若說哥利席亞願意瞭解諾比尼的詛咒，她寧願相信其他更荒誕的事情。

「啊啦，妳跟大個子認識一個月而已，感情卻這麼深厚，一種奇怪的羈絆對吧？」

「我從沒見過這麼憂鬱的眼神，諾比尼先生得到詛咒之前一定不像現在這樣。」

「也許是妳認識的世界還不夠廣大，很多人為了存活都會有憂鬱的神情，當然，諾比尼是屬於比較特別的人。對妳而言是憂鬱，對其他人來說，那讓他們感到恐懼。」安娜希不得不承認諾比尼的震懾感，若說他背後沒有離奇的背景實在說不過去。

葛麗兒在意的卻不是那些，她想幫助諾比尼，讓他重拾笑顏。

安娜希不曉得是不是詛咒奪走諾比尼的笑容，但她肯定正是葛麗兒與眾不同的想法才讓諾比尼沉靜的情緒產生變化。打從心底而生的關懷。

「某方面來說，妳跟大個子很像。」安娜希用手指捲起辮子，經過長久的歷練，她滿手是繭，眼神流轉如同奧赫福特伯爵的世故。「妳還是先思考關於結婚的事。」

安娜希忖自己還真的成為全職保母，無奈笑了笑。

※

矮人方尼沃厄今日沒有到廣場大展歌喉，當諾比尼他們回到旅店時，他正在埋首寫稿，十隻手指頭沾滿墨漬。

「真是災厄，方尼沃厄打算用墨水粉刷我的店啊。」店主悄聲抱怨道。

墨水從桌上滴到地板，彷彿某種邪惡詛咒蔓延，方尼沃厄的羊皮紙上也是一團黑糊，無法辨認那是何種文字，或只是一堆鬼畫符。

「兩位年輕人，你們來的正好，我不眠不休的總算快把新作寫好，題目就叫《桑尼的裁縫》，你們很幸運能當我第一號聽眾。」方尼沃厄大笑道。

傑德米特將放著麵包的托盤拿起，免得被墨汁玷汙，他說：「你的好意我心領了，可是我沒有鑑賞能力，恐怕會辱沒你的作品。」

「年輕人，你可有所不知，普西賜給我這個新作，正是想開化你的鑑賞能力。太好了，你簡直與我的作品相契，來，讓我為你開個獨奏會。」方尼沃厄一把拉住他的手。

「這老頭是不是又喝多了？」

「算少了，從昨天到現在才喝七大杯，我還以為他生病了呢。」

「嘿，我是怕酒精影響普西賜予的美妙靈感，等等我一邊喝酒一邊唱給你聽。」

諾比尼嚴陣以待兩日，早想好好休憩，他懶得回應傑德米特的求救。

諾比尼走到房裡，啃著麵包，一絲烏雲正好擋住淡薄的月光，他想起遲遲沒有行動的阿斯塔蒂。雨聲滴滴答答拍打簡陋的窗戶，在幽深的夜裡勾起關於聖士的回憶。

假如沒有詛咒，他不會衍生莫名其妙的情感，也許會繼續虔誠的執行任務，在死亡中獲得榮耀。阿斯塔蒂也是這麼想，所以她不可能放棄目標。儘管諾比尼說服自己阿斯塔蒂的目標可能是其他人，但聖士的直覺告訴他這只是自欺欺人。

房門突然被打開，一道光影照亮處在黑暗中的諾比尼。

「你在扮演深居地下的某種蟲類嗎？」油燈照亮傑德米特不懷好意的笑臉。

方尼沃厄出現在巫師身後，遠遠便能聞到蜂蜜啤酒的味道。

「就我一個人聽未免太可惜了，我非常想與你一同分享。」傑德米特用一副大不了一起死的表情看著諾比尼。

「饒了我吧。」諾比尼還想安安穩穩的睡覺，但他早猜到傑德米特不會這麼安分。

「好，請兩位都坐好了，一邊吃著美味的麵包，喝美酒，來聽方尼沃厄唱誦新作《桑尼的裁縫》。這個故事保證讓你們大開眼界，連普西都會自嘆不如。」方尼沃厄已不容此時有人喊停。

於是他先撥了幾個長音，他的手指對魯特琴還不熟悉，因此音律聽來斷斷續續，傑德米特無法想像接下來的高音會是何種慘狀。方尼沃厄彈著短促的音弦，試圖營造出輕鬆的氛圍，他也跟著魯特琴的聲音哼了起來。

嘶啞低沉的嗓音非常不適合這首歡樂的詩歌，彷彿是個哀傷之人強顏歡笑。

「我是個無憂無慮的裁縫，期待美麗的愛情相逢，我為風兒織了呢絨，也替花兒繡一身紅。」方尼沃厄唱得很盡興，但他的嗓子卻跟不上高弦音。

方尼沃厄還不忘用啤酒潤喉，這場面簡直是滑稽劇，讓傑德米特差點捧腹大笑。

諾比尼的心神早已拋到窗外，回到冷冽的峰巒，在那裡接受一不小心就會喪命的嚴苛訓練。他想這是因為見到了阿斯塔蒂，所以才讓他突然憶起生長的地方。

這也提醒了他始終是孤獨份子，預言師圖拉真要他跟跟隨自己的意志，此時他覺得應該結束與葛麗兒的旅程。他知道大巫師對詛咒之人的看法，也能從哥利席亞公爵的態度得知，在米烈迪爾他將會有何種待遇。

方尼沃厄唱了半首後停了下來，他說：「這幾段似乎怪怪的，讓我想想該如何更好的詮釋。」

「正是如此，我也這麼認為，方尼沃厄，我誠心的說，你最好繼續多多思考，這才能臻於完善。」傑德米特抓住機會，開始發揮他的本領，他拉起方尼沃厄，將他推到門外，「偉大詩篇的創造刻不容緩，拎上你的啤酒與美好的靈思，到房間裡與普西共處。」

「說得對，巫師小子，你說的好極了。」方尼沃厄滿意的點頭，邁開步伐走回樓下的房間。

送走矮人後，傑德米特鬆了口氣說：「他的歌聲還比不上鐵匠鋪的打鐵聲。」

諾比尼沒仔細他說話，傑德米特問：「接下來打算怎麼辦？去米烈迪爾，或者其他地方。」

「解咒之後，該何去何從。」諾比尼像失去軸心的船，傾入汪洋大海。他原本能獨自承擔孤寂，為解咒而活，從未思考或在意其他事情，如在那冷寂的山峰時一樣。但此刻他從葛麗兒的關懷了解到自己的孤獨，他開始反思自己的去路。

「諾比尼，你到底是怎樣的人，你不畏懼手染鮮血，比經歷百戰的傭兵更加沉著，可是——」傑德米特望著他陰沉的側臉，把嘴邊的話吞回肚內。

那股強韌後卻莫名脆弱。

「也許跟你們太多瓜葛讓我無法適應，我適合一人獨行。」諾比尼熄掉肯艾佛斯忘了拿走的油燈，房間黯了一半，他喃喃地說：「留下沉靜，如我來時一樣。」

傑德米特乾笑道：「你在吟方尼沃厄最愛的詩呢，《花絮騎士》最後一章第二節對吧？這幾天你真的太累了，闔上眼舒舒服服的睡覺，明日見到朝陽又是美好的一日。」

傑德米特關上門，把剩餘的光亮帶出房間，諾比尼脫下纏繞面容的面巾，還有灰袍子。黑紋比夜色更深，如無盡的深淵，它依舊渴望鮮血。

忖著無法控制詛咒而失去心神的埃法席斯公爵，諾比尼的心志也逐漸浮動，若不遠離這些造成變動的因素，他害怕最終也抑制不住自己。

※

哥利席亞公爵特地在莊園宴請傑德米特與諾比尼，那是令人感到枯燥乏味的午飯。貴族們對這種場所習以為常，但跟另外二人可不習慣在這種氣氛下用餐。

「米恩特半島能成為貴國的強力後盾，比茲奈同盟只不過虛有其表，真正開戰時那些單純的武夫才會明白如流水不斷的金錢是何等威力。當然，在米烈迪爾王國的武力面前，對方只有吃虧的份。」奧赫福特伯爵滔滔不絕道，卻沒忘記把肥嫩的牛排切好送入口中。

「比茲奈懦夫啟用數量龐大的獸人，想彌補他們的軟弱，我們需要更厚重的鎧甲來抵禦獸人粗壯的身軀。」

獸人皮肉之厚，連米烈迪爾王國引以為傲的坎努斯鋼都曾吃過虧。

「馬爾斯鎧如何，通身由一萬片小鱗甲製成，即使正面遭受獸人攻擊，也安然無恙。」奧赫福特伯爵笨拙的作出遭受攻擊的模樣。

「很好，但價格昂貴，且太重。」哥利席亞看著默默切牛排的諾比尼，用刀子指著他說：「需要如同這男人般強壯才撐得住，這位諾比尼先生，身為傭兵必然與獸人有過交手經驗，你認為呢？」

諾比尼棄掉刀叉，直接將整塊牛肉塞進嘴裡，慢條斯理地說：「你搞錯了，我不是傭兵。」

「呵，諾比尼先生，我能錯過調味極好的肉排，以及陳年美酒，」哥利席亞用手背推開盛著神淚的玻璃高腳杯，「但絕不會忽略任何一位在我眼前的勇士。你的眼神是野獸的，血性的眼神，傭兵、獵人、殺手、刺客，無論哪種都一樣，我能清楚嗅到你的危險。」

哥利席亞的利眼看穿了諾比尼經過的種種殺戮，對於諾比尼的厭惡表露無遺。

「這四種人都是陰溝覓食的老鼠，原諒我無法正確述說你的類別，但在我眼裡並無兩樣。」

餐桌上的氣氛變得更為尷尬，傑德米特放下刀叉，調正他的高帽子，「公爵大人，其實這傢伙只是眼神兇了點，絕對不是什麼壞人。」

安娜希正好到街上去幫葛麗兒買東西，否則聽見哥利席亞公爵的言論，事情肯定更難收拾。

「傑德米特先生，爵士巫院的人不該如此失禮。」哥利席亞拿來餐巾擦嘴，「如果諾比尼先生意有所謀，便不會默默吃完這頓僵硬的餐點，而我的劍也不會安穩躺在劍鞘裡。」

「哼。」諾比尼不管對方身分多麼高貴，他起身道：「確實，若我有所謀，這頓將是你最後一頓飯。」

「叔叔，您怎麼可以說這麼過分的話，是您邀請他們兩位來餐敘的。」葛麗兒忍不住說。

「這頓飯是我為米烈迪爾王國，和懷森斯親王，感謝兩位的勇氣與忠誠。於公我必須如此，但除了以外我不想有過多交流。」

「哥利席亞公爵，我們談論國事時似乎不適合摻夾個人情感，這樣未免失了你的身分。」奧赫福特伯爵趕緊打圓場。

「是的，奧赫福特，感謝你的提醒。」哥利席亞舉起高腳杯，向傑德米特與諾比尼致敬，「再次感謝兩位對於葛麗兒的幫助，稍後伯爵會進一步談論你們的報酬。諾比尼先生，若你用完餐想離開，請記得扣上椅子，這才符合禮儀。」

「實在太過分了，叔叔。他是我的救命恩人——」

「我知道，所以我的態度才這麼客氣。」

諾比尼一語不發離開餐桌，傑德米特也放下刀叉，連忙告離跟了上去。

「叔叔，您你為何要特地羞辱諾比尼先生。」葛麗兒氣得丟下刀叉。

「親愛的公主，妳遊學半年的經歷在我看來是一張白紙，那個人非常危險。」

「您根本不了解諾比尼先生，怎麼可以胡亂判定他的為人。搞不懂父親為何請您來。」葛麗兒氣餒的說。

「米烈迪爾王國與普魯侯王國的未來，才是妳此時該放在首位思考的事情。」哥利席亞公爵十指交扣，頂住下顎，嚴肅的表情中流露慈愛，「孩子，等妳經歷了更多，便能清晰看見他眼中的混沌與殘酷。」

葛麗兒當然明白，因為諾比尼身上染有黑詛咒，那是一般人連發作一次都承受不住的痛苦。

「公爵，雖然那個男人使人恐懼，但我能看得出來他對葛麗兒公主絕無惡意。」奧赫福特說。

「我知道。」哥利席亞公爵也看得很明白。

「讓人難以消化的飯局。」傑德米特拿下高帽子，搔著頭髮。「我最不擅長應付這種一板一眼，比石頭還硬的人。」

※

他與諾比尼在前庭的亭子裡，眺望著山腳下的景色。

「虧你能從爵士巫院畢業。」

「當然是被逼的，我的家族歷代都是正統巫師，所以我從小就被灌輸這些信念，但我大概是異類，所以我想既然要當巫師，就要當最自由無拘的野巫師。」傑德米特躺在亭蓋的陰影下，拿高帽子當成枕頭。

諾比尼則是從小被灌輸血神的意念，一直到祭台上立下血誓。聖士的童年沒有叛逆，不聽從指示的人早被扔在冰原凍死。

「我該離開了。」

「你不是真的生氣了吧？」傑德米特一躍而起，訝異地看著他。

「生氣？那些貴族說什麼話，我從不放在心上。但如同昨晚所言，我適合一人獨行。」

「那解咒的事怎麼辦？」傑德米特以為他在說氣話。

但諾比尼很認真，「我會想辦法，即使橫渡無盡之洋也行。」

「難得找到像你這麼有趣的人，你這麼說會讓我很傷腦筋。而且葛麗兒怎麼辦，她現在一定為了你在餐桌上與她叔叔辯駁，你要不說一聲的離開嗎？」

「你有你的世界，葛麗兒也是。」諾比尼語氣堅定，他要跟隨意志行動。哥利席亞公爵的話就像暗示，讓他終於可以結束這場荒謬的旅程，大家各司其職，回到原先的位置。

忽然一道閃光閃過，那一瞬讓諾比尼繃緊神經，身體反射式躲在柱子後面。傑德米特也感受到不安的氣息，空氣凝結如刀鋒，一道鋒痕刺來，傑德米特閃避不及，手背立刻濺出血花。

一身黑衣的阿斯塔蒂繞到傑德米特身後，亮出匕首的鋒芒，想再補一刀，傑德米特迅速詠唱火咒，雙手瞬然燃起巫火。阿斯塔蒂灑出一攤油，便往後一跳，往府邸奔去。

那油裡還裝有硝石粉末，巫火碰到油立刻產生劇烈爆炸。諾比尼與傑德米特趕緊逃離亭子，亭子頃刻被火舌吞噬，傑德米特的高帽子也遭到火吻，臉上燻成一片黑，他在離開亭子時吸入了大量黑煙，因此咳個不停。

「快，發生爆炸了，所有人到外頭探查情況。」

如諾比尼所想，衛士大多都被吸引到前庭。

諾比尼穿越人群，往餐桌趕去，途中見到一個被匕首完整割開喉嚨的衛士，幾乎是在沒有感覺的情況下從頸部噴出大量血液而死。

第一個犧牲者出現。諾比尼聽見前方傳來尖叫聲，那是葛麗兒的侍女，他猜想侍女應該是送上水果盤時遇到阿斯塔蒂。因此諾比尼走另一個方向，更快抵達餐廳。

諾比尼覺得自己竟移動的如此緩慢，刀劍交鋒的聲音如鼓聲催促他的心跳，他甚至浮現葛麗兒的首級被阿斯塔蒂割下來的畫面。

「葛麗兒公主，快退到我這裡來。」奧赫福特害怕的呼喊著葛麗兒。

阿斯塔蒂兩手拿著匕首，站在亂七八糟的餐桌上，她綠色的眼瞳如一灘止水，不曾泛起一毫徬徨，取人性命於她就像農夫收割稻子般尋常。她的沉靜讓哥利席亞感受到猶如戰場的氛圍，嚴肅的表情洋溢愉悅。

「奧赫福特先生，麻煩你照顧好葛麗兒。」公爵沉著地說。他緩緩靠近阿斯塔蒂，像是看著一頭滿意獵物的獵人。

「公主，妳快到我這裡來，太危險了。」

阿斯塔蒂跳起來，哥利席亞公爵立刻舉劍攔截她的行動，阿斯塔蒂用兩隻匕首夾住哥利席亞的劍，右腳倏然往他的肚子踹去。哥利席亞迅速收回劍，用手肘格擋阿斯塔蒂的腳。

但阿斯塔蒂立刻向前踏一步，如弓箭般射出，很快奔到哥利席亞面前，若非哥利席亞反應快，那兩把匕首已同時割裂他的喉頭。不過哥利席亞的手臂還是遭刺傷，他震驚眼前女人的實力，以往在戰場上遇到的敵人也無如此險惡。

「聖士。」哥利席亞立刻聯想到最惡名昭彰的組織。

「葛麗兒！」諾比尼大喊。

阿斯塔蒂赫然發現諾比尼站在那兒，這一剎那的停頓讓哥利席亞提劍衝了上來，精準的往阿斯塔蒂的胸膛刺去。

「別來礙事。」阿斯塔蒂向諾比尼打著手勢。

她輕鬆躲開攻擊，腳踹哥利席亞下巴，但哥利席亞左手掌撲上來擋住她的腳尖，旋即往下捉住腳跟，將她整個人翻轉過來。這時另一道劍芒閃逝，是葛麗兒從阿斯塔蒂後面偷襲，但阿斯塔蒂輕易用匕首抵擋。

奧赫福特管不住葛麗兒，只好自己躲到圓柱後面。

阿斯塔蒂擋住攻擊後，又一腳踢中葛麗兒，葛麗兒身體尚未復原，跟不上阿斯塔蒂的速度，因此中了一腳飛向牆壁。

「妳的對手在此。」哥利席亞立刻截住她的去路。

阿斯塔蒂的目標看來就是葛麗兒，諾比尼心裡的天秤搖擺不定，若出手相助便等同於抹殺了從前的自己。哥利席亞的攻勢雖然凌厲，卻比不上阿斯塔蒂殺人的直覺，她只要虛晃幾招，就能繞至後邊，一刀結果已經無力反抗的葛麗兒。

「別殺她！」諾比尼推開哥利席亞，自己用身體接住匕首，匕首在他胸膛前劃下一道血痕。

灰袍迅速染紅，葛麗兒腦中閃過埃法席斯公爵渾身紅詛的可怕模樣，她氣若游絲喊道：「不要傷害諾比尼先生——」

但阿斯塔蒂聽不見，也懶得讀唇語。

「我不想傷害妳，離開這裡。」諾比尼捉住阿斯塔蒂的雙手，速度快得讓周圍的人像是停格。

哥利席亞趁機從背後攻擊，諾比尼鬆開左手，用盡右手的力氣甩開阿斯塔蒂，讓她撞出玻璃窗，飛離此處。但哥利席亞的劍停不下來，諾比尼只能左手握住坎努斯鋼打造的利劍，血濺在光華的大理石地板上。

阿斯塔蒂從滿地玻璃碎片爬起來，看見這一幕，她唯一的情感羈絆瞬時盤據冷寂的心房。指頭擦掉臉頰的血滴，她看著哥利席亞與驚訝的葛麗兒，不禁用熟悉的方言讀道：「大傻子。」

諾比尼攤開右手手掌，努力壓抑住黑詛咒的力量，「快走。」

「抓住那個聖士，我倒要看看是誰要買我的命。」哥利席亞命令回防的衛士。

聖士只有一個情況能在目標未死前撤離，為了同夥。即使聖士相當孤高，仍有守護夥伴的責任。阿斯塔蒂灑下硝石粉末，引燃火焰，一道巨火攀著莊園牆壁，讓追捕她的衛士全往返救火。

「居然跑了，難道她不是聖士？」哥利席亞對於阿斯塔蒂的行為難以理解。那樣敏捷的身手，生無懸念的凌厲，竟然會不是聖士。

從破裂的玻璃窗，能清楚看到傑德米特施放巫火與束縛咒，但阿斯塔蒂抵擋一陣後便翻牆逃離。

「諾比尼先生，你沒事吧？」

「不必，這點小傷我能處理。」

「手掌沒被坎努斯鋼切斷可謂相當幸運，不愧是諾比尼先生。」哥利席亞說。

諾比尼彷彿無痛覺，他握緊拳頭，說：「你能從她手中活下來，也屬萬幸。」

「我不做無謂的猜測，不過那個女子很像聖士，聽聞聖士在得手前絕不離開，那女子卻匆匆離去，難道只是普通刺客？」哥利席亞從方才酣暢淋漓的戰鬥裡回神，擺回一貫嚴肅的表情。「我還以為我能親自摘下聖士的腦袋，掛在我的展示間。」

「你們快過來滅火，別讓我的窗簾被燒掉啦，還有那裡是放葡萄酒的地方，該死的刺客，臨走還放火燒我的莊園。」奧赫福特慌張地四處檢查損失。

阿斯塔蒂明明知道諾比尼的反應，仍選他在的時候下手，這讓諾比尼更確信自己不該繼續待在這裡。他要像之前那樣一人獨行，尋找解咒的法子。

「你沒事吧？」葛麗兒問。

諾比尼搖頭，他說：「我是來拜別的。」

「為什麼？我們不是說好要去米烈迪爾，你為什麼突然這麼說。」

在那裡他只會被當成異類，遭到大巫師或其他米烈迪爾貴族追殺。

「我找到更好的地方。」

「那很好，諾比尼先生，我會立刻準備酬金給你。」哥利席亞收起佩劍，「你說的沒錯，幸好你不是我的敵人，否則這片潔白的地板將會染成一片鮮紅。」

「一點也不好，諾比尼他生病了，我答應要幫他治病——」葛麗兒不顧哥利席亞的權威，向他吼道。

「生病？諾比尼先生，這是你必須遮住臉的原因嗎？」哥利席亞提防道。

「好了，小姑娘，我不需要妳的幫助。」諾比尼知道阿斯塔蒂還會再來，但至少她不會死在他手中，到時候便是各自的命運。

但諾比尼確信若心神繼續搖擺不定，詛咒會趁虛入侵，造成更大的危害。

「不，才怪，你需要我的幫忙。」葛麗兒倔強地噘起嘴，那張怒顏卻相當蒼白，步伐輕浮，似乎快往某個方向傾斜。

「來人，帶公主到房間休息。」哥利席亞喊道。

躲在一旁發抖的侍女小聲應道，前來攙著葛麗兒的手，但葛麗兒甩開她，「閉嘴，叔叔，即使你反對，我也要帶諾比尼先生回米烈迪爾治病。」

「任性的小姑娘。」哥利席亞嘆了口氣，軟化道：「叔叔知道了，妳先到房裡休息，叔叔會跟諾比尼先生溝通。」

「先生，你不能往裡面闖，快停下來。」外面負責滅火的衛士喊道。

「讓開，讓罪犯逃跑你們擔當的起嗎？」

熟悉的聲音傳來，讓諾比尼不寒而慄，若阿斯塔蒂對他還有一絲退讓，那麼接下來這麼人完全不會給他轉圜餘地。

幾名衛士圍在哥利席亞公爵面前，他們已經見識阿斯塔蒂的身手，若此時是她的同夥來助陣，肯定要陷入惡戰。

「都退開，這裡不用你們管。」哥利席亞喝令道。

那人拿著一把枴杖劍從破掉的窗戶鑽進來，將白色長髮撥到後頭，面露可掬的笑容：「一級殺人犯，諾比尼，我們又見面了。」

「雷茲？」諾比尼沒想到首席裁判官竟然追到立陶港。

「很好，想必你還記得我在伊利斯麥的遺恨，這次仰賴米烈迪爾王國的哥利席亞公爵，才能找到你的藏身之處。」雷茲劍指諾比尼，優雅地捻著八字鬍。

「哥利席亞，你早知道我的身分？」諾比尼驚訝地說。

「猜到一半，但看到剛才那個女人後，我更加相信。」哥利席亞瞥向葛麗兒，「其實這應該感謝葛麗兒，她在信上詳盡描述你的樣子，恰好雷茲先生為了發布你的通緝令與我同遊，一切渾然天成。」

「叔叔，你設計諾比尼先生？」葛麗兒不敢置信。

「這位諾比尼是惡劣的聖士，方才那個女人正是他的同夥。」哥利席亞嗤之以鼻道。

「圖斯裁判所……通緝？」葛麗兒已經不清楚目前的狀況。

「詳細情形，等我拘捕了要犯後再仔細說明。」雷茲莞爾道：「這次不會再讓你逃走。哥利席亞公爵，麻煩你帶著公主退後，我需要大一點的空間進行圍捕。」

「哼，你上次帶兩名獸人都攔不住我，這次憑什麼？」諾比尼不甘示弱。

「等等，你們肯定搞錯了，諾比尼先生只是生病了，他是好人！」葛麗兒喊道。

「哦，你的謊言倒是很精湛，我差點也信服了。」雷茲腳重踏地板，趁諾比尼尚未反應時先制伏他。

諾比尼經過長久生死格鬥，對於任何攻擊都能產生反射動作，但雷茲的劍術比在伊利斯麥更快更狠，手無寸鐵的諾比尼很快就被逼到角落。

他再也無心阻止詛咒蔓延，他狂吼一聲，黑瞳子瞬間被血絲包覆：「反正也不差再殺你一個人。」

諾比尼摘下面巾，脫掉灰袍子，臉上的三紋黑詛咒急速膨脹，他的怒火成為絕佳的養分，身體上如紋身般的黑疤吸吮他的生命，充滿詭譎的血光。

「葛麗兒會得到冰瘧，是受到你的黑詛咒影響吧，那麼殺了你也無話可說了。」哥利席亞冷冷地說。

諾比尼只想殺人，用血澆熄體內的熾熱。

「快住手，你們不要逼諾比尼先生──」

哥利席亞鏗鏘有力的喊道：「葛麗兒，看清楚那傢伙是誰，他是最冷血殘酷的聖士，只有靈魂墮落的人才會招惹黑詛咒。」

諾比尼的肌肉被黑紋佔據，如同下了詛咒的鎧甲。雷茲的附魔拐杖劍感應到非常強烈的詛咒力量而發出共鳴。

從外頭趕回來的傑德米特驚訝地凝視諾比尼，這狀態他曾見過一次，諾比尼就是在這近幾失去理智的情況下殺死詛咒的王。

「傑先生，快阻止他們！」

「讓開，巫師，否則被波及到就別怪我無禮了。」雷茲早已料到諾比尼的變化，他催動劍上的附魔，白光藤絲包覆劍身，朝諾比尼刺去。

拐杖劍上的魔法讓傑德米特大吃一驚，他能理解雷茲為何胸有成竹。

諾比尼仗著詛咒之軀抵擋攻擊，劍身卻刺破他堅硬的軀體，劍上的法力讓流竄詛咒的身軀產生巨大的痛楚。血從白光中噴發，染著黑詛咒的血濃稠如膠。

雷茲收回劍，又迅速砍往諾比尼的腳部，諾比尼硬是接住砍擊，他猙獰的臉已看不出是怒是苦。諾比尼猛然一拳擊中雷茲的肚子，雷茲捧著肚子後退，雖然沒吭出聲音，但緊皺的眉頭顯示那記攻擊的厲害。

諾比尼抱著劇疼欲裂的頭顱，有個聲音要他取來更多的血與哀號，他想殺光所有活物。詛咒如網逐漸漫開，連結諾比尼的四肢與關節，試圖完全支配他的身體。

「諾比尼先生……」葛麗兒只能發出氣音，愣看著他。微弱的理智守住意識的最後一道關卡，諾比尼看見葛麗兒鈷藍色眼珠裡的失望，他蹲下來用拳掄地，發出野獸的吼叫，他擊碎大理石磚，拳骨磨到殘破不堪。雷茲劍上的魔法發出強烈白光，那一剎那諾比尼的感覺一切都停止，他嘗到嘴角血液的甜膩，眼前是永無止盡的白芒。

他聽見阿斯塔蒂的聲音，阿斯塔蒂的聲音像蜂蜜一樣甜，她在白光裡向諾比尼揮手，但很快他便知道這是一場荒誕的夢。

第七章　交易

陰暗的大牢分不清晝夜，凹凸不平的岩石地板積滿水漬，柵欄也因潮濕而嚴重生鏽。諾比尼被鎖在兩層鐵欄裡，除了少數地方鋪著稻稈，底下幾乎是會吸住鞋履的爛泥巴。

諾比尼被粗大的鐵環鏈住，甚至腳部與頸部都有加重的枷鎖，奧赫福特伯爵驕傲的表示這連最強壯的獸人都掙脫不了。他的臉完整的暴露，已經沒有遮掩的必要。

「真令人訝異，受到這麼嚴重的攻擊，你居然能在這麼短的時間醒來。」雷茲的聲音迴響在牢籠裡，他崇敬的說：「我十分佩服。」

雷茲一手拿著油燈，照亮他的拐杖劍，他搖頭道：「為了讓你倒下，這把跟隨我多年的劍也隨之報銷，不過能緝捕你歸案，也算值得了。」

「為了抓我花費這麼多心力，我深感榮耀。」諾比尼嗤道。

鋃鐺入獄無疑是聖士的恥辱，但諾比尼此刻更在意傑德米特與葛麗兒的反應，被雷茲擊倒前他還記得葛麗兒不敢置信的神情。

雷茲小心翼翼收起破損的拐杖劍，藉著火光打量他臉上碩大的三條黑疤。

「還有個消息也值得讓你雀躍，你將在祭臺上獻出生命。這是個圓滿的死法，在立下血誓之處走向歸途，只是你到不了樂園，你必須在神的身旁當永遠忠誠的僕人。」雷茲濃密的睫毛在跳動的火光中格外引人注意。「聖士只有死時才能重現光明，對吧？」

「你特地來羞辱我嗎？」

「諾比尼，別說如此無情的話，聖士與我們是生命共同體。」雷茲藉著火光打量他臉上碩大的三條黑疤，「若沒發生那件事，我們仍然合作無間。」

圖斯裁判所正是訓練聖士的人，他們知道聖士的弱點。

圖斯裁判所與聖士之間的關係如光與影，圖斯裁判所是諸國公認的仲裁場所，負責擔任和事佬，另一邊又祕密培養聖士。聖士在進行血誓的同時也會被下禁言咒。

「你們乃必要之惡，是作為平衡世界的重要存在。即使你背叛血神，最後還是能回歸血神懷抱，永遠服侍祂左右。」血神為光與影的合體，雷茲是耀眼的陽光，在諸國間享有盛名的首席裁判官，諾比尼是活在黑暗中的影子。

諾比尼只有為血神犧牲才能獲得光明。而他自從身染黑詛咒離開血神後，便再也沒有光明。他想起染上黑詛咒的過程，事情要回溯到震撼整個帶狼狹地的比佛山戰役，其中一位國王重金聘來強大的巫師團，幾乎要扭轉戰局，他的對手無計可施，只能找上聖士。

但連續去了兩人，都死在巫師團手上。血殿主教們甚至考慮要一次動用三名聖士執行任務，最後由諾比尼隻身前往那片在帶狼狹地以東的沼澤地。

那些巫師遠比諾比尼想的還強，他們甚至犧牲自己的命召喚黑詛咒，他忖若當時能光榮死去該有多好，就不必變成如此畸形的存在，這無疑踐踏他身為聖士的驕傲。

黑詛咒讓諾比尼發狂，殺了一名主教，引來首席裁判官雷茲的追捕。

「裁判所知道你是極佳的人才，要讓你上祭台血獻也曾再三考慮，但法規不容破壞。」雷茲憐憫道。

「我何時會死？」

「下個血誓日，主教們想讓新人看你的下場，以作為警惕。」雷茲皺起眉頭，「你應當接受診療，而非私自逃離，並且鑄下大錯。」

「診療？你是指大量放血，或是把我吊在火爐上面燒烤？」

「那你也不該為了逃走就殺死主教，主教是神的代言人，你犯下這等罪刑，無人可以替你求情。詛咒讓你發狂，使你幹下駭人聽聞的惡行。」雷茲說。

呵。諾比尼冷笑，早在得到詛咒之前，他在諸國犯下的罪刑早已「惡貫滿盈」。

「或許是那傢伙執意要摘下我的面巾，好在眾人面前指責我是惡魔。」諾比尼嘲諷道：「我當時的確太衝動，也許折斷那傢伙一隻手或一隻腳會更好。」

「不管怎麼說，你的罪刑是既定事實，無須經由審判臺審判，你身為聖士，深知那些規矩。行刑前大主教會帶領所有主教替你詠唱，化解惡魔之氣。」

「哼，恐怕沒有任何效果，否則我也不必在這裡見到你。」

「身為你光明的夥伴，很遺憾的你說的沒錯，但以主教的力量能暫且封印你的詛咒，讓你在祭臺上安穩的回歸血神身邊。」雷茲用虎口梳理幾絲亂掉的頭髮給，「幸運的話，還能吃一頓豐盛的晚餐。」

「豐盛的晚餐總為我帶來厄運，殺那幫巫師時我也吃了一頓精緻的料理。」諾比尼不悅道「在被我那幾個巫師種下詛咒時，就該有人奪去我的性命，聖士的血被詛咒汙染後，還能算是聖士？」

諾比尼忖自己肯定是被安娜希影響，話說越來越帶刺。

「我明白，沒有人願意發生這件憾事。這本來是你光榮的巔峰，諾比尼，這是我第一次覺得主教們判斷有誤。」

相隔兩道牢門，雷茲仍可以感受到他眼中的不甘。

「你應當相信神，而非跟隨己身意志。」雷茲指責道。他認為諾比尼是因為不夠虔信，才會落到今日下場。

圖拉真還要我跟隨意志呢。

「阿斯塔蒂離開立陶港了？」諾比尼不想再說圖斯裁判所的事，提起那名綠眼珠、火紅髮的美麗女孩。

「她祕密替我監視其他人，以防怪異的巫師或米烈迪爾的公主突然做些踰矩的事。」雷茲走近一步，細聲道：「最讓我奇怪的是那名爵士巫院的正統巫師，當他知道你的真實身分，他卻無改前衷，因此我讓阿斯塔蒂多些心力監視他。葛麗兒公主對你的態度也相當匪夷所思，一個米烈迪爾貴族居然替聖士說情。」

「哼，大概他們不務正業與我相契合。」諾比尼知道以傑德米特的身分對此事並無幫助，但他肯定替葛麗兒想了許多詭異的方法。

雷茲搓著手，咳了一聲，「這裡的氣候對我們而言都不太舒服。你還念著與阿斯塔蒂的舊情，那日你完全有能力殺了她，也許還能超乎我意料，把我也殺了。」

「即使我被詛咒汙染聖士的血，也不會對同伴下手。」

「那倒不一定，諾比尼，依我多年來對你的了解，除了阿斯塔蒂與巴恩特，換做其他人你都會毫不猶豫的殺掉。不，現在情緒波盪的你或許會稍微猶豫，但你的詛咒會替你出手，而你也不會像面對阿斯塔蒂時那樣掙扎。」雷茲說破諾比尼的想法，在諾比尼開始執行任務前，他就一直看著他們成長。「其實阿斯塔蒂希望你能回去，過著以前的日子，不過從你被判下一級殺人罪的同時，你們便注定只能在祭台上見最後一面。」

「希望你到了血神身旁，能夠化解這身戾氣。」雷茲替諾比尼祈禱，右手虎口向內輕輕橫劃脖子，再雙手合掌，喃喃唸道：「在嚴峻烈火中堅忍的神，在酷冷凍寒裡屹立的神，請讓祢的隨徒擁有祢的沉靜。」

這些禱詞諾比尼已經許久未念，殺死主教後，他比較相信冷菇能帶來平靜。

雷茲念完禱詞，諾比尼便說：「讓我安靜的待在這裡。」

「如果這是你堅持，我也不多留。我必須告訴你，為了以防萬一，他們目前都受到監視。明日一早將啟程回圖斯裁判所，顧慮到你的力量，我必須用獸人專用的鐵籠關押你，這會是一段不好受的旅程。」

雷茲的腳步聲再次迴盪，將空蕩而陰森的牢房襯得格外寂寞，諾比尼卻對這個發出霉味的空間感到安心。在血神面前赴死，對聖士而言算是不錯的下場。

突然一陣蹬音踏進濕漉漉的地面，不是雷茲，雷茲的腳步要更沉重。火炬再次照亮監牢，諾比尼看向聲音的來源，霉味裡他聞到熟悉的味道。

「諾比尼先生，你沒事吧？他們、叔叔有對你嚴刑拷打嗎？」葛麗兒把火炬插在牆上，一張憔悴的面孔帶了一絲莞爾。

「紀亞？」諾比尼疑惑地說。

「因為叔叔他們不讓我來看你，我只好換上男裝……諾比尼先生，對不起……都是我太自以為是，才害你變成這樣。」葛麗兒抓住鐵欄杆，哀傷地說。

「妳不該跑來這裡。」但諾比尼知道她會這麼做。

葛麗兒拿出牢籠的鑰匙，打開第一層牢門，「這是傑先生請一位矮人鐵匠製作的萬用鑰匙，真的很有效呢，傑先生跟安娜希小姐本來也想來探望，但他們正替我瞞著叔叔。我一直在外面盯著那位裁判官，他離開後我才進來的。」

「葛麗兒，妳已經知道我是聖士，妳應當聽妳叔叔的話，別再與我見面。」諾比尼說。

「諾比尼先生或許是聖士……你之前做的行為我不知道，可是我看到的你是一個好人。」葛麗兒走到第二道鐵門前，「大家都說聖士十惡不赦，但諾比尼先生救了我跟傑先生，為了我們努力克制詛咒……」

葛麗兒踩著腐臭的水窪走到諾比尼跟前，她揹著的小包袱裡全是食物，她說：「諾比尼先生，我餵你吃吧，在我生病的時候，你也很細心的照顧我。」

「妳的冰瘧或許是被我的詛咒傳染。」諾比尼忖哥利席亞肯定這樣告誡葛麗兒。

「才怪，我雖然年紀小，又不聰明，但絕不是蠢蛋。」葛麗兒拿出一盤牛肉，已經事先切成許多小塊，她又著一塊送到諾比尼嘴邊。

「我不想被當成嬰兒。」

「你關在這裡肯定都沒有好好吃飯，臉像港口沿壁那樣凹下去，多少吃一點吧。」

雷茲為了削弱他的體力，一天只命人送一點食物給他，不過聖士有時為了尋找出手時機，也習慣幾天不吃不喝埋伏的日子。諾比尼還是屈服葛麗兒的倔強。

很快諾比尼便吃完那盤肉，他還意猶未盡，葛麗兒很開心的拿出一隻烤全雞，她捧到諾比尼面前：「這裡雖然有些焦掉了，因為我是第一次烤雞——但我想裡面的肉還是很好吃。」

「我要把它整隻塞進嘴裡嗎？」諾比尼不禁笑道。當他的嘴角上揚，他才知道他嘴邊肌肉有多麼僵硬。他忖這笑容不比惡魔的雕像好到哪去。

「對不起，我沒有想這麼多。」葛麗兒沒發現諾比尼的微笑，她慌著手腳想找工具切開那隻雞。

「葛麗兒，我飽了，這樣就可以了。」

葛麗兒只好重新包回烤雞，氣餒的說：「對不起，我以為我能做得很好。」

牢籠裡頓時安靜下來，兩個人無語相望時反而比一個人更感孤寂。

「妳何時要回米烈迪爾？」諾比尼問。

「明天叔叔就要帶我啟航，安娜希也會跟著我回去，傑先生還在想辦法救你出來，只是——」

「沒人會認為一個有黑詛咒的聖士該被無罪釋放。」諾比尼頷首道：「這是我的命運。」

「之前我的父親做了一個夢，占夢師說若我繼續待在米烈迪爾將會發生災厄，因此我的父親才想趕緊把我嫁到普魯侯王國。我告訴父親，讓我去遊學不也能避開災難，但米烈迪爾的傳統根深蒂固，所以我才喬裝男生逃出來。」她凝視著諾比尼，用妥協的語氣道：「到歐里安登大陸轉了好一陣子，可是最後還是覺得應該回來接受父親安排，這畢竟是身為米烈迪爾貴族的義務。」

「妳想嫁給那位親王嗎？我不應該對妳說這些話，但妳心裡是怎麼想的？」

葛麗兒看著諾比尼語意深長地說：「我因為身為女人不能上戰場而怨憤不平時，埃法席斯公爵告訴我：『不公平時放棄才是真正不公平。』即使不被允許上戰場保衛人民，我也能用女人的方式獲得榮耀。」

諾比尼默默點頭，他對貴族事務從不關心。以往暗殺的對象裡，不乏關心領民的貴族，但聖士下手無關是非。

北方戰爭隨時一觸即發，此時米烈迪爾急需與普魯侯結好，葛麗兒的任務遠比她自己所想的還重要許多。

「妳會成為一位好領主。」諾比尼說。但那對他來說並無意義，一位愛民如子的貴族並不會引起他的關注，是葛麗兒驕傲卻天真的性格才敲開他心裡的寒冰。

「我由衷希望諾比尼先生能擺脫黑詛咒，這樣你一定會擁有不一樣的生活。」

「聖士的笑容不值得期待，特別是我的笑容，也許比黑詛咒更加可怕。」

葛麗兒笑時酒窩也特別明顯深邃。

「諾比尼先生，如果不是我，你一定能逃離莊園，逃離這座港口。」葛麗兒的眼眶忽然圈紅，「我不知道那封信會被裁判官看見，也不知道有人想抓你，對不起，如果諾比尼先生因此——」葛麗兒不想說出那個詞，她哽咽道：「我會愧疚一輩子，永遠對不起諾比尼先生。」

聖士沒有情感羈絆，因此才能無所畏懼，被雷茲逮捕的過程裡，他已明白這一點。

結識葛麗兒等人，才讓他空白的情感填上一些色彩，但黑詛咒無法讓他擁有任何情感，他隨時都可能會失去理智殺死所有人。

「不，葛麗兒，妳沒有愧對我。」沒人會覺得自己愧對聖士。他努力想擠出笑容，說幾句安慰的話，「妳給我一場很精彩的旅程，在我死前能走過這趟，也無所求。」

諾比尼擠不出笑容，但他盡力不讓自己看來冷漠。

葛麗兒不想聽到這種安慰，她緊握拳頭道：「可是世界還很大啊，我們只不過走了一塊小小的地方，我不想要諾比尼先生就這樣帶著遺憾離開。你不是還要到更遠的地方尋找解咒師，穿越可怕的無盡之洋去神祕的真龍國，那些旅程一定比我們走過的還要精采百倍。」

葛麗兒忍住淚珠，抽噎道：「諾比尼先生比父親還在乎我的想法，也比叔叔更在乎我的生命。安娜希說你是她見過最有趣的大個子，傑先生也很感謝你救了他，能讓他繼續吊兒郎噹……諾比尼先生絕對不是壞人……從前不是，現在更不是。」

「我沒有妳想的這麼善良，我只是奉血神之命行事的聖士。」諾比尼將這句話懸在嘴邊，不敢脫出口。

葛麗兒鈷藍眼瞳如氾濫的海，要淹沒所有可見之物。

「才不是，諾比尼先生只不過是沒辦法做選擇……諾比尼先生，逃走吧。」葛麗兒握住萬能鑰匙，「以你的能力一定能辦到。」

「不行，現在逃走的話，會牽連到你們。」

「沒關係的，只要能幫上諾比尼先生，我無所謂——」

「葛麗兒，妳若在乎妳米烈迪爾貴族的訓示，就別插手這件事。」

諾比尼堅定的看著葛麗兒，他不希望葛麗兒或其他人因此遭受牽連。

「人生而孤獨，死亦同然。」諾比尼豁達的說。

「你才不孤單，還有我，有傑先生，以及安娜希，還有闖入莊園的那名女聖士，我看得出來她很在意你。所以請諾比尼先生不要說自己孤獨，這會傷害所有在乎你的人。」葛麗兒噙淚道：「我想要諾比尼先生活著，真正開心地解開所有束縛活著，代替我去看這個遼闊的世界。」

最後葛麗兒倒抽了一口氣，用一種沉靜的語氣說：「我的直覺告訴我，你會平安無事活下來。」

※

晨間諾比尼乘坐在一輛鐵製的囚車，雷茲在傭兵酒吧雇用三名獸人將囚車拉上前往歌米蘇的帆船。鐵車移動時坐在裡面的諾比尼會跟著東撞西撞，但一名危險囚犯沒有資格要求更多。

商人讓路給兇猛的獸人，他們議論是何等兇犯才需要關押在這個嚴實的鐵車內，還需要三名強壯的獸人押解。

「等等，你們給我站住。」傑德米特喝住雷茲。

獸人轉過身圍住他，但他們很快就嗅到傑德米特身上強大的巫力。

雷茲從船上走下來，揮手道：「沒事，這裡讓我處理，你們休息一會。」

「裁判官，你起碼讓我見諾比尼一面吧，我們可是一起冒險犯難的好朋友。」傑德米特手背向前，方便隨時詠咒。

「我見過許多巫師，特別是正統巫師，從未見過他們對人有如此熱絡的反應。更何況是對染了黑詛咒的聖士如此熱情，傑德米特先生，你讓我開了眼界。」

「你確實需要開眼界，裁判官，有很多事情是死板的經文裡學不到的。」傑德米特只想確認雷茲的態度，「我能見他一面嗎？」

雷茲不疾不徐走到他面前，他優雅的姿態常令人感到壓力。

「當然可以。」雷茲瞥向準備搭乘的帆船，「不過船長是位守時的人，希望你能長話短說。」

傑德米特來到鐵車前，打開觀望口，諾比尼削瘦的臉孔出現在他眼簾。諾比尼還在習慣光線，耳裡已聽見傑德米特的叫喚，他的聲音變得嚴肅，畢竟這不是個適合戲謔的場合。

「巫師，你不是來劫囚吧？」

「你的狀況沒有我想的糟糕，我想該說的話葛麗兒都告訴你了。我不是特別厲害的巫師，只能為你做這些。葛麗兒已經在往米烈迪爾的路上，你知道她叔叔不會讓她來送你一程，她還是那句老話：『希望你能好好活著。』」傑德米特一邊說一邊施放治療魔法，他有自信躲過雷茲的餘光。

「別浪費你的巫力。」治療咒一碰觸諾比尼的身體就被詛咒排斥在外，傑德米特此舉儼然徒勞無功。

「沒錯，但多少能起一些作用。」傑德米特仍繼續嘗試。

「你一個正統巫師不必做到這個份上。」

「閉上你的嘴，我認識的諾比尼不會告訴別人什麼能做，什麼不能做。」

諾比尼能感受溫暖的力量試圖補給虛弱的身體，他露出嚴峻的表情：「如果你堅持浪費巫力，我也無法阻攔你，但你得知道聖士的法規比米烈迪爾貴族還嚴苛。」

「別開玩笑了，一個逃跑半年的聖士還跟我談什麼屁規定。」傑德米特停止詠咒，嘻笑道：「你會想辦法活下來對吧？跟你旅行非常有趣，我可不希望接下來的日子變得無聊。」

「恐怕要讓你失望了。」諾比尼闔上眼，「傑德米特，走吧。」

「你總算肯叫我的名字。」傑德米特脫下高帽子，向他一鞠躬，「後會有期囉，諾比尼先生。」

雷茲踏著堅穩的步伐走到鐵車旁，腳步聲像要提醒傑德米特別輕舉妄動，他眨著濃密睫毛的眼睛，莞爾道：「你們似乎談得很愉快，可惜我們準時的船長已經在催促了。」

「確實很愉悅，再見，裁判官先生。」

「通常人都不會想見到我，因為我總是帶壞消息而來，失陪了，巫師先生。」

雷茲敲著他的拐杖劍，獸人聞聲立刻關起觀望口，奮力推著鐵車上船。

諾比尼被放在儲放雜物的艙底，這裡能明顯感受海浪的拍打，震盪經由鐵籠傳播到諾比尼身上，艙底堆放許多雜物，因此有著濃烈、怪異，香料和動物毛皮混在一起的味道。

當身邊又陷入寂靜時，他便忖是否真的要如此結束一生。頂著這身身分與詛咒，必須擔憂背叛與不信任。在他心裡深處，認為或許這樣的發展是最好的結果。諾比尼像被放逐在一個孤獨的小島，內心漸漸與還未脫離血神教誨的自己平衡。

聖士的心態，聖士的行為，聖士的禮儀。他要變回聽話而驕傲的血神侍從。

帆船正式啟航，駛入風平浪靜的海域，如今已是夏末，貿易風的位置即將改變，商人趁著風尾撈最後一票。

會有人下來餵他吃飯，但飯量不多，餵食者也不發一語。時間的流逝突然沒有意義，他只能聽見浪濤聲。不曉得過了多久，在諾比尼感覺是段很長的時間。往艙底的腳步聲忽然多了起來，他們聒噪的走向堆滿貨物的底部。

「這艘船中途還是得停靠龍骨島，所以海關索性決定在這裡一次清點。」海關人員的聲音似曾相識，當天花板打開讓陽光驅走陰暗，諾比尼看見矮小而精明的面孔。

「卡斯騰斯先生，等您忙完我請你到岸上喝兩杯。」說話的人比卡斯騰斯高一些，穿著白色披肩，蓄著濃密的鬍子，十指戴著各式寶戒。

「少來了，蘇恩先生，兩杯酒無法改變我的嚴格執法，當然成堆的金條也不行。」卡斯騰斯揀起布捲詳看一番，「你身為立陶港的大商人，應當知道我的意思。」

「您真是愛開玩笑，這艘船有一半的貨物屬於我的商行，我怕您在為檢查這些貨物耽擱太多時間，才想陪您一起探查。」蘇恩伸出珠光寶氣的指頭，指著卡斯騰斯拿著的碎花布，「瑪瑙河流域產的好東西，也許您的夫人會很喜歡這匹布裁成的新衣服。」

卡斯騰斯板起臉孔，「你對內人的愛好了解的相當準確，我會讓她穿上美麗的布料，不過是用我嚴峻執法所賺的錢買。」

「是，卡斯騰斯先生的手腕已經是非常出名了。」

「我聽說有鍊金師改變冷菇的成分，抽取成更精粹的毒玩意，靠這個賺得比他們自己鍊出的黃金還多。」卡斯騰斯的小眼珠盯著蘇恩，「要是讓我抓到誰私藏毒物，我就把它塞進那些人的屁眼，據說從那地方吃會更暢快。」

「這我倒不是很明白，哦，對了，這些是紙張，而且不是一般的紙張，我從大寶船商人那裡購得的。」蘇恩用指尖捻住紙角，撕開輕薄如絲的薄紙，正面透光，背面卻只能看見一片朦朧。「這叫蟬翼紙，穿越無盡之洋來的寶貝，一張的價值是一名抄寫員三年以上的收入，歌米蘇的商家都等著要從我手上轉購呢。」

卡斯騰斯對蘇恩的獻寶頗感興趣，畢竟極盡東方的貨物非常珍稀，不管看幾次都不厭煩。

「到底是如何詭異的人，才會有如此精湛的手藝。」卡斯騰斯說：「既然這麼有賺頭，蘇恩先生，怎麼不乾脆組一支船隊去東方？」

蘇恩笑了幾聲，搖頭道：「您別開玩笑了，即使是最大的商船巨獅號也跨不過無盡之洋，您也見過東方來的大寶船吧，沒有那樣的船根本穿越不了那片海洋。」

「說的也是，那些鍊金師與其想著怎麼煉毒，不如把精力拿來建造更好的船。」

「他們可不是船工，卡斯騰斯先生。」蘇恩用戴滿戒指的手遮掩笑容，「來，請到這裡來，還有更讓您大開眼界的東西。」

卡斯騰斯要隨行人員記錄數量，他懶懶地說：「我在這裡工作二十年，有什麼貨物沒見過。」

轉到下一個儲貨區，蘇恩見到鐵籠裡的諾比尼，不禁嚇得大叫。

「怪物啊，卡斯騰斯先生，您快來看，這裡有怪物——」

卡斯騰斯連忙奔來，凝視著諾比尼身上的詛咒，「這就是你要讓我大開眼界的東西？」

「不是，我的貨物才沒有怪物。」蘇恩整理好衣襬，讓心緒平靜下來。

諾比尼披散頭髮的模樣，與盤旋這片的海域的銳特耳同樣怪異。他像是供人觀賞的珍獸，會引來好奇的民眾與千眼鎮的學者前來調查。

「喂，有誰知道這是哪個人帶上船的貨物嗎？」卡斯騰斯警戒的說。

隨行人員趕緊翻著上交的檔案，蘇恩鼓起膽子走向鐵籠，問：「你是人嗎？還是獸人？」

諾比尼瞪著他。

一股殺氣迅速嚇癱蘇恩，他躲到卡斯騰斯身後，喊道：「到底是哪個沒常識的人帶這種東西上船，卡斯騰斯先生，請盡快處理掉他。」

「放心，這個鐵籠相當堅固，估計是用來捕捉大型猛獸。」卡斯騰斯打量諾比尼，不安的說：「但這個人是人類吧，只是他身上的黑紋好像是詛咒……」

「咦？那東西會傳染啊，是汙垢吧，卡斯騰斯先生，您看仔細點，那是不是汙垢。」

「隊長，我查到了，貨物清單裡的確有一個人，屬於圖斯裁判所的雷茲先生。」一位年輕人把單子遞給卡斯騰斯。

「雷茲啊，我瞧瞧，哦，這傢伙是聖士。」卡斯騰斯的眼神閃過一抹驚慌，他再次看向諾比尼，「他是聖士……不會吧？」

聖士之名雖如雷貫耳，這卻是他們第一次見到真實的人。

「既然是圖斯裁判所押解的罪犯，也沒什麼好怕的吧？」蘇恩相當不放心，他皺眉道：「我見過雷茲先生，他可是首席裁判官，身手一定比那些殺人魔好。」

「隊長，是否請雷茲先生來一趟，讓他解釋狀況。」卡斯騰斯的隊員問。

「快把我的保鏢叫來，這傢伙太危險了，他是可怕的殺人魔啊！」蘇恩的身體不自覺顫抖。

「冷靜點，喂，先把他給帶出去。順便請雷茲先生來一趟。」卡斯騰斯厭惡地說。

兩名年輕人便將蘇恩帶出艙底，卡斯騰斯等他消失在視線後，問：「你們這樣的人，殺不殺奸商呢？」

「嗯？」諾比尼沒想到卡斯騰斯會問這種問題。

「也沒什麼，剛才那個諂媚的傢伙，是出了名的混蛋。可惜奧赫福特伯爵只掃蕩舊商會的人，或者說只掃蕩了阻礙他利益的人，哼，蘇恩這種販毒的敗類伯爵倒是不管。」

「你跟我吐苦水也沒辦法。」

「你的汙垢真讓人作噁，圖斯裁判所的人竟然把你押在一般商船上，這艘船可是掛著我國的旗幟。」卡斯騰斯把那些黑紋當成汙穢，這樣他才有勇氣繼續跟諾比尼談話。

諾比尼看穿他的恐懼，他哼了一聲，「難道你要把我丟下海？」

「若你是毒物，我會把你放在道蒙船前燒死，即使是聖士也抵擋不了燒夷劑。」卡斯騰斯說。

雖然有厚重的鐵壁隔開兩人，卡斯騰斯仍覺得諾比尼會拆斷鎖鏈破籠出來，他刻意保持距離，並不時摸著掛在腰間的短劍。

卡斯騰斯無權讓諾比尼離開這艘船，特別關係到圖斯裁判所，若沒有特殊理由，沒人會想招惹這個在諸國間相當具有影響力的宗教組織。

蘇恩被帶上去後，不久以優雅聞名的裁判官翩翩走到卡斯騰斯面前，他儼如貴族的氣度讓一旁的海關人員莫敢直視。

「卡斯騰斯隊長，請問有什麼問題嗎？」雷茲一手揹腰，一手捻著鬍子。

「很漂亮的八字鬍，雷茲先生。很顯而易見的，你的聖士讓我的年輕人感覺不自在，我們無法好好檢查清查清單上的物品。」卡斯騰斯指頭彈著手上的清單板子，「如果方便的話，能請你將這位聖士移開一段時間，直到我們完成工作。」

「沒問題，這是我的疏忽，很抱歉造成你們的困擾。」雷茲答應的相當乾脆。諾比尼被故意餓了幾天，加上鎖著特製鐵枷，想來已無力氣掙脫。

一名高大的獸人隨即下來，他撬開鐵籠，把諾比尼給拉出來。

「由於我還有要事纏身，只得請葛雷帶你到島上晃一晃。」

喚作葛雷的獸人有著濃密的鬃毛，眼睛大若銅鈴，臉上布滿刀痕。

「謝謝你的配合，雷茲先生。小子們，給我澈底的查。」卡斯騰斯喝令道。

葛雷帶著諾比尼到甲板上，刺眼的光芒一下子照射他的眼睛，讓他只能瞇著眼走。諾比尼像個奴隸被葛雷牽著，商人們議論紛紛。

黛綠色的海水比阿斯塔蒂的眼瞳還深邃，諾比尼搭乘小海鷗號來時碰上雨天，因此海域看起來一片汙濁。一頭銳特耳展開三對大翅膀在遠方徘徊，牠比雄雞高亢的叫聲在船上也能聽得很清楚。

「聽說你很強悍。」葛雷有著帆船桅桿般粗壯的堅實肌肉，「雷茲說要小心你，雖然我不明白如此瘦弱的你能做出什麼，但就算你恢復的跟平常一樣，也不是我的對手。等把你送回去，我就要到北方大展身手。」

「你身上那些汙垢看了真噁心，」葛雷並沒發現那是黑詛咒，他露出作噁的表情，「說是聖士，也不怎麼樣吧，否則怎會落到圖斯裁判所手裡。」

「話真多。」諾比尼踩上登岸的石階，他回首瞥向瀲灩海景。

往東方看去，有一塊突出的離島，那裡被稱為龍頭，是傳說化成龍骨島的上古龍的顱角。

西南岸最高聳的地勢是眺望日出的好地點，諾比尼在那裡陪葛麗兒觀覽過，當地人說那是上古龍的脊椎。

「嫌我多話，我才不想當你的保姆，早知道讓其他人來代替我。」葛雷停在岸上的草原，倒頭躺在地上，「我警告你，你別亂來，否則我無法按照雷茲的指示讓你平安回去。」

葛雷說完便呼呼大睡，諾比尼則盤腿坐著，觀看浩渺蒼海。

托卡斯騰斯的福，諾比尼才能出來呼吸新鮮空氣，卻也勾起冒險的回憶。小海鷗號停泊在這裡時，他與葛麗兒在島上旅店過夜，那時他還不知道這個任性而純善的年輕劍士是米烈迪爾王國的公主。

詛咒仍然蠢蠢欲動，但此時他的心境平穩如鏡，詛咒只能繼續等待時機。

海關下船的號角聲此起彼落，驚醒葛雷，他抱怨道：「搞什麼鬼，那些稅吏的動作也太迅速了，我還沒睡上多久。」

他揉著眼睛，牽起鐵鍊，「反正船明天才啟航，等等去酒吧喝酒算了。聖士，走啦，回去你的鐵籠裡沉思。」

諾比尼不發一語，默默跟著葛雷走下台階，商人們紛紛移往岸上，他們的隨從則扛著要在當地變賣的貨物。卡斯騰斯迎面走來，依舊繃著一張臉，蘇恩則笑臉盈盈稱謝。

「明天早上會再驗一次，這次僥倖逃過的人小心了，明日要是被我抓到就不是塞屁眼這麼簡單。」

※

關上天花板後，天色便消失在諾比尼的視野中。

吵雜的甲板已經空蕩無聲，包含船長，所有人都到岸上去，直到明日清早才會恢復生息。

「你似乎很苦惱，諾比尼先生。」

諾比尼沒有理會這個聲音，那是詛咒幻化成的迷惑語調。

「為什麼不跟我說話，你很無聊對吧，一個人孤獨的待在這裡。」

「你很聰明，知道誰害慘你，也知道如何讓自己解開束縛，對吧？諾比尼先生，還記得你的巫師好友說了什麼：逃離半年的聖士還談什麼規則？」

「我不知道你想幹什麼，我也不會聽從你的意見。」諾比尼說。

「傻瓜，你何不等聽完我的想法，再來做定奪？血神告訴你什麼，生不磊落，死必光明？太可笑了，你明知道自己不一般，不平凡，你可以有更偉大的成就。」

詛咒的嗓音意外的蠱惑人，但諾比尼還沒脆弱到被這個聲音矇騙。

「哼，可笑的是你，你只不過是虛假的聲音。」

「虛假？諾比尼先生，我比你更真實的存在著，你知道我能力幫助你。只要你願意開啟這甜美的果實，將得到真正轟轟烈烈的人生。」

「感謝你的好意，當初那些巫師團不該浪費生命把你種在我身上，他們應該直接殺死我。」

「你的想法真讓我毛骨悚然，諾比尼先生，你繼續考慮考慮，你會發現我才是你最真摯的朋友。」

聲音倏地消失，諾比尼還沒說上幾句，樓梯間便傳來響聲。這輕佻的步伐絕不是雷茲。走到他眼前的人卻令他訝異。

「諾比尼，你好，方才見過面，卻沒辦法好好的自我介紹。」蘇恩莞爾道。他此時面對諾比尼毫不畏懼。

「你的演技在哪學的，綠寶石劇團？」

「多謝你的誇獎，假如不演得誇張些，怎麼騙得過精明的海關人員跟首席裁判官。」

蘇恩用手指刷著濃密的鬍鬚，狹長的眼睛彷彿發現獵物的狐狸。

見諾比尼保持緘默，蘇恩誠懇地說：「諾比尼先生，在我來之前我已經知道您的事情，因此我直接說了，我想跟您做一筆交易。」

「如果你的調查無誤，應該知道我是聖士，你口中的殺人魔。」

「呵呵，請原諒我口不擇言，為了拐卡斯騰斯上當，我只得說出昧心之言。」蘇恩稱讚道：「聖士是有理想的高尚刺客，豈能與殺人魔這個詞相提並論。」

「別灌迷湯了，有屁快放。」諾比尼最討厭這副阿諛的嘴臉。

蘇恩正色道：「好，承蒙您的爽快，我希望您能幫我殺個人。」

「你把我當成拿錢賣命的刺客？」

「請您先聽完交易內容，屆時再作決定也不遲。」蘇恩在鐵籠前踱來踱去，「事實上，為了我所屬的利益集團，我們希望您能殺死我們最大的阻礙——普魯侯國王。」

諾比尼縮緊眉頭，「你們商會想殺普魯侯王？」

「商會？您是否搞錯了，我所屬的集團，可不是這麼小的組織。」

「比茲奈同盟……」或是其他與普魯侯為敵的國家。

「諾比尼先生，您不必猜測我的身分，接下來我會說明您能得到的好處。」蘇恩瞇起眼，把狹眼闔成一條細縫，眼裡卻流轉著巨大陰謀。他諂笑道：「您能獲得最需要的東西——自由——我們能讓你得到自由。」

「哼，你知道我身上的東西不是汙垢——」

「無解的黑詛咒？諾比尼先生，像我這樣的商人不會對談判對象毫無了解。只要完成我們的請求，我們可以替你解咒。」

「口說無憑，再者我已決心赴死，何求自由。」諾比尼懶得與他談，「隨時會有人下來，反正你被那些獸人掐死或丟到海裡淹死都與我無關。」

蘇恩從衣服裡掏出一個透明的小罐子，罐子裡裝著發出微光的亮白色液體。諾比尼想到那些海關人員極力搜查的物品——冷菇粹化物。

「您肯定已經猜到這玩意兒是什麼，事實上這東西一般人只要食用超過一滴就會立刻猝死，但相反的，它亢進的力量正好能抵禦您的黑詛咒。」蘇恩用食指與拇指夾著罐子，盯著諾比尼說：「雖然只能暫時抵抗，但等您完成交易時，我們會真正替您解咒。」

蘇恩如釣客耐心釣著諾比尼的慾望，慢慢等待上鉤。

諾比尼雖然想避開那液體，卻忍不住忖度它的效力。

※

小浪翻湧，拍打至石壁上，諾比尼躡手躡腳來到停泊小舟的海岸。月色照不到的岩壁背面，蘇恩正恭迎他的駕臨。

若非親眼見到那艘小船，諾比尼會以為這一切都是吃下萃取液後產生的幻覺。只不過一、兩滴，熾熱感漫布全身，覆蓋黑詛咒帶來的燒痛，那是一股熱切的、充滿希望的熱力。

「您的狀態比我想像中還好。」蘇恩舉著火炬，笑臉可掬地說。

正如蘇恩所言，平常人若未稀釋直接吸食，身體根本無法承受這般燥熱。

諾比尼的感官瞬間膨脹，如他屏氣凝神刺殺目標，他完全知道自己該幹些什麼，不受其他情緒干擾。

「諾比尼先生，您隨時能準備出發。」

「雷茲肯定在立陶港進行部署。」

「不走立陶港，您從瑪瑙河乘河船進入普魯侯王國邊境。」蘇恩指著小船邊的人影，「這位船夫相當熟悉這一塊海域，他會帶您到瑪瑙河。」

船夫是個瘦弱的中年男子，眼皮深沉如夜色，似乎總是睡眠不足。

諾比尼狐疑的看著他，蘇恩介紹道：「他叫迷當，住在西南海域的鉛錘群島，就是連最有經驗的水手也不敢輕易經過那裡的暴風海域，他會帶您到瑪瑙河的出海口。他只會聽，不會說通用語，請您放心。」

諾比尼並不在乎船夫的身分，方食用冷菇萃液的他還尚未習慣強烈的感覺。

「那麼請您一路上小心。」

「等等，我必須確定你有辦法替我解咒。」這才是他關心的交易內容。

「等您辦妥事情，再來這個地方找我，我自然會替您處理好。」

如果傑德米特在場的話，還能幫他們立一道信守承諾的咒語。

但諾比尼此時也無法回頭，晚風吹著他沾滿血腥的手。他看見葛雷凶狠的向他咆哮，一股欣悅像蜂蜜啤酒流淌體內。親手解決狂傲的獸人，諾比尼不忘替他喃詠血神之咒，送往歸途。

海風夾著血腥味，彷彿要瀰漫整座龍骨島，蘇恩催促道：「您趕緊上路，否則有人追來就不好辦了。」

諾比尼判斷這個立陶港商人在即將到來的大戰挹注不少資金。

也許是諾比尼一點也不想就這樣死去，他最後選擇那瓶毒萃液，想讓自己活得更有價值。聖士豈能與普通凡夫締結交易，但諾比尼已不符合聖士的行為準則，熊熊熱焰讓他拋棄最後一絲根深蒂固的觀念。活著，解咒，這是他的人生目標。

「諾比尼先生，這些錢雖不多，但絕對夠支付您的旅費，裡面還有一張由我壓印的字條，相信我這麼做，您能感受我們的誠意。」蘇恩拿出沉甸甸的褐色小袋子，沒束緊的袋口發出輝煌金光。

他蹲下來用海水洗掉雙手血汙，再次思忖該不該這麼做，畢竟目標是葛麗兒結婚對象的親兄長。

第八章　雨季

夏雨突如其來降臨，暴漲的雨水淹沒瑪瑙河兩岸，河邊的渡口被大水捲入嚎啕之腹。停滯了三天，雨勢稍微變小，船家好不容易才重新啟航。

「教士先生，能麻煩你替我禱告嗎？」一個豐腴的婦人虔敬地問道，她提著一大籃菜，還背著未滿周歲的小男嬰。

諾比尼搖頭道：「我不是教士。」上岸後，他隨手拿了一件灰袍子披在身上，臉上仍用面巾遮住黑疤。

「是嗎？真不好意思，我是從莫庫爾來投靠姊姊，她住在上游的奧普森。我從歌米蘇到龍骨島，再從龍骨島搭船來這裡，一直希望能有教士替我祈禱旅途平安。」

諾比尼只能沉默地看著對方。

「您是從下游來的嗎？聽說那裡一到雨季就到處成災，領主也不伸手救援，真是可憐的很。」婦人從布袋裡拿出乾糧分給諾比尼，「不好意思讓你聽我嘮叨，這雖然不是什麼好東西，不介意的話請收下。」

「謝謝。」諾比尼說。他遞出一塊金幣給婦人，讓婦人驚愕不已。

「這只是普通的乾糧，我不能收這麼多錢。」

「這裡雖然沒有撒冷教士，但這個能讓妳跟妳的孩子一路順暢。」諾比尼不由分說塞到婦人粗糙的手中。

婦人不停稱謝，諾比尼只是擺著手，他忖若拿下面巾，婦人會立刻變成另一副模樣。

老船家駝著背喊道：「往高逢紀的上船囉。」他吼得很響亮，讓岸上徘徊的乘客都能夠聽見。高逢紀是進入普魯侯王國前的重要中繼站，諾比尼打算先在那裡落腳，預謀接下來的行動。

諾比尼起身往渡口走去，婦人比劃著撒冷的手勢替他祈福。河船比諾比尼偷渡時搭的船大一些，除了佝僂的老船家，他身強力壯的兒子站在船尾撐篙。

前往高逢紀的人不多，大部分的目的地都跟婦人一樣，要到瑪瑙河第二大轉口城市奧普森。

「人比想像的還少，我原本已經做好船上擠滿商人的心理準備。」一名身材精實的男人走過諾比尼身旁，雖然不高，但他的肌肉繃緊了襯皮衣。他踏著褐色的牛皮長靴，服貼的黑色短髮如鐵絲般粗硬，眼光掃視船上乘客，腰間長劍隨之晃動。

「米烈迪爾的騎士……」諾比尼注意到他劍鞘上戰馬與征袍的徽號。

「主人，那些北上的商賈都聚集到奧普森去了，如今會到高逢紀的商旅都會直接走香草大道。」騎士的僕從解釋道。

「無所謂，反正商人與我們無關，倒是得盡快趕回米烈迪爾。」他的聲音如外型粗獷，一入船艙便盤坐，腰桿挺得相當直。

「是啊，正與北邊劍拔弩張，忽然說要舉辦婚禮，比茲奈同盟的人會怎麼猜想。」僕從比他的主人稍高，但體型方面相差甚遠，他看起來像船家手裡操著的竹篙。雖然他稱那位騎士為主人，但根據米烈迪爾貴族的訓練傳統，他應是騎士的子侄。

「他們千萬別派人來鬧事，否則我以王室衛隊的名譽發誓，必將他們梟首示眾。」

騎士這段發言讓諾比尼想到驕傲的葛麗兒。

「主人，您想會不會有聖士來滋事？不久前哥利席亞公爵才在立陶港遭到襲擊。」

「我早說過要陪公爵去，他卻執意不肯，只讓圖斯的裁判官隨行。」騎士失落的說：「比起那個外人，公爵居然不相信王室衛隊。」

「但那名聖士還是落網了，聽說要押回去審判，若主人在場的話，那傢伙恐怕沒機會被押走。」僕從迎合道。

這話讓騎士心花怒放，他自傲地說：「管他幾名聖士，我們王室衛隊都能輕易摘下他們的腦袋。」

他們萬般沒料到諾比尼隔一段距離還能得知他們的交談內容，騎士說話的同時不斷注意附近風吹草動，手放在隨時能拔劍應戰的位置。

葛麗兒的反應已非常沉著，身為王室衛隊的騎士自然更勝一籌。

「蕩婦，根本就是蕩婦。」尖銳的聲音從前面的位置傳來，「看看歐瑟這個蕩婦，把老子的時間都浪費掉了。」

聽見有人數落雨之女神，諾比尼立刻聯想到想當吟遊詩人的矮人方尼沃厄，他朝前方瞥去，發現了方才沒注意到的年輕矮人。矮人戴著白色小圓帽，留著一撇小鬍子，正用粗大的手掌拍著木板。

「那個矮人真吵。」騎士瞪了他一眼。

暴躁的矮人聽到耳裡，瞬間跳起來，指著騎士說：「從來沒人敢說壯克吵，要比吵敲打紅鐵塊時的聲音才叫吵！」

他聲音就像沸騰的水壺，尖得讓人皺起眉頭。

「壯克大師，請冷靜下來，您先休憩一下吧，很快就會到高逢紀。」矮人身旁穿藍衣服的男子安撫道。

「不准，壯克生氣了，本來就被歐瑟搞得不開心，現在又有混蛋人類讓壯克更不開心。」

那人趕緊跑到騎士面前，卑躬地請求道：「先生，麻煩您向大師道個歉好嗎？否則大師的脾氣一上來，是很難收拾的。」他從口袋拿出幾枚錢幣塞給騎士。

米烈迪爾騎士不會向自己效忠以外的人俯首，他不悅但客氣的說：「我只是說出事實，他有必要這麼憤怒嗎？回去請你的矮人安靜點。」

「搞什麼呢，你以為這位大師是誰？他是鐵匠大師壯克，如果讓他心情不好我會很難交代，麻煩你配合一下。」

騎士忽然捉住對方的衣領，將他拉到眼前，「聽著，我身為米烈迪爾的騎士，只向我的國王交代，我不管你要跟誰負責，但這是我最後一次警告你。」

「是，是。」

那人唯唯諾諾的退回去，心浮氣躁的矮人壯克則走過來，指著自己的胸膛說：「你的話壯克不能當作沒聽見，沒手藝高超的辛勤鐵匠，騎士也只能當砧板上的魚肉。」

「小子，你還沒資格在我面前趾高氣昂。」騎士嗤之以鼻道。

「人類才沒資格喊壯克是小子，壯克是擁有五十年資歷的打鐵大師，才不是小子。」矮人氣呼呼的一張大臉衝向騎士。

騎士沒有拔劍，而是抓住矮人的鐵鎧，將他扭到後邊，從頭到尾沒有站起來。

「騎士大人，拜託您高抬貴手，別讓事情變得更複雜。」穿藍衣的人低聲下氣道。接著他又央求道：「壯克大師，您安靜的在位子上休息好不好，一到高逢紀，我立刻準備您愛吃的食物，讓您盡情大塊朵頤。」

「真的？你沒有騙壯克？」他敲著鐵鎧，情緒平穩許多。

「當然，我怎麼敢欺騙您，還請您先配合一下，否則這艘船一旦停駛，您還得等上更久的時間。」

矮人皺起眉頭，頷首道：「好吧，壯克就不跟騎士計較，壯克要先休息，讓肚子能裝下更多的美食。」

壯克移動回後面的位置，騎士也不再多話。藍衣男子向騎士稱謝，連忙跟在矮人身旁，怕他又有奇怪的舉動。

騎士悄聲道：「居然對矮人如此畢恭畢敬，真是沒出息的人。」

「主人，畢竟他的名字是『壯克』，在矮人話裡代表任性、童心，您當作讓小孩子吧。」

「那傢伙也敢自稱鐵匠大師，簡直不把方尼沃厄放在眼裡。依我看那藍衣人是托斯卡納關稅聯盟的人，找矮人替軍隊鑄造武器。」騎士判斷道，話鋒轉向方尼沃厄，「在如此緊繃的情勢，沒有方尼沃厄督造坎努斯鋼實在令人不放心。」

諾比尼悄悄移動位置，更加靠近他們，他冀望能聽到關於普魯侯王國或葛麗兒的情報。不過主僕二人卻侃侃談起托斯卡納的事情。

「主人，托斯卡納扼住往南的出口，豈不是阻撓我們與米恩特半島的交易？」

「如果公主順利與堪德利親王完婚，立陶港便能直達普魯侯沿岸的港口，不必管托斯卡納的態度。」
「話說如此，但米烈迪爾與普魯侯一直是強勁的對手，您不認為普魯侯會留一手？」
「你的意思是，普魯侯會與托斯卡納聯合？」騎士偷偷瞥向安撫矮人的藍衣人，隨即又搖頭道：「那倒不必擔心，孩子，那裡的諸侯忙著明哲保身，萬不想得罪我們。」
接下來兩人的談話愈來愈小聲，到了不坐在他們身旁幾乎聽不見的地步，諾比尼只好放棄竊聽情報的想法。

※

河船緩緩停靠在渡口，諾比尼等所有人都下船後，才慢慢踱上岸。他抬頭望著陰雲連綿的蒼穹，估計午後會有一場雷陣雨。渡口旁正好在舉辦集市，從鄰近來的商人塞滿進入高逢紀的道路，地上到處泥濘，商人們鋪上一層防水布，就地做起買賣，這些商人的臨時舖子都掛有一枝黑底黃天秤的旗子。
「教士先生，要不要來看最新進貨的蠟燭，這裡面含有十多種香料，保證讓神聞得開開心心。」
人潮中只有諾比尼穿著像撒冷教士的袍子，諾比尼置之不理，那名商賈又喊道：「別走啊，教士先生，這裡都是關稅同盟的免稅品，您在其他地方一定找不到這麼划算的價錢啊——」
諾比尼不理睬的擠開人潮，他只想趕緊到城裡的酒館休息。高逢紀的周圍正築起新的城牆，已經建好的部分比舊牆高出一倍，因為龐大的工程讓入城的人被集中到一個小口，前進的速度相當緩慢。

負責城市防備的皆是從外地雇來的傭兵。

諾比尼排在米烈迪爾騎士後面，他聽見騎士說：「簡直把這裡當成城堡了，這城牆像是宣告眾人，阿馬爾菲公國保持中立，決不參與任何一方。」

「主人，您才剛說明哲保身，想不到這裡的大公動作也很快。」

「看來不只阿馬爾菲，所有托斯卡納關稅同盟涵蓋的大城市都在進行防禦工事，他們嗅到了危險。」騎士不屑的說：「認為比茲奈同盟跟他的盟友有可能擊潰米烈迪爾英勇的騎士們。」

「想不到戰爭尚未開始，後方的動作便已如此頻繁，看來我需要學習的地方還很多。」僕從喃喃道。

這時壯克拎著從市集買來的東西，從後方徐徐走來，用讓檢查口能聽見的尖刺聲音喊道：「壯克才不想排隊，煩死了，壯克要趕快吃美食，然後燃起鐵爐裡的熱火。」

藍衣人向檢查的士兵出示證件，士兵立刻恭敬地幫他們開路。

「那些傭兵的嘴臉真讓人討厭，唯利是圖的傢伙。主人，我們不如也表明身分？」僕從說。

「沒必要在這裡出風頭。」騎士站得非常挺拔，像是做給那些傭兵看。

雨季是這裡最混亂的時候，大批人會滯留在地勢較高的高逢紀等水災過去，因此檢查也更為繁瑣。

「這裡裝的是什麼？」士兵詢問裝著大袋子的皤髮老翁。

「只是一堆蘿蔔，如果您不嫌棄，請拿一些去。」

「不必了，謝謝你的好意。這裡又是什麼？打開讓我檢查。」士兵嚴正以待，彷彿收到什麼祕密情報。

嚴格的檢查自然引起怨言，但士兵充耳不聞，只是反覆檢查每個人的物品。

諾比尼不禁猜測是他逃走的消息傳到這裡來了，以圖斯裁判所的力量，要在這裡發下通緝令也不是難事，托斯卡納的諸侯們不會為一個聖士得罪圖斯裁判所。

檢查必定會強迫解下面巾，諾比尼相信通緝令肯定把他的特徵描述詳盡，一看見黑詛咒，便前功盡棄。

「喂，這裡就只有麵粉跟菜，為什麼要檢查這麼久？」

「吵死了，不配合的人全都關到牢裡。這是大公親自頒布的命令，我們只是奉令行事。」士兵厲聲道。

這讓諾比尼更相信整個托斯卡納都在通緝他，於是他趁士兵檢查其他人時偷偷溜走，但走沒幾步路，一名隊長便喚他道：「那個穿灰袍子的教士，你為什麼突然離開？是尿急還是禱告的時間到了？請你回去排隊，否則我們會逮捕你。」

「我突然想起有事，不打算進城。」

「先讓我們檢查一下，沒問題就立刻放你走。」

諾比尼的舉動反而顯眼，此時若一溜煙逃走，勢必會引來他們追捕，但出手的話也不是上策，米烈迪爾騎士不可能袖手旁觀。

隊長咄咄逼近，身後還跟著兩名士兵，反讓諾比尼血脈舒張，他能看見這些人被他活活掐死，鮮血淌滿他的雙手。

「請你別亂動，教士先生。」隊長慢慢走近諾比尼。

「隊伍已經夠長了，能請你們好好檢查嗎？」騎士不耐煩地說。

「抱歉，這是規定，希望各位都能遵守。」

「那位教士想去哪裡就隨他去，難道就不能專注在這裡嗎？阿馬爾菲公國應該請更懂禮貌和效率的傭兵來駐守。」騎士的僕從抗議道。

「你在幹什麼？」騎士沒想到他會如此失言。隊長手握劍柄，慍怒地看著他，騎士挺身而出，擋在僕從面前，盡力和緩解釋道：「我們經歷好幾天的旅程，只想盡快到城裡下榻。」

「哼，像你們這種自以為是的人我看多了，總認為配著一把劍說話便大聲了嗎？咦？戰馬、戰袍……你是──」隊長發現了騎士佩劍上的徽號。

「誠如我方才所言，我們只想到酒館裡啜一杯飲料，不想惹麻煩。」米烈迪爾騎士拍了一下劍鞘，他給隊長一個台階下：「真是十分抱歉，我們初來高逢紀，有許多規矩不懂。」

「咳，好，沒問題，既然沒事了就好。那位教士，你有事就先離開吧。」隊長是個聰明人，他裝模作樣地說，但藏不住額頭上的冷汗。招惹米烈迪爾騎士不是開玩笑的，他們可是出了名的厭惡傭兵。

諾比尼這時他突然忖到，若真有通緝令下來，他的外型特徵應當也包含打扮類似撒冷教士，應該會描述成：身染黑詛咒的聖士，打扮成撒冷教士的高大男人。

因此諾比尼放慢腳步，到一旁食用冷菇液，抑制躁動的詛咒。可能因為大雨的緣故，通緝令還沒傳達到托斯卡納。

當他吞下透亮的液體，一股安寧的氣息瞬間包裹他的身軀，讓他更為專注，思緒清晰。這東西能讓他知道什麼時候才能殺人，保持絕對的冷靜。

「抓到了，還想藏啊？」那名隊長突然吼道。

諾比尼趕緊將瓶子收到袍子內，他以為身分被拆穿了，但隊長不是朝著他吼，而是對一名精壯的中年人。他的行李被翻得到處都是，其中有好幾個小瓶子，全裝著冷菇液。

「就是你這混帳害我們在這裡檢查老半天，快捉住他！」

中年人見狀，從衣服裡拿出預藏的匕首。

排隊的人群倏地四散，場面混亂不堪，隊長指揮著士兵包圍住中年人，但嘶叫的人們讓他無法順利進行。

「主人，您要去哪？」

「讓這些傭兵知道，何謂真正的戰士。」騎士不慌不忙接近中年人。

中年人從口袋掏出一瓶液體，慌忙中全數吞下去，他的臉頰瞬間燙紅，眼瞳放大，精神亢奮。他一拳揍倒企圖抓住他的士兵，正準備用匕首割斷那人的氣管，騎士一腳踹開中年人的手，接著右鉤拳擊中他的臉。

聲響雖大，中年人卻毫無反應，猛然朝騎士的門面擊去，騎士格擋住，朝下巴猛攻，但中年人咬牙擋住，噴出一口血，彷若無事撲向騎士。

些許冷菇液能讓人精神奕奕，維持鎮定，但喝太多就會像詛咒一樣被佔據意識。

騎士後旋踢倒中年人，順勢拔劍踩在他身上，但中年人忽然噴出一大口黑血，淒涼地喊道：「好痛——好痛啊——」

諾比尼記得蘇恩說的，正常人喝下一滴原液，熱氣在體內奔騰，內臟會因此燒盡而亡。中年人撐住騎士這麼多拳，已經到了極限，蒸氣從他身體噴發出來，他精壯的肌肉頓時萎縮。

「照樣抓起來，掛在城牆上示眾。」隊長喝令士兵過去扶起已經乾癟的屍體。

「隊長，這些毒液要就地銷毀嗎？」

「別傻了，灑出來要是噴到身體就慘了，你沒看見那個人的下場啊！先收起來，等鍊金師來了再問該怎麼辦。」

他們用白布小心翼翼捉起瓶子，生怕冷菇液會透過空氣傳播。這些看門傭兵的目標是抓偷渡冷菇液的人，隊長安撫眾人道：「沒事了，大家千萬別碰上這玩意兒，也別想偷偷夾帶。」

「用冷菇鍊成的精粹液……這東西若運用在戰場上，後果不堪設想。」騎士重新回到隊伍上。

「簡直是惡魔的飲料，到底是哪些不良鍊金師造出這麼可怕的物質。」僕從厭惡地看著被士兵搬運的屍體，「假如獸人服用那種毒液，我們——」

「別說了，那些傭兵正朝我們走過來。」騎士斂容道。

「大人，非常感謝您出手相助，請往這邊走，由我帶兩位入城。」

「有勞你了。」雖然討厭傭兵的嘴臉，他仍擺出禮貌。

「主人，那名教士倒是消失了，他的舉動實在太奇怪了。」僕從附耳道。

「撒冷教士哪有不奇怪的，千眼鎮的學者早想研究他們。別管他了。」

他的僕從深深頷首，望向諾比尼消失的地方。

※

午後大雨彷彿要淹垮高逢紀，城外的修葺工程只好暫停，工人們因此逗留酒館，還未黃昏，已是一片醺醉。

諾比尼投宿在熱鬧的大街旅館，他坐在角落的位置，仔細聆聽前面第二桌一個高大的男人說話。那個男人剃著光頭，邊喝酒邊笑著拍桌，長滿手毛的手在空中揮舞，敞開的衣襟裡也是密密麻麻的黑色胸毛。

潛伏兩日，諾比尼才等到來自普魯侯王國王廷總管處的僕役。托斯卡納東部區域可說是普魯侯的重要經濟盟友，普魯侯藉由此地便利的河運，一路將貨物流通到鎖鏈三角洲。要在這裡找到跟普魯侯有關的人不算難，但能套出有價值情報就不簡單了。

「還說呢，皮五大哥，要不是靠你的腕力，這好差事怎麼能落到我們兄弟手上。」

「就是說啊，大哥要喝幾杯，都交由我處理。」

皮五已經酒酣耳熱，他扯著大嗓門說：「沒什麼，那些人簡直是娘們，跟他們比腕力根本是欺負人嘛，你們說是不是。」

「如果皮五大哥穿上甲冑，說不定比那些騎士還厲害。」

諾比尼相信他們喝得很醉。

「是嗎？這次戰爭我也許有機會上場呢。偷偷告訴你們，有一些騎士害怕到北邊與獸人打仗，正打算用錢買人頂替。」

「真的？未免太沒用了，怪不得我們還得靠米烈迪爾的婆娘來撐場面。普魯侯的時代要結束了嗎？」

「去你媽的，能跟米烈迪爾王國聯手，比茲奈同盟又算的了什麼？」皮五用力捶桌道：「趁這個機會讓大家都知道皮五大爺的大名，我就能被國王陛下封為正式的騎士，到時候你們都是我的家臣。」

他們肆無忌憚的發話，狂笑醉倒在暴雨之中。諾比尼沉默地喝著同一杯啤酒，一整個下午還喝不到半杯，他寄望從總管處的人口中聽到任何關於普魯侯王的情報。

但這三個人自顧自的大放厥詞，連來高逢紀做什麼都不說，諾比尼忖是否要找其他的目標。

「對了，皮五大哥，聽說國王陛下——」

諾比尼眼前的酒突然被一飲而盡，只聽見一聲酒嗝。壯克皺眉道：「酒都淡掉了，壯克不喜歡這種味道。你應該學習啤酒的品味，讓壯克來教你怎麼做。」

諾比尼看著空蕩蕩的酒杯，回過神對面三人已經笑開懷，他錯失了重要情報。矮人似乎沒發覺諾比尼的眼神微微垂下，他向櫃台喊道：「來最鮮釀啤酒，高逢紀最好的啤酒，這是壯克要的。」

「我沒允許你坐在這裡。」

「壯克喜歡靠角落的位置，這樣才能盡情聽歐瑟的淫叫聲，嘿，小子，你聽過雷雨天的故事嗎？」

「沒興趣，你喜歡這位置，我讓給你。」

諾比尼正要起身，壯克尖笑道：「大家都知道雷神喜歡歐瑟，你看外面長長的閃雷，就是雷神的陰莖，他要讓歐瑟知道自己多麼雄風偉大。」

「謝謝你的故事，吟遊詩人，我要走了。」諾比尼打算去其他酒館碰碰運氣。

「別走啊，你說話很好笑，讓壯克捧腹大笑，矮人當吟遊詩人是多麼滑稽的事情啊。」

諾比尼想像方尼沃厄聽見被自己人數落時，臉上的表情肯定相當戲劇。

「繼續說笑話吧，歐瑟讓壯克沒辦法工作，只好到這裡喝上一杯。」他顯然忘了在河船上遇過諾比尼。

這時諾比尼才想到，旅店不遠處有一棟非常大的鐵匠鋪。

「矮人，聽清楚了，我還有事要忙，無法陪你閒聊。祝你喝得愉快。」

「真是掃興，你跟魯伯特一樣，不想跟壯克聊普魯侯王的事情。魯伯特只想讓壯克一直工作，打出又利又堅固的武器。」

「魯伯特？」諾比尼忖是前幾日陪在他身旁的藍衣人，不過矮人提到普魯侯王，他便縮回座位，咳了聲：「你想說什麼？。」

「壯克沒心情說了，等啤酒喝完，就回去睡覺。人類應該跟矮人一樣充滿好奇心，才不會總是為了無聊的事情吵吵鬧鬧。」壯克拿起白色圓帽，抓了抓頭，「但這裡比想像的還無聊，有什麼有趣的事呢？」

酒保送上兩大瓶高逢紀啤酒，壯克趁著酒沫翻騰，一口氣吞下，他哈了一聲，滿臉愉悅。

他鬍子沾滿泡沫，咧起笑靨，就像個快樂的大孩子。

「這啤酒的確很順口，還有點甜味，肉蔻的味道？」諾比尼倒是驚訝高逢紀的富饒，肉蔻是遠航交易的貴重品，高逢紀竟然捨得用在釀啤酒。

「壯克最喜歡跟識貨的人喝酒，魯伯特沒有福分喝高逢紀啤酒。這兩杯的價格可以買一大堆蜂蜜啤酒，但今天由壯克請客。」他像在與皮五互較聲量，兩人愈說愈大聲。

「你方才提到普魯侯王，能告訴我那是什麼事？」

壯克的酒量遠不及方尼沃厄，他臉頰暈紅，鼻子像一顆擦亮的大西紅柿，黑斑也因此明顯露出來。他手指蹭著嘴上的鬍子，得意的說：「這正是魯伯特請壯克來的緣故。」

諾比尼虛向前，要仔細聽取矮人說話，但皮五的聲響直接蓋過隔壁桌，傳到他耳畔。

這引起壯克的玩性，他大吼道：「看誰能比歐瑟的淫叫聲還熱烈，哈哈哈。沒有人比矮人更懂的享樂，人類都應該學矮人。」

他把昂貴的高逢紀酒濺到隔壁桌的酒客身上，他們是一群已經喝得醺茫的建築工人，這一攪和反讓他們笑得更起勁。喝醉的男人們開始敲桌喧嘩，老闆卻醉醺醺地在陽台賞雨。

「那個矮個子，你的屁話太大聲了！」皮五猛然拍桌站了起來，他搖搖晃晃走向壯克，卻指向諾比尼說：「你對我們人類有什麼不滿，說啊，大聲的說出來，我皮五大爺在這裡聽你說。」

「把你們的人給抬回去。」諾比尼起身，高過皮五一個頭。

「你這矮人掂腳尖啊，作弊啊，要掂腳尖誰不會？」皮五掂起腳，一個重心不穩往諾比尼撲下去。

諾比尼只好給他一記頭槌，皮五整個人往後傾倒，跌在建築工人桌上。壯克笑得在地上打滾，那些建築工人凶狠的站起來敲破酒杯，一時間所有人都鬧哄哄翻桌打人。

皮五推開一名工人，朝諾比尼揮拳，諾比尼接住他的拳頭，皮五的臉瞬間猙獰，痛得跪在地上求饒，忘了不久前才大聲嚷嚷要成為國王加冕的騎士。

諾比尼放開他，坐回位子上。

「哦，你不是普通的教士，你是誰？」壯克笑道。

「諾比尼。」

「可惜沒聽過這個名字。」壯克開心的喝酒，並示意諾比尼一起喝。

所有酒客都陷入混戰，他們胡打一通，砸爛桌椅，但老闆仍然在陽台慢慢啜飲，似乎這間店跟他一點關係也沒有。

「傭兵……那個人是傭兵吧？」皮五的夥伴把他摻到一旁去，「是沙密傭兵嗎？居然能讓皮五大哥倒下……」

「沙密傭兵是穿黑色窄袍吧，那傢伙只是教士，不能隨便惹的教士。」

他們很知趣的離開，連諾比尼的眼睛也不敢看。幸好他們都喝醉了，醒來後會以為這只是一場夢，其他忙著打群架的人也是。

「普魯侯，你知道普魯侯王室每年夏末都要到獵場打獵，慶祝秋天豐收。」壯克突然開始說起普魯侯的事情，他擠眉弄眼地說：「打獵就需要好的弓，好的箭，總之要有好的武器，壯克最擅長的事情就是製造好的工具。阿馬爾菲大公想送一套全新的裝備給普魯侯王，所以才叫魯伯特請厲害的壯克來。」

諾比尼倒不知道這個情報，以往執行任務都已經有詳細的資訊，他只需要動手，這次他卻像賞金獵人一樣到處打探。普魯侯王至獵場時無疑是極佳的下手時機，諾比尼將自己的高逢紀啤酒倒到矮人的杯子裡。

諾比尼的動作顯得笨拙，他從沒有如此處心積慮想套出情資。幸而壯克已經醉茫，不做他想一飲而盡。

「別客氣，今天的帳單由壯克處理，老闆，給我高逢紀啤酒，快點給我。」

「你說獵場，是在哪裡？規模，人數，是否有其他國參與？」諾比尼一下子丟出好幾個問題，但壯克還在等無心管理的老闆送酒來。雨季與酒精讓所有人失常。

「我知道了，你等等。」諾比尼只好親自到櫃檯裝了兩大杯來，他突然覺得自己就像彈著魯特琴的方尼沃厄一樣丟臉。

諾比尼踹開試圖要攻擊他的酒客，他的眼神散發如坎努斯鋼般的銳利劍光，讓那些人不敢憑著醉意上前，只好毆向旁邊的人。

啤酒一端上桌，壯克便舉起來昂首喝下，幾乎是一口氣乾掉半杯，才打了一個長長的酒嗝。壯克看起來像隨時會醉倒在地上，諾比尼偷偷移走酒杯，以免還沒套出話來，他就不支倒地。

「那套弓箭是用上等的鐵材打造，雖然比不上坎努斯鋼，但相當柔軟。」壯克兩隻肥大的食指接在一起，表現出柔軟可折的樣子。

不過諾比尼並不想知道阿馬爾菲大公如何諂媚普魯侯王，他要知道切確的位置，以及需要防範的因素。壯克的酒量遠不入方尼沃厄，他跟其他人一樣酩酊大醉，重複解釋他的手藝，以及要貢給普魯侯王的武器有多麼優良。

諾比尼已經探不出其他情報。他想乾脆抓皮五那些人詰問，但他雖然受過許多殺人訓練，卻不懂盤問的要領，若那個沙密女人在的話，或許能幫上忙。

※

米烈迪爾騎士走進杯盤狼藉的旅店，他的僕從替他取下斗篷，高聲詢問店主，但所有人都醉臥一旁。

「這裡簡直是個戰場，主人，要不要換個地方？」

「我們不是來喝酒的，先找出普魯侯王廷的人。」騎士皺起鼻頭，嫌惡的說：「濫飲誤事，只有笨蛋與懦夫會讓自己疏於防備。」

僕從推開被毆得滿身是傷的酒客，他們倒在地上呼呼大睡，像是落敗的士卒。

「喂，你是哪位？敢從皮五大爺身上跨過去，你不要命了啊！」皮五忽然張開眼，捉住僕從的腳。

僕從很想出手教訓這名醉漢，但騎士制止了他，「他有普魯侯王廷的令牌。把他拉起來，恢復他的意識，不然讓他到外頭淋點雨。」

「你幹什麼，我可是代表普魯侯總管處，你快放開我——」皮五手上還拿著一壺酒，手搖搖欲墜像是隨時會掉下來。

皮五的身材比兩人都還高大，但僕從輕易的拎起他，喝道：「國王陛下怎麼會派主人來接洽這個廢物？醒來，還是你想嘗試米烈迪爾的醒酒法。」

「誰跟你米烈迪爾？我是皮五，普魯侯王國騎士……你這個賤民快把手放開……」

僕從瞥向騎士，尋求他的允諾，騎士拍了拍劍鞘，皮五便被拖到窗邊。僕從踹開窗戶，風雨立刻淹進屋內，他把皮五的頭壓在窗檯上，讓雨水恣意灌入五官。

「嗚——嗚——」皮五被突如其來的雨水嚇醒，他全身掙扎，但僕從牢牢固定住他的身軀。

等騎士又拍了劍鞘，皮五才被抓回來，他上半身濕透，頭髮如陳年海菜攪拌在一起。皮五大口喘著氣，瞇著眼怒罵道：「混蛋，你以為老子喝了酒就沒力氣了嗎？你給我站好，我現在就揍斷你的下巴。」

這次不必騎士發信，僕從再次抓著皮五到窗邊，多淋了一倍的時間。皮五的嘴邊溢滿流過骯髒屋瓦的雨水，看起來像隻落水狗，這套米烈迪爾醒酒法讓他澈底張開眼，打量來者身分。

「你、你們幹什麼，我是普魯侯——」

「總管處的人，我已經知道了，感謝你精彩而愚蠢的自我介紹。」騎士威風凜凜的站在他前頭，手指敲著佩劍，「聽說你們已經到托斯卡納兩個星期，該辦的，該做的應該已準備就緒。」

「你怎麼知道——」

騎士用劍鞘抵住他的胸膛，嚴肅的說：「我是盧赦．陶．布勒伊爵士，隸屬米烈迪爾王室衛隊。」

皮五聽見米烈迪爾騎士的名號，差點沒暈過去，布勒伊爵士繼續說：「若我沒記錯，你們奉命採購婚禮所需的物品，你該知道我國與貴國都很重視這場婚禮，因此國王陛下特命我來查看情形。」

「大人，騎士大人，我們早已經準備好了，只是還有一些東西需要等待。」

布勒伊的眼神彷彿想取下他的腦袋。但米烈迪爾騎士對庶民跟懦夫的人頭沒有興趣，他收回劍鞘，說：「別緊張，我此次的職務跟你一樣，只是陛下擔心路上有危險，才命我來保護你們。」

「咦？是關於葛麗兒公主的預言？」皮五這下完全清醒了，他慢慢站起來，也不管其他兩名醉倒的夥伴，他擺出恭敬的嘴臉說：「您放心吧，我是總管處裡最精明的人，挑選給公主殿下的飾品絕對合乎殿下高貴的身分。」

「不過你們倒讓我主人好找，在這雨季裡穿梭托斯卡納，我們皮靴上的汙泥都能刮出一層小丘。」僕從用靴子踩著後鞋跟，刷下一些潮濕的泥土嘲諷道。

「是這樣的，其實是達達亞大公的請託，他知道陛下即將到獵場祭祀，因此特地請矮人鐵匠打造嶄新的武器獻給陛下。」皮五趕緊解釋道，他預感只要稍有疏忽，布勒伊的劍就會飛到他的頸邊。

「那麼，還需要多久時間？」

「是，由於午後雷雨的干擾，鐵匠說恐怕要再等上三、四天，只要一造好，我們立刻啟程回普魯侯。」

「瞧你緊張成這樣，我主人不會對你動手，放輕鬆點。」僕從嘰笑道，他注意到皮五臉上的傷痕，便問：「我不記得剛才碰到你的臉。」

「不，這是被人給打傷的。」皮五害臊的說，他可不想告訴米烈迪爾人這是被撒冷教士所傷。

但布勒伊並不管他的傷口，他說：「這幾日我會住在中央旅館，你這裡辦好後請立刻與我會合，我相信堪德利親王也想早點見到他的聘禮。」

「是。」

「還有，既然你知道關於葛麗兒公主的預言，便要注意四周有無可疑人物。」布勒伊拳頭輕碰嘴唇，輕聲道：「聖士已經在立陶港發動襲擊，雖然那個人被抓，但並不保證沒有其他幫手。」

聽到聖士的名號，皮五忍不住顫慄，立陶港的事情已經傳到米烈迪爾與普魯侯王廷，因此米烈迪爾國王才會派王室衛隊親自前來。

「那個，說到可疑的人……」

「嗯？」

皮五往角落的位置看去，發現那裡一個人也沒有，他把話吞回腹內，搖頭道：「不，我是說如果我看見可疑的人，會立刻告知您。」

布勒伊點頭，眼神卻沒放在皮五身上，他環顧四周，感受到一股不善的氣息。但這裡滿地都是醉漢，看上去沒有值得費心的人物，布勒伊便認為是自己多心了。

「主人，雨勢減弱了。」

「嗯，離開這個酒臭薰天的地方吧。」布勒伊打從心底不喜歡這個任務，他狠狠瞪著皮五，讓他在原地站得直挺挺。

僕從替布勒伊穿上斗篷，兩人踏入斜風細雨，一下子就消去蹤影，彷彿方才是夢魅造成的幻景。

皮五終於鬆了一口氣，他倚牆坐著，繃緊精神後忽然一片渙散，晃晃的意識迫使眼睛闔上，但一道灰影驀然遮住眼前。

諾比尼一直潛伏在櫃檯內，壯克抱著只剩酒沫的酒杯沉沉睡去。他在一旁竊聽了布勒伊與皮五的對話，但布勒伊相當精明，說話時有防範，沒有切入諾比尼想要的情資。

於是他只好採取最簡潔的作法，他揪住皮五的衣服，冷冷地說：「你沒有選擇的機會，回答我的問題，或者在被支解的情況下痛苦死去。」

那雙眼神像一把利勾，深深抓住皮五的感官，要他相信上述所言不假。諾比尼像是生死的裁判，不容眼前的人有任何違逆。皮五有了剛才被洗禮的經驗，嚇得畢恭畢敬。

等皮五順從的點頭，他問：「普魯侯王何時入獵場，編制，人員，還有哪些國家參與？」

「下個月，秋神毋鄧的祭祀日，陛下到獵場時會有上千名衛隊保護，境內所有大小諸侯都會前來參加。」

「還有？」

「我、不知道了，我只是總管處的低階人員，根本沒資格看陛下祭祀，」皮五雙腿撲通跪了下來，求饒道：「這位大哥、大爺，我只是來替堪德利親王準備要給葛麗兒公主的禮物，只是個普通的跑腿，您問我王廷的事我什麼都不知道啊。」

諾比尼忖普魯侯王入獵場，加上諸侯們的軍隊，起碼有數千人。

「你確定你說的都是事實，沒有半點假話？」諾比尼盯著他慌張的眼睛問。

「真的，我絕對沒有騙您……」皮五停頓了一下，像是想到什麼好主意，他說：「如果您要更切確的情報，我知道國王陛下的近侍也在托斯卡納，您可以去找他——」

諾比尼沒注意聽皮五說話，他忖趁普魯侯秋祭時動手有些太冒險，應該選擇更佳的下手時機。他像是回到以前為執行任務冷靜應對的時候，在目標身旁盤桓多日，直到他如風如空氣融進目標的生活，再一舉出手。只是這段時間難保圖斯裁判所的通緝令不會貼滿各地，這次逃跑肯定讓雷茲顏面無存，定會加大追捕力度。

「大人？大爺？您有聽到我說話嗎，那個人就在附近，我能告訴您他的長相與名字——」皮五繼續出賣普魯侯的情報，但諾比尼已經不關注這個。

「夠了，現在閉上眼睛，任何動靜都不准打開，一動，我就挖掉你一隻眼睛，再動，我會割掉你的鼻子。」諾比尼拿著從櫃檯撿來的小刀，輕輕在皮五臉上碰一下。

刀身像蛇的觸感貼在皮五的臉頰，冰冷直觸內心。諾比尼放下刀子，小心翼翼略過醉倒的人們，到他把門扣上的時候，皮五仍不敢睜開一毫。

第九章　抉擇

熟悉的夢突然出現變化，紅藍兩色火焰竟然融合起來，諾比尼不曉得要站到哪個位置。但火並不炎熱，反而像溫柔的羊毛毯輕輕包裹肌膚，諾比尼忖是因為吃了冷菇液才產生這種變異。

顛簸的道路搖醒他不算舒服的夢境，他撐起身體坐起來，頭頂幾乎要碰到車蓋。運貨馬車走在古老時代鋪設的馳道，由於年久失修，行駛過程坑坑洞洞，好些路段的路基被鑿空，雨後變成一灘爛泥。夜裡雖然無雨，沉重的溼氣穿過樹林枝枒黏在衣服與肌膚上。

諾比尼脫下袍子，也拿掉面巾，讓詛咒浸於燠熱夜晚。打開木格窗，晚風疲憊的吹進車內，外頭黑壓壓的林子彷彿被施了某種巫咒，永遠禁錮在無法逃離的空間。

「月兒塗抹濃鉛，為孤獨征人打開心房。」車夫哼著托斯卡納流傳的古詩，配上即興想出來的怪異曲調。

皎月照亮古道，古道兩端沒入沉沉黑暗，彷彿走不到盡頭。決定連夜離開高逢紀時，諾比尼透過仲介找到熟悉托斯卡納的車夫，避開彎曲的運河直接到最北端的秋楓鎮，他打算在這裡暫做休息，並蒐集情報。

馬車馳行兩個晝夜，穿越大半個托斯卡納，途中諾比尼看見古道兩旁的上古遺跡。千眼鎮學者如癡如醉研究曾在此處興盛的古文明，不過托斯卡納關稅同盟卻忖著重築道路，以順暢行軍與貿易路線。

諾比尼下意識躲開月光。然而阿斯塔蒂就喜歡皎潔明月，她愛銀月輝於雪地的寂靜。沉靜的夜只有車夫的曲子作陪。

諾比尼睡前最後的印象便是車夫那首疊沓的歌曲。

「客人，客人，您的目的地到了。」車夫走下坐駕，拍了拍車門。

吱吱嘎嘎的聲響喚醒諾比尼，他環顧從窗縫溜進來的光線，不慌不忙穿上袍子，戴上面巾。

「客人，秋楓鎮就在前面，不過您來的時節剛好沒有楓葉，否則這裡一整片紅葉可說美極了。」車夫取來皮水壺，大口飲下，他的聲音因為唱了一夜的歌而沙啞。

諾比尼打開車門，像一位顯赫人物走下來。如車夫所言，秋楓鎮位於小丘上，被楓樹圍成弧形，看起來更像坐落樹林間的失落城鎮。秋楓鎮的鐘樓巍峨矗立，似一座防禦用的塔樓。

一陣巨響驚動林子裡的飛禽，成群如織盤旋藍天，巨聲安詳緩慢的傳盪四周，傳送一股安寧的力量，替原本就靜謐的城鎮景色添上一層莊重。這鐘聲與撒冷儀式有關，諾比尼忖幸好車夫從開始就沒問題過他關於撒冷教士的問題。

「那麼我就帶您到這裡，非常感謝您的惠顧。」

「這些都給你。」諾比尼給車夫超乎想像的報酬。

車夫笑得合不攏嘴，心想這一趟跑得很有價值，他像是有永不完的體力，誇張的笑道：「要是能多遇到像您這樣的客人，我就能多買幾輛車，組一支自己的車隊。」

諾比尼沒搭理車夫，逕自走向秋楓鎮的臺階。這裡是平坦的托斯卡納的制高點，見證過古老馳道的繁榮，也是前往普魯侯王國的樞紐。

秋楓鎮四周原本有高聳的圍牆，但如今只剩下斷垣殘壁，保存最良好的是入鎮口的舊石碑，上面使用別於通用語的阿恩全文字，這種文字曾經流行於奧錫萊斯大陸，現在只有千眼鎮學者熱衷辨認這種難懂的符號。

在撒冷教士蓋起高大的鐘樓前，石碑是秋楓鎮最高的標的物，歲月雕琢出它的斑駁，淺白的壁面如老朽面容滄桑。

「秋楓鎮，以前還有個名字，托斯卡納的方言叫儂地尼，這裡地下埋藏很多遺跡，不過礙於許多原因，至今只挖掘出一部分。」一位短小的中年男子精神抖擻的介紹道，他不成比例的寬臉讓人印象深刻。男子左手食指戴著灰色的千眼戒，左手無名指則戴紅色的戒指。

這名學者身後跟著兩名穿著黑色短袍的年輕男女，他們用羽毛筆寫下詳盡的紀錄，特別是那個紅頭髮的年輕男子，不斷點頭彷彿一隻啄木鳥。

「教授，聽說那個文明是因為招喚出惡魔才導致滅亡，《安哈特戰紀》裡寫到：『貪婪的王為貪婪的子民做了不該做的決定，成千上萬的伊佛以貪婪佔據人心。』」

「我嘉許您的勤學，不過您的材料分析不夠澈底，伊佛雖是指惡魔，但《安哈特戰紀》乃諷魔學派的作品，它的史料價值固然無庸置疑，不過您必須考慮到諷刺與誇飾的部分。」

諾比尼不想聽枯燥的歷史課，他穿過石碑後，便到熱鬧的中央廣場，這裡比外面看來還熱鬧許多，雖然不比商業大鎮繁華，但小巧而精緻，也更加整潔。

廣場裡有幾位穿著灰袍、黑袍的人走動，他們毫無疑問是撒冷教士，但這些教士顯然不像發源地莫庫爾地區那麼拘謹，他們與一般民眾談笑，甚至直接到店鋪買東西，這在莫庫爾是不可能發生的事。

「教士先生，這麼熱的天氣您還遮著面巾，請來這裡喝一杯涼水，若您需要，也有啤酒可以喝。」一位商人朝諾比尼喊道。

喝酒？諾比尼以為聽錯了，但他看見教士拿著大杯啤酒暢飲，才相信撒冷的嚴格戒律在這裡並不管用。

「來，請用，您辛苦了。」老闆替他盛了香味四溢的金色液體，「您是新來的教士吧？傳教是很累的事，以後還得請您多幫忙。對了，這是萊姆酒，不曉得合不合您的口味。」

諾比尼將酒杯湊近鼻子，濃烈的酒精味瞬間撲進鼻腔，隨即又化出濃厚的甜意。其實不管什麼酒都很合諾比尼口味，他慢慢啜飲，享受那份茴香。

「您之前從事什麼呢？傭兵？還是殺手？或犯過什麼罪。」老闆看著諾比尼疑問的眼神說：「請別在意，您這身教士袍子也說明了您的經歷，畢竟只有秋楓鎮的教士與眾不同啊。」

「我不是很明白你的意思。」諾比尼銳利的盯著老闆，彷彿他的身分已經被看穿。

「聽您口音，是來自歐里安登？這裡有很多南來北往的人，但您的口音我很少聽過。不好意思，我讓您太緊張了嗎？您既然來這裡當教士，應該也知道吧，只有秋楓鎮的教士是一群殺人如麻的罪犯。我這麼說並無惡意，不過這裡的教士們都跟你一樣，穿上袍子前都有一段險惡的過去。」老闆趴在檯子上，看向走動的教士們，莞爾道：「不過撒冷的傳統是只接受身家清白，受過嚴格神學訓練的教士，自從我們開始接受不一樣的教士，地區主教很不高興，甚至退出秋楓鎮。其實我很疑惑，我們信仰的還算是撒冷嗎？」

「心中有信，無處不信。」諾比尼咂咂嘴，把剩下的萊姆酒飲盡。

「呵呵，您的酒量真好，平常人喝這麼快早頭昏眼花，您要再來一點嗎？」老闆不懂諾比尼的格言，便伸手接過空杯子，替他盛新的萊姆酒。

「謝謝你的好酒，不過我不是教士。」諾比尼接過酒，拿出錢幣放在檯子上。

「哦，您真是大方，但我不收您的錢。」老闆把錢推回去，笑道：「我很欣賞您的酒量，就讓我請您吧。原來您不是教士，呵呵，真是抱歉，還跟您嘮叨這麼多話。您似乎也是有很多往事的人。」

諾比尼不想被老闆深究心理狀態，打算喝完酒去其他地方蒐集情報。廣場突然迸出激昂的喇叭聲，中央的大方臺豎起兩根長竹竿，拉起一條淺色布幕。人潮忽然朝大方臺靠攏，諾比尼卻忖到有人準備在那裡公布他的通緝令，沒注意酒杯被捏成碎片。

「您怎麼了？似乎很緊張？手沒事吧？」老闆急忙問諾比尼的狀況。

「不，我剛才在發呆，不小心捏破它。」諾比尼淡然地說。但他目不轉睛看著大方臺，幾名穿著盛裝的人正在台上跑前跑後。

老闆只能露出尷尬的笑容。

「喔，那是托斯卡納最著名的白樺樹劇團，今天有一場公開演出，您若有興趣可以去瞧瞧，聽說是以圖斯裁判所的首席裁判官為藍本的戲碼。」

「諸位，請稍安勿躁，本劇團即將開演《裁判官之心》，麻煩請讓一條路給演員行走，那位先生，請再離開幾步，謝謝各位配合。」

光聽劇名，諾比尼便感受到一股濃厚的說教味，劇情不外乎是凜然的裁判官盡力捕捉窮凶惡極的犯人。這實在引不起他的興趣，他坐在臺階上，甩乾手上的萊姆酒液。

日頭驅走早上的清爽，諾比尼的影子一下子被拉短，熱氣頓時壓在他身上。人群看戲的興致並未因此減少，游動攤販吆喝兜售飲料，這天氣讓人紛紛從口袋裡掏錢。那些教士如護衛散在角落，他們眼神柔和，散發感化人心的光輝。

一名穿大紅色的胖子靈活的躍到舞臺上，笑道：「白樺樹劇團的演出即將開始，希望各位不吝惜掌聲，歡迎我們的演員帶來精彩表演。」

臺下立刻爆出熱烈的掌聲，有人喊著劇團演員的名字，為他們加油。穿寬素衣的男子緩緩走至舞臺中央，他的步伐完全踩在悠揚笛聲上，他清了清嗓子，聲音宏亮的唱起序曲。

諾比尼懷疑圖斯裁判所給錢讓劇團進行宣傳，他還寧願聽方尼沃厄唱《英雄拉扎爾》。他聽不到半曲，便想起身走人，打算找下榻的旅店。

「喂，別動，一個罪犯還敢明目張膽在這裡看戲。」

諾比尼沒料到會被跟蹤，他忖是方才與老闆的對話引起懷疑，此時人潮都聚在舞臺周圍，他能夠在不驚動太多人的情況下逃脫。那些教士往他的方向瞥來，諾比尼感覺這是一場陷阱，也許附近還有等著為族人報仇的獸人。

「別亂動，我奉勸你乖乖聽我指示，我不想在雷茲大人來之前出手。」站在他背後的人警告道。

他的詛咒感受到巫術流動，來者絕非一般人，冷菇液讓諾比尼的思考更加迅速且直接，他設想如何用最快的速度擊倒對手。他希望能手不血刃，不過對方的意念似乎不會讓他輕易逃脫。

「喂，聽見沒有，蹲下把雙手舉起來，你不會想要我親自動手。」

諾比尼慢慢舉起手，倏然轉身掐往來者的脖頸，對方慘叫一聲，猛拍他的手掌。

「是我，你的朋友傑德米特——」

諾比尼遲疑了一下，看清楚對方的長相，才驚覺真的是在立陶港跟他道別的巫師。熟悉的高帽子因為突如其來的動作被甩到地上，散亂蓬鬆的頭髮顯示主人的散漫。

「巫師……」諾比尼好不容易才鬆手，他問臉脹紅的傑德米特：「你怎麼會在這裡，不，你怎麼知道我在這裡。」

諾比尼從進入秋楓鎮後就仔細觀察每個人的動向，卻沒發現傑德米特的行蹤。

「這還不容易。」傑德米特撿起帽子，拍掉灰塵，他往舞臺看去，「你應該不想看這充滿諷刺的歌曲吧，走，到我工作的地方去坐一會。」

工作？這讓諾比尼更加起疑，畢竟傑德米特從事的都不是什麼正經事情。

「怕我賣了你嗎？走吧，倒是你下手也太重了，幸好我即時縮住脖子，否則真的會被你掐死。」傑德米特扭了扭脖子，隨即又恢復那副笑臉。

諾比尼以為立陶港已是永別，想不到會在此地見面。

巫師帶他轉進一條小巷，其中一間屋子外站了幾名大漢，他們向傑德米特打招呼，卻本能的嗅到諾比尼危險的氣息。

「各位別擔心，他是新來的教士，你們懂的，我帶他來認識環境。」傑德米特安撫道，他已於當地人相當熟稔。

兩人又走了幾步遠，在一株榆樹旁坐下，諾比尼問：「你來這裡多久了？」

「看你搭船離開後，我便一路到秋楓鎮，這裡是去米烈迪爾與普魯侯的重要據點，我知道你逃脫後肯定會來這裡。結果到這裡時奧赫福特伯爵給的錢被我花得乾乾淨淨，沒辦法，只好到這裡的賭場當捐客。」傑德米特毫不在意自己正統巫師的身分，他說：「在這裡賺傭金比施巫術簡單多了，每天南來北往的人潮眾多，隨便都能拉幾個人進來玩一把。」

「爵士巫院的人肯定後悔給你認證。」諾比尼說。

「別說了，這想消也消不掉。」傑德米特兩手一攤。

「若你沒找到我，你打算一直在這裡待下去？」諾比尼認為這很有可能。

「我找不到你，雷茲也會替我找到你。」

「圖斯裁判所似乎沒有發布我的新通緝令，至少我這一路沒看見。」

「這還用問嗎？我要是雷茲這麼愛面子的人，才不會到處宣揚罪犯跑掉的事，他現在肯定到處找你。」傑德米特說。

諾比尼認為傑德米特說的有道理。不過諾比尼沒想到會遇上認識的人，這樣的發展有可能阻礙他刺殺普魯侯王。

傑德米特提起解咒的事，他談起諾比尼最原先的計畫：「葛麗兒的婚禮還有一個月的時間，這段時間她都待在米烈迪爾，我們想辦法聯繫她，讓她帶你去找那位大巫師。」

諾比尼已經對米烈迪爾的大巫師不抱期望，卻無法告訴傑德米特接下來的計畫，這件事必須由他自己承擔。

「我的事，我自會處理。」諾比尼拒絕道。

但傑德米特以為他在意一般巫師對中詛者的看法，他捋著下顎，沉思道：「我知道你的顧忌，但總比什麼都不做來的好，好歹我也是巫院的人，我相信大巫師會賣面子給我。」

預言師圖拉真要諾比尼跟隨自己的意念行事，此時諾比尼已不寄望葛麗兒口中的米烈迪爾大巫師，他的心性更趨向完成與蘇恩的交易。因此這個想法不能讓任何人知道。

「你打算何時出發？明天？後天？還是要跟我去賭場玩一把，賺夠旅費再走。」

諾比尼還忖在這裡蒐集普魯侯王的資料，現在多了傑德米特，無疑縛手縛腳。

「如果要馬上出發，我們得趕緊準備乾糧，你應該知道吧，離開秋楓鎮後，路上只有巍峨的堡壘，要到普魯侯王國邊境才有集市。普魯侯正舉行獵祭，到處都在舉行慶典，我們也許能路過普魯侯湊湊熱鬧。」

「巫師，你難得有好的提議。」這正中諾比尼下懷。他可以混入邊境市鎮打探，得到的情報肯定不少於秋楓鎮。

「精確的說，我總是會有好想法，等你認識我更久之後就會明白。」

「那麼我們明日動身。」

「沒問題，一路上都沒遇上有趣的事，還是跟著你好玩多了。我馬上去跟賭場老闆說我不幹了。」傑德米特像個小孩子興沖沖離去。

諾比尼仰望毫無瑕疵的湛藍蒼穹，不知不覺又走回中央廣場，少了屋舍掩蔽，毒辣的艷陽便觸角伸到可及之處。諾比尼聽見舞臺上扮演傳奇裁判官的演員對飾演罪犯的人喝聲唱道：「我為正義而戰，必讓你因罪惡而亡。」

臺下群眾都為裁判官叫好，並厲聲指責罪犯的可惡之處，讓站在角落的教士們顯得格外諷刺。但這些人已經與從前一刀兩斷，專心侍奉神與信眾。

「聖士啊，你是陰神的血脈，帶著褻瀆神聖的罪惡誕生。」

演員嚴厲激動的口吻配合急弦的里拉琴，使裁判官的正義更加偉岸。扮演罪犯，也是扮演聖士的演員露出張狂乖戾的神情，他還特地將眼眉勾尖，增強反派效果。

諾比尼帶著複雜的心情聽完這段對聖士的指控，但如今的他為了私慾與凡夫進行交易，豈能稱為聖士，若世人認為聖士極惡，那麼現在的他便是被光與暗拋之在外的異類。

即使回到原本的地方，也無人會再接納他。

「喂，你也走太快了，稍微等我一下也不行。」傑德米特衣衫凌亂的跑來，臉上還多了幾塊瘀青。

「你看來像是把賭場的人全殺了。」

「誰叫我這麼擅長當捐客，賭場捨不得放我走，於是一言不合就打起來，那個老闆本來頭髮就不多，現在被燒得沒剩幾根毛。」傑德米特指掉衣服上的髒污，得意的說：「結果順手把保鑣一起揍倒，明明是很容易的事，他們卻喜歡搞得這麼複雜。」

「複雜的原因是你吧。」諾比尼說。

「哈哈哈，說的也是，我原本還打算放火燒掉賭場。」傑德米特聽見臺上演員唱的歌曲，他撓了撓後腦杓，說：「這種戲劇，你也懂的，要應付潮流，符合觀眾期待。」

諾比尼甩動袍子，轉身道：「不需要可憐我。」

「是，你說的都對，不管你怎麼想，至少我知道你是好人。」

「會說聖士是好人的巫師，只有你一個吧。」

「同樣的，認為你是好傢伙的公主，大概只有那個小笨蛋。」傑德米特笑道。

※

出了秋楓鎮，沿途只有相距甚遠的城堡，諾比尼兩人跟著長長的商旅隊伍前往普魯侯王國邊境。跨過托斯卡納，午後雷雨的情形便不這麼嚴重，氣候逐漸乾爽。

像諾比尼他們這樣的旅人並不少，比茲奈同盟以及北方諸國正積極招募傭兵，因此隨處可見剽悍的勇士。當商旅暫作休息時，他們倆也在附近休憩。商旅總是知道何處有水源與樹蔭，也明白走多遠便該停止腳步。

「你來過這裡嗎？」傑德米特問。

「從未來過。」諾比尼的聖士足跡最遠只到米恩特半島附近，那時他從未對任何地方產生一探究竟的想法。

「是嗎，老實說我去過普魯侯王國一次，在爵士巫院畢業的時候，我的導師帶我們去探訪前任國王。就是西維伊．埃法席斯公爵的哥哥。」傑德米特打開皮水囊，滋潤乾燥的嘴唇，漱完口才吞入喉嚨。他滿意的發出咂咂聲，把水壺丟給諾比尼，繼續說道：「雖然是很久的事情了，當時前任國王還想聘我呢，但我毫不猶豫的拒絕。」

「跟我炫耀這個也沒用，我是聖士，不會因此羨慕。」

「真無趣啊，等到了普魯侯再跟那裡的姑娘說說我的豐功偉業。對了，說到聖士跟姑娘，在奧赫福特伯爵的莊園出現的聖士姑娘長得很漂亮。」

「我勸你別打阿斯塔蒂的主意，你不會想在城牆或鐘樓上看到你任何一樣器官。」諾比尼說。

「原來她叫阿斯塔蒂啊，套句葛麗兒的話就是：這個名字的意思是草原上的鮮花。她真是情感如火的佳人兒，被她燙傷一次我也甘願了。」傑德米特瞇起眼睛，回想阿斯塔蒂的身姿。「你們那裡的姑娘都這麼美麗嗎？不如我也去當聖士。」

「阿斯塔蒂是唯一的女人，還有千萬別開這種玩笑，正統巫師。」

傑德米特看見諾比尼眼裡閃爍凶光，他用笑聲化解尷尬：「你真是一板一眼，也許你更適合當巫師。不過，你聽了可別生氣，照我對女人的了解，那位聖士姑娘對你有好感吧？」

「哼，聖士不會有這種情感。」一旦有了任何情緒，就會像諾比尼這樣陷入矛盾，無法自我認同。

但諾比尼與阿斯塔蒂的關係的確非比尋常，他們認識的時間比任何人都久，立下血誓前兩人幾乎是互相照應。

「好吧，你說的有道理。」傑德米特知道諾比尼不願說這個話題。

「既然你喜歡被燙傷，乾脆去找那個東方女人。」

傑德米特啃著乾糧，含糊不清的說：「老實說我也不是沒有想過，感覺被她折磨一次就會上癮。也許之後我們能去沙密走走，看看是怎樣的地方才能養出安娜希這種潑辣的女人。」

若安娜希在場，肯定又能聽到熱鬧的爭吵，但諾比尼無法回想那種風光，現在他必須維持冷靜，不能被情緒左右。諾比尼趁傑德米特與商人攀談，偷偷吃了一滴冷菇液，焦躁的神色立刻緩和。

他看著透明小瓶子，裡頭的液體大概還能撐三個月，三個月後他已經與蘇恩完成交易，解決纏人的詛咒。到時人們會怎麼看他？

「這些事情屆時都與我無關。」諾比尼自信的說。不管傑德米特或葛麗兒將用何種態度以待，他都堅持這條無法回頭的道路。

若能因此讓他們產生厭惡感，諾比尼也許會得到解脫。

※

蓋在丘陵上黑岩石堡壘漸漸消隱於視線當中，再過不久就要進入普魯侯王國的領土。邊境的布藍茲維伯爵在此設立了檢查哨，這筆關稅是邊境的重大稅收。

商旅依序通過檢查，其餘旅人則從另一邊入境。

「檢查沒有想像的嚴格。」諾比尼只被詢問是否為撒冷教士，接著他就穿過關口。

「雷茲根本沒發布通緝令，他不會幹那種傷害自己顏面的事。我跟那些商人打聽過了，前面的城鎮今晚有盛大祭典，我們去那裡找美麗的姑娘跳舞。」傑德米特隨意滑動步伐，哼著歡慶的節奏。

諾比尼沒有這種玩性，他正盤算要從何處下手。若到獵場，至少要面臨數千名士兵，還有驍勇善戰的騎士，但那時候肯定有混亂的場面，那是出手的最好時機。如果要到普魯侯王的主堡，他必須想辦法甩開傑德米特隻身前往。

「諾比尼，你還好吧？你一直心不在焉，在擔心什麼事嗎？」傑德米特發現他的不對勁，卻說不上哪裡奇怪。

「沒事，我沒事。」

「又發作了？讓我來替你舒緩一下。」傑德米特手掌發出一股暖光，注入諾比尼的身軀。

諾比尼揮動袍子，拒絕傑德米特的幫忙。

「喂，你還好吧？諾比尼——」

「別煩我，巫師，閉上你的嘴巴。」諾比尼煩躁的吼道。

正忙把貨物堆好的商人受到震懾，他們加快腳步推著貨車，趕緊逃離諾比尼的視線範圍。諾比尼的危險氣息也感染到那些魁梧的傭兵，他們原本還談笑風生，現在全握著武器，小心翼翼通過他身邊。

傑德米特愣愣地看著他，眼神充滿疑惑，彷彿看到一名陌生人。

這時諾比尼才意識到自己的情緒，他雙手藏在袍子裡，壓低聲量說：「我身體不舒服，你先到鎮上去，我需要一個人冷靜。」

「不好意思，我不該一直提及你反感的話題，我先到城裡找下榻處，你等會到最大的酒館找我吧。」傑德米特摸著肚子，莞爾道：「不曉得普魯侯有什麼美食，上次來都是十年前的事了，我只記得王廷料理有一道抹滿香料的烤半牛。好了，不打擾你了，我先過去。」

傑德米特的尾音聽上去沒有臉上的表情開心。諾比尼清楚看見傑德米特細微的表情變化，心底頓時一陣空蕩，他忖這是冷菇液失效後產生的症狀。

諾比尼緊握著藥瓶，詛咒趁機鑽入隙縫，試圖找到情感的源頭，諾比尼走到關口搭建的休憩處，偷偷喝下一滴。

藥力很快流遍血液，似一把鑰匙鎖住氾濫的情緒。

傑德米特的出現連帶浮現了與葛麗兒的記憶，這讓諾比尼因為冷菇液得到的堅毅頓時紊亂，他準備要做不符合他們期待的事，當他模擬這些信任他的人會出現何種傷心表情，他的心便會出現一股撕裂的力量。

「諾比尼先生，您似乎很痛苦？」

詛咒的聲音？

「您聽的到我說話嗎，我就站在您面前，諾比尼先生。」

「是誰？」諾比尼警戒的問。

穿著緊身皮衣褲的年輕男子向他鞠躬，淺笑道：「諾比尼先生，根據蘇恩先生的旨意，我等候您多時了。」

「蘇恩？你是誰？」

那位年輕人的金髮如一匹絲柔順，面孔像女人般精細，肌膚光滑的像一尊昂貴的陶瓷。諾比尼忍不住臆測他是女扮男裝，如同葛麗兒喬裝成紀亞。

「打從您進關卡，我便注意到您了。我接到蘇恩先生的消息後，便在這裡等您，請您放心，我是來幫助您完成任務的人。」

見諾比尼仍舊提防，年輕人輕聲細道：「我叫維斯，在您的目標普魯侯王身旁擔任近侍，接下來由我帶領您接近普魯侯王。」

「那個商人沒告訴我你會來，你到底是誰？」諾比尼設想這也是某人設下的陷阱。

「您似乎很驚擾，不過蘇恩先生應當向您提過他與他所屬的組織，我也是聽命於組織的命令。因此我是您的夥伴，請您相信我。」維斯露出嫣然笑靨。

「組織？」蘇恩的確提過這件事，諾比尼問：「既然如此，你要如何幫我。」

「哦，我以為諾比尼先生會問組織的相關問題。」

「哼，反正問了也不說，別浪費時間，告訴我你能幫我什麼。」諾比尼對這突然冒出來的年輕人半信半疑。

維斯受過良好的禮儀訓練，像一根標槍立得直挺挺。

「我能讓您喬裝成衛士，接近普魯侯王。不曉得您知不知道阿馬爾菲大公聘請矮人鐵匠壯克打造武器，上頁是人員最少的時候，我想那將是您最好的下手時機。」

「阿馬爾菲公國……托斯卡納也是你們的人？」

「請您不要妄加猜測，您只需要完成任務。蘇恩先生有說，若是冷菇液不夠了，請您隨時告訴我。」維斯打量著諾比尼的身軀，掛出燦爛笑顏，「您跟傳聞一樣，是個相當可靠的人呢。」

「少拍我馬屁。」

「諾比尼先生，獵祭之後，便是葛麗兒公主與堪德利親王的婚禮，到時護衛會更加森嚴，因此請你把握機會。」

諾比尼頷首，他忖維斯似乎很了解他的事情，突然提到葛麗兒便是想觀察反應。與其說對方前來協助，更恰當的說法是監視。但監視諾比尼並無意義，如果他不願執行，誰也干涉不了，而冷菇液的作用就是加強他的信念。蘇恩所屬的組織似乎連這點都算清了。

諾比尼赫然發覺自己是與一個模糊的龐大組織聯手，而他卻在他們面前如同赤裸。

「若您準備好了，隨時都能動身，或是您有所顧忌？」維斯搓著手指，輕輕一笑：「我也能替您解決麻煩。」

「哼，憑你想處理那傢伙。」對方確實很嚴密的跟蹤他，這讓他感到不舒服。

「是我踰矩了，明日清晨我會在鎮口的水井處等您，到時恭迎您的大駕。」

維斯已認定諾比尼需要他的幫助，他　向一旁，再次鞠躬道：「那麼我先退下處理其他事，您知道我必須讓國王陛下『掌握』我的行蹤。」

維斯像個身手矯健的刺客，一下子消失在棚子，讓諾比尼以為方才只是在自言自語。諾比尼不喜歡被箝制的感覺，這完全違反聖士的美學，但他意識到自己不是從事聖士的神聖任務，他的作為更趨近一名被利益驅動的賞金獵人，或可以說是沒有格調的殺手。

來到城鎮最大的酒館時，傑德米特已經喝上好幾大杯，他成功的拐到一名姑娘陪他飲酒。傑德米特的高帽子倒放在桌上，看起來就像特大號的布酒杯。

「不要怕，他是我的朋友，從秋楓鎮來的教士。」傑德米特安撫惶恐的女士。

「我以為你會用更難過的表情迎接我。」諾比尼向酒保要了一大杯啤酒，坐到傑德米特對面。他的眼睛正對著那名姑娘，讓她不敢抬起嬌容，傑德米特順勢從她的肩摸到屁股，調笑道：「妳先走吧，回頭我再告訴妳關於大盜貝拉特的事情，也許去一個更安靜的地方說。」

那女人喀喀地笑，臉頰泛起緋紅，她親了傑德米特一下，才匆忙低著頭離去。

「你如果不去爵士巫院，到綠寶石劇團會有更好的發展。貝拉特要是知道你拿著他的名號招搖撞騙，肯定會偷光你所有的東西。」

「或許我要像方尼沃厄那樣立志當個吟遊詩人？」傑德米特大笑道：「誰叫貝拉特是連奧錫萊斯都知名的大盜，那麼我下次說說大戰裁判官的事，例如把雷茲打得不敢還手。」

「對方會把你當成混蛋，狠狠往你下面踹。」

酒保送上兩大杯蜂蜜啤酒，諾比尼一口氣乾到底。

「好耶，就是要這樣喝才過癮。我們乾脆把這裡的酒全部喝光，你看怎麼樣啊？」

「我怕你已經快不行了。」

「少開玩笑，我還要留體力等著晚上跟姑娘們跳舞。」傑德米特抓著亂髮，露出窘迫的表情：「諾比尼，我還是要跟你道個歉，你知道我開心的時候想到什麼說什麼，所以我不是故意提到那些話題。」

「哼，夠了，你說這些話太噁心了。」諾比尼說。

傑德米特咧嘴大笑，能清楚看見牙縫間的酒沫，「其實我們有很多相似的地方，所以我們才會在這裡一起喝酒。」

「你的話很像某種宗教家的宣言。」諾比尼從未想過會與一個應該憎惡他這種人的正統巫師心平氣和飲酒。

「宗教家也好，巫師也好，我討厭被用一副理所當然的樣子看待。」

諾比尼肯定傑德米特喝得有些多，眼神不若平時輕浮，彷彿變成另外一個人。

「我想，你也是如此吧，不願接受別人的期待。阿斯塔蒂姑娘美麗的綠色眼瞳有著比你深的寂寞，看似堅強卻像風中飄搖的孤篷。認識葛麗兒之前的你，也有那樣的眼神吧？」傑德米特手肘靠在桌上，撥著凌亂的瀏海，歪著頭看向諾比尼說：「你的眼神雖然兇，卻有一絲奇妙的溫柔，一開始覺得很突兀，但想到你跟葛麗兒的相處，也就不感到奇怪。」

「巫師，你明早醒來後肯定會後悔如此正經說話。」諾比尼覺得傑德米特的反差很有趣，但他也重申自己的立場：「聖士能夠忍受一切，包含孤獨在內。」

諾比尼從未與人討論過關於聖士的事，這不是聰明的舉動，但傑德米特在旁人眼中更奇怪，不會有人想跟真正的聖士討論這種事。

「是啊，但攀過那道牆後，絕少會有人想回頭。」傑德米特拿著杯子敲桌面，露出一抹慧黠的笑容。

外頭乒乒乓乓搭起晚上要用的大型篝火，歡愉的氛圍渲染到每個人的嘴角上，城鎮的人滿心期待夜裡的慶典。諾比尼像是個僵硬的個體，對於身旁的愉悅感到訝異，他更適合安寧與寂靜。

鬧騰騰的場景會讓諾比尼變得更黯然，不光因為詛咒，而是長久養成的孤寂。無論是他，還是阿斯塔蒂，每個聖士都有令人仰之鼻息的壓迫感。

「你該找個鏡子，把它擦得像清澈的湖面，你便知道你眼神裡的矛盾有多怪異。可是葛麗兒喜歡你這樣子，即使知道你的真實身分，她依然認為是詛咒造成這種矛盾。」傑德米特盯著窗外走過的窈窕女人，向她挑眉示意。

「酒能讓人安靜，也能讓人一堆廢話。我更喜歡前面的狀態。」諾比尼哼了聲。他何嘗不知道傑德米特的意思。

「是嗎？」傑德米特喀喀地笑，一口喝乾啤酒。

※

未婚姑娘們在節慶的日子裡穿上最美的服裝，她們展現亮麗年華，如沐浴春日的鮮花。色彩單調的城鎮掛上繽紛的旗幟，城鎮被打扮的有骨有肉，充滿活力。

巡邏隊在街上調查看情況，以免有趁著慶典出沒的不法分子。

「先生，你不能掛不同顏色的普魯侯王旗，還有上面的紋飾應該是紅色斧人，即使是節慶也請你不要隨意動作。」巡邏隊指著站在梯子上為商店掛彩旗的中年人。

「是這樣嗎？阿瓦爾公爵還讓我們隨意改變阿瓦爾家族的徽飾。」中年人解釋道。

「你是今年才來這裡營業的嗎？很抱歉，這裡不是阿瓦爾，你似乎沒有先打聽好。麻煩把旗子卸下來，否則被布藍茲維伯爵看見，你可有苦頭吃了。」

中年人聽了，只得乖乖拿下塗改顏色的王旗，跟其他人一樣換上普通的小旗幟。

「看來每個地方的規矩都不大一樣，如果是米烈迪爾那些天生有稜有角的貴族，大概就沒這麼麻煩了，全都按照規章辦事就行了。」傑德米特大笑。他不忘打量盛裝打扮的姑娘們，不久前與他在酒館對飲的姑娘熱情走來，她著實妝扮一番，還在頭上插著代表未婚的白色小花。

也有幾個男子凝望著那位姑娘，但他們只在一旁觀看，臉上卻對傑德米特表露鄙夷。傑德米特與姑娘聊得起勁，一下子把諾比尼晒在一旁，於是諾比尼便在幾處篝火間來回走動。夜裡雖然不夠涼爽，卻沒有托斯卡納那麼潮濕，因此點燃篝火還不至於讓人難受。

諾比尼感受到那堆人群裡有一雙利眼正查看他的舉動，對方相當冷靜，沉著的像黏附空氣之中。儘管諾比尼已經發現有人監視，那名監視者依然沒有動搖，自信自己能隱藏在這個地方不被找出來，他的眼神如一條細微到肉眼看不見的線，緊緊捉住諾比尼的行動。

那人像敏捷的貓習於藏匿黑暗，即使有成千火炬也照不出一角。諾比尼相信對方是個高竿的刺客，他第一個想到的便是身分神祕的維斯。

若在以前，這種貓捉老鼠的遊戲很快就會結束，諾比尼能用短暫的時間揪出對方，但他越來越不夠沉穩，這已不是單純受到黑詛咒影響。

諾比尼穿梭在熱鬧喧騰的城鎮，但他不適合這種場景，人們也很難想像他融入的模樣。這個詭譎的個體彷彿迷路了，他該屬於一處更冰冷，岑靜的地方。

樂隊奏起輕快的舞曲，好讓姑娘們開始選擇心儀的舞伴，這樣的儀式會一直輪替，讓未婚男女有充分的認識。人潮一下子湧入五個篝火中央的地方，他們把諾比尼擠到圈子旁，諾比尼卻發現那道眼神沒有因為人群騷動而消失。

傑出的跟監技巧讓諾比尼忍不住稱好，但他隨即想到那傢伙可能躲在不受影響的地方。商店的屋頂，或是位置更高的鐘樓跟塔樓。

「喂，你跑到哪去啦，我還打算替你介紹這位美麗的姑娘。」傑德米特身旁又多了一個女人。

那道眼神忽然消逝，諾比尼又向黑壓壓的人群探去，但傑德米特喚回他，「諾比尼，女士們在這裡呢。嘿，沒什麼好怕的，妳應該怕他其他的地方才對。」

諾比尼的眼神比夜色還黯，冷得似乎能撲熄篝火。

「向人家打聲招呼吧，今天可是值得慶祝的好日子，別讓美麗的普魯侯姑娘們感到掃興。」傑德米特摟著她們的肩，說話滿是酒氣，在諾比尼不在的期間他又與姑娘們暢飲幾杯。「走，一起跳舞去。」

「你去吧，讓我靜一靜。」

「好吧，如果你這麼堅持。」

傑德米特帶著她們往人群靠攏，若沒意外的話，他會在半夜得到不錯的成果。

監視的眼神也隨之消失。

慶典氣氛來到高潮，舞曲一首奏過一首，還有吟遊詩人在一旁唸情詩。諾比尼站在屋簷下的陰影，看著篝火隨音樂跳動，照亮人們燦爛的臉孔。

熱烈的慶典散場後，諾比尼在城鎮裡最大的旅館找到傑德米特。

傑德米特滿臉欣喜的打開房門，發現諾比尼站在外頭，他笑道：「你要來接續嗎？她們恐怕已經快站不起來，你再去的話她們估計得睡上好幾天。」

他的酒味比上半夜更重，跳舞時他喝了更多酒，甚至有些超過負荷。

諾比尼盯著如吊燈擺盪的傑德米特，「不了。」

「你今晚的表現很奇怪，比你之前每個時刻都還怪。是因為今晚滿月嗎？聖士不喜歡又大又圓的月亮吧。」

「滿月是我們的敵人，它總為我們帶來死亡。不過與月亮無關，巫師，我要談的是更深切的事。」

諾比尼沉重地語氣讓酒醉的傑德米特不禁肅然，他感覺諾比尼在做離別宣言，彷彿再也見不到面。

「巫師，我從未對別人說過感激，但今夜我必須感激你，你如葛麗兒一樣相信我跟你們一樣善良。」諾比尼拿出兩杯蜂蜜啤酒，一杯遞給傑德米特，「喝吧，為今夜做一個結束。」

諾比尼先喝一口，傑德米特卻渾身不對勁，他杵在那兒，默默盯著諾比尼。酒裡肯定沒有下毒，只是他覺得喝完這杯酒後將會發生一些事，但他無法從諾比尼眼裡的深淵找出答案。

「喝酒沒問題，可是你得保證你不會做出讓我瞠目結舌的事情。」

「巫師，你怕了嗎？」

「對手是你，我怎麼可能不怕？」傑德米特乾笑道。

「你說的很對，攀過那道牆後，確實很少人會回頭，但前進的方向卻大不相同。」諾比尼敲著傑德米特的酒杯，他平緩的語氣不容質疑，「喝吧，夜深了，喝完就回去睡覺。」

傑德米特嚥了口口水，他的手不聽使喚舉起酒杯，一口一口喝下蜂蜜啤酒。沒兩三下他便喝完那一大杯，身體也晃得更厲害，一聲酒嗝差點讓他嘔吐出來。

諾比尼輕輕嘆息，如一絲微風拂過傑德米特耳際，傑德米特撐起身體擋住諾比尼的拳頭，但酒醉的他只能任人擺布。就算清醒，他依然不是諾比尼的對手。

「早點睡吧，去看葛麗兒穿上婚紗的美麗模樣。」諾比尼在擊中傑德米特肚子前收了力，以免他吐得到處都是。

「諾比尼——」傑德米特癱在地上，眼睛慌張轉動。

「沒事了，我要去的地方不適合你。」諾比尼扛起他，將他放在柔軟的床舖上，那兩個女人睡得正香甜，露出了滿意的笑靨。

這樣就好了，把麻煩的人物事都丟在一旁，剩下的事情便好辦許多。諾比尼看著漸漸失去意識的傑德米特，向他舉杯致敬，喝完蜂蜜啤酒。

窗外的滿月剝去他的行蹤，無時無刻瞄準他的要害。從前如此，今後如此，似乎不因任何事物改變。諾比尼關上房門，吹熄油燈回到屬於他的黑暗。

天方亮，整座城鎮餘留歡騰後的氣息，早晨的薄霧也未能帶走徹夜燃燒的柴火味，似乎全部的人還在賴床，只有諾比尼隻身踩在凹凸不平的石板路上。諾比尼把行李放在旅館，只帶了一小部分錢，剩餘全留給傑德米特。

維斯大概是起得最早的人，他從容的在水井等候，臉上不顯疲憊。站在霧裡的維斯簡直就是個纖細的女人，那頭金髮像一道金色瀑布，他向諾比尼深深鞠躬，恭敬地說：「早安，諾比尼先生，希望您享受了一個美好的夜晚。」

「小子，如果我真的想找出你，這座城鎮怕是不夠你躲。」

維斯先是一愣，立刻又恢復親切的笑容：「是的，您說的沒錯，蘇恩先生正是看中您深不可測的能力。到獵場時請您按照我的指示，我會安排您接近陛下，接著就看您的表現了。」

「阿馬爾菲公國的人抵達了？」

「據情報，他們已經快到邊境，不過請放心，我們有足夠的時間準備。」維斯用手指輕點臉頰，「蘇恩先生囑咐了，只要諾比尼先生需要的東西，不管是女人、男人、酒等等都可以儘量開口。」

「我只需要你閉上嘴巴，帶我去找普魯侯王。」

第十章　犧牲

眾人聚精會神看著效忠布藍茲維家族的卡倫貝格騎士穿著厚重的魚鱗鎧在比武場上馭馬狂奔，他高舉右手，象徵他無上的勝利。布藍茲維伯爵輕輕鼓掌，並未表露欣喜，這是為了替輸家保留顏面。

鮮豔的旗幟在獵場外圍飄揚，騎士們展現明亮的鎧甲與強壯的體魄。主獵祭結束後，普魯侯騎士們便在古老的獵場進行一連五天的比賽競賽，每位普魯侯領主都帶來他們引以為傲的騎士。

諾比尼也目睹了普魯侯騎士的比武過程，他對這種駕著大長槍互相衝撞的比賽嗤之以鼻，但此刻他只能穿著維斯從庫房翻出來的老舊盔甲，老實待在外賓區佯裝十分感興趣的觀賞比賽。

「那邊的流浪騎士，麻煩你低下頭好嗎，你知道你真的很高大。」坐在諾比尼身後的人說。

「我一點也不想看，你不如跟我換位置。」諾比尼受不了這種乏味的比賽模式。他必須等到維斯發出進一步指示才能行動。

「哈哈，你真有趣。等一下的自由比武你也會上場吧，依你的體格一定能打出好成績。對了，我叫漢諾瓦，大家都叫我泥人漢諾瓦，因為我看起來總是髒兮兮。」

漢諾瓦的黑眼圈很重，臉頰兩側也有像黑炭抹過的痕跡。他起身跟諾比尼換了位置，熱絡地說：「很感謝你的幫忙，我猜你是個厲害但不知節制的騎士吧？你懂我的意思，那些領主要我們勇猛，又要我們像個女人一樣慈愛。狗屁的慈愛，我總覺得當領主必須做出取捨時，會優先選擇替他們暖床的孌童。」

諾比尼只是向他點頭，看好了幾日比賽，他已經疲乏無力。在正式的普魯侯騎士比賽後，還有一場開放給所有人的自由比武，諾比尼使用的身分便是趁獵祭前來求表現的流浪騎士。

卡倫貝格騎士在滿場歡呼聲中退出比武場，最後一場正式比賽也隨之結束。接著換到外賓區的男人們摩拳擦掌，他們像頭飢餓的狼緊盯著普魯侯王發出宣告，諾比尼的視線也落在那位年輕的國王上，普魯侯王的年紀遠比他所想的小，但他坐在王位上的樣子遠比臉上的年紀看來更有威嚴。

普魯侯王凝重地看著外賓區，用手勢宣布新一輪比賽開始，他手一放下，號角聲立即響徹比武場。懷抱希望的流浪騎士們一呼百應，激昂的握緊拳頭吶喊。這場面在毗鄰的米烈迪爾王國絕對不可能出現，那裡太注重身分與貴族驕傲，普魯侯貴族雖然也不採用傭兵，但他們樂於接受勇猛的無主騎士為其效力。

諾比尼的耳畔匯集七十多人的吼聲，他只想趕快結束這場鬧劇。第一場比賽很快揭開序幕，諾比尼前方兩個人已走到比武場中央。

「只要把對方擊倒就好了？這比拿著長槍互撞還有趣多了。」

「你可別小看這比賽，每年都有人死在場上。」

流浪騎士們津津有味討論，坐在中間位置的諾比尼沉著一張臉，仰望遮蔭的枝椏。他暗喜比武場環樹林而築，高大的闊葉林成了絕佳的傘蓋，否則整天罩著面甲實在吃不消。

諾比尼發現有一道銳利的眼光朝他投來，當下他以為又是維斯，但維斯正在普魯侯王身邊扮演善解人意的近侍。那眼神相當熟悉，而且更大膽直接，他從面甲的窺孔瞥去，發現看著他的人是米烈迪爾王國的布勒伊爵士。短小精悍的體魄，以及讓人震懾的魄力。這位米烈迪爾貴族蒞臨獵場，代表阿馬爾菲公國的特使也來了。

「是布勒伊，他朝我們這邊看，難道他也打算下場比試？」

「堂堂米烈迪爾貴族怎麼可能做這種降低身分的事，再說他要是上場，我們就可以直接走人啦。只是他的臉色似乎不好看，好像在生氣？」

布勒伊別過臉，看向普魯侯王，他高瘦的僕從緊跟在一旁，似乎與布勒伊討論著流浪騎士的事情。諾比尼還記得布勒伊在高逢紀發牢騷——堂堂米烈迪爾貴族被當成隨扈。

「你們都說布勒伊厲害，我倒想瞧瞧他的能耐。」盔甲上有明顯裂痕的大塊頭不服氣的說。

「說件不誇張的事，我曾親眼見到布勒伊爵士徒手勒死一個比你還壯的傭兵，是徒手，沒有使用任何武器。」

「這種事情沒試過怎麼見真章。」大塊頭依然故我。

「勸你別想找他的碴，米烈迪爾騎士不是我們惹得起的人物。」一個年紀較大的流浪騎士給出中肯的建言。

底下已經交戰酣熱，兩邊打得筋疲力盡，讓看臺上的普魯侯貴族鼓掌叫好。他們無法讓自己鍾愛的騎士盡情廝殺，只得把注意力轉往這些無主騎士。

比賽很快經過好幾輪，眾人表現踴躍，恨不得趕緊到場中央表現。諾比尼本以為只要坐在位置上，卻不知道獵祭的規矩是每位來訪的流浪騎士都必須參賽。

當他身邊的人都比過一輪，有人喊道：「戴面甲的傢伙還沒上場呢。」

這時大家注意到諾比尼，紛紛拱他道：「上去啊，像個男人一樣痛宰對方。」

諾比尼搖手，但有人拉著他的手，要他趕緊下去比賽。諾比尼能想像這一切都在維斯的計策中，這的確是接近普魯侯王的好辦法。

「喂，小子，該你上場了。」大塊頭的體格其實跟諾比尼差不多，但嗓門卻遠大的多。

「不要逼我。」諾比尼感受到不耐煩。他想走自然會走。

那個大塊頭卻像詛咒一樣煩人，甚至重重推了他一把，嘲諷道：「難道你是個女騎士？小妮子，要不要替我吹吹？吹得讓我高興，你就不用下場比。」

「哈哈哈哈。」一旁的人哄堂大笑。

布勒伊看見流浪騎士亂成一團，拍著大腿，準備走下台階詢問。

「喂，難道你沒老二又是個聾子——」

「別煩我，看不出來我心情不好嗎？」諾比尼猛然一拳擊凹大塊頭的胸甲，他冷冷地說：「喔，我忘了我戴著面甲。」

那些流浪騎士目瞪口呆盯著裂開的胸甲，即使是陳年的舊甲，也不至於被拳頭打壞。對面看臺的普魯侯貴族一個個處向前，想知道流浪騎士這裡到底發生什麼事情。

他揍開大塊頭，無奈地走下階梯，盔甲聲迴盪在寂靜的看臺，如索魂使者的跫音。流浪騎士們像被巫師下了石化咒，一張張驚愕的臉孔畏懼諾比尼狹小窺孔裡發出的寒光。

諾比尼的對手是一名健壯的騎士，他為了展現肌肉只戴上頭盔，緊身皮衣像是隨時都會被撐開。他並不知道看臺上發生何事，因此他暴躁的大吼：「竟然讓老子等這麼久，老子要撕裂你這個混蛋。」

他的武器是一把與諾比尼齊高的雙手單面大劍，「讓我看看你會拿出什麼東西。」

普魯侯貴族的賭盤又開始運作，他們熱烈分析那名騎士與諾比尼的勝率。

「你會後悔你沒有全副武裝。」或慶幸我剛吃下冷菇液，在能保持意識的情況下行動。

諾比尼攤開雙手，表示自己要空手應戰。那人冷笑一聲，直接朝諾比尼衝刺，不過對他而言，單刃大劍還是太沉重了，特別是面對諾比尼。諾比尼雖身穿鎧甲無法輕易跳躍，但要躲開那種程度的攻擊已經足夠，他躲開大劍的大攻擊範圍，縮到內圈接近那人。那名流浪騎士沒想到諾比尼來的這麼快，但他的武器太大太重，無法瞬然收回，於是他果斷放棄單刃大劍，抽出鋒利的長劍，變換的速度極快，劍鋒瞬間削中諾比尼腹部。

厚重的盔甲擋下攻擊，但重量讓諾比尼無法立刻展開反擊，他忖要是沒有盔甲礙事，眼前的人早在揮動大劍之前已經被取走性命。諾比尼忽然衝向他，撞斷了那把亮晃晃的長劍，那人猝然不及，看見斷劍飛了起來，還沒看見它掉落，諾比尼又衝了過來，一拳砸在他的下巴。

沒有面甲保護的顎部完全暴露在諾比尼的拳頭之下，那人看見恐懼，恐懼吸乾了普魯侯貴族與流浪騎士們的驚呼聲，他只聽見自己顎骨斷裂的聲音。

正如諾比尼所說，那人將花好幾個月的時間後悔不用厚重的板甲保護身體。

掌聲歡聲雷動，諾比尼從沒想過自己會在大太陽下受人表彰，聖士身分讓他不喜歡月光，更厭惡日頭。他卻頭一次被世人用正面評價讚揚，而非在陰冷的血殿裡聆聽主教的訓示。

勝利的號角長揚，諾比尼能從隙縫裡看見那些激昂的面孔，普魯侯王也在向他招手，他可以想像維斯在一旁幫忙說話。但諾比尼並不激動，他只有被詛咒侵擾時才會有那種反應，他凝視流浪騎士的看臺，經過這一場精湛的表現，剩餘的人也不敢再出來獻醜，更何況循環賽還有可能遇上諾比尼，沒人想這麼急送死。

因此諾比尼的身分引起新一波猜測。

有人指著他甲冑上淡掉的鴟鴞頭顱：「那是托斯卡納的共同徽號嗎？」

「不可能吧，聯合騎士雖然用鴟鴞的紋飾，但他們簡直是一群麻雀，那傢伙怎麼想都不會是聯合騎士的人。我倒覺得那不是鴟鴞，應該是北方騎士的展翅蒼鷹。」

他們雖然討論熱烈，卻不知道那只是維斯從庫房裡隨手撿來的舊盔甲。

布勒伊的隨從卻不屑地說：「那個人真是粗蠻，手法一點也不像騎士，或許只是混進來的傭兵。」

「小子，那個人可不能讓你如此隨便評價，連我都感覺到威脅了。我們米烈迪爾騎士必須更嚴謹鍛鍊，否則將來在戰場上遇到那類人，肯定有苦頭吃。」布勒伊不同意僕從的看法，他很讚賞諾比尼的表現。

「您認為比茲奈同盟會僱用他嗎？」

「不，我怕他會出現在更危險的場合。」

諾比尼接受眾人的讚揚，直到普魯侯王對他比出大拇指，代表他獲得自由比武的優勝，意味諾比尼能夠得到會面普魯侯王的資格。諾比尼只在意這一點，他離成功不遠了。

※

流浪騎士們的態度迥然不同了，他們在散會後不斷巴結諾比尼，但諾比尼一聲不吭，腦中只演練會見普魯侯王的情況。

普魯侯領主們特意遣來僕人，想要打探諾比尼是否有意加入旗下，這是每年獵祭都會上演的情形。只要諾比尼拒絕在王廷效力，領主們就能各自出價挽留。

「滾開。」這是諾比尼說的最長的句子。

但那些僕人像鬼蒺藜死纏不放，讓諾比尼動起乾脆全部殺掉的念頭。讓他焦慮的是冷菇液已經所剩無幾，隨著劑量變大，只要不立刻補充，詛咒便會直接燒上心頭。他飲用的劑量大到難以想像，或許連蘇恩都沒想到黑詛咒竟危險到這個程度。

煩躁的同時他又感覺到緊迫的眼神，那跟在邊疆城鎮的慶典夜晚一模一樣，那眼神不時會盯著他的舉動。突然那些嘰嘰喳喳的僕人全安靜了，他們像溫馴的寵物退到一旁，恭敬迎接翩然走來的維斯。

「維斯大人，居然連您都來了，那我們說破嘴都是白費工夫了。」

維斯在內廷很有份量，只用兩年的時間就爬到這地位。這個陰柔的男人是慢慢編織陷阱的狐狸，有極佳的耐心布局。

「事實上，我只是代表陛下來向優勝者嘉勉幾句話，你們不介意的話，能讓我們獨處一會嗎？」維斯的聲調像是柔軟的絲絨，替聽者的耳朵裹上一層暖被。他擅長用這種方式來取得人們的信任。

「當然，不論是國王陛下還是您，我們都得賣面子。」那些人嘻笑道，接著一個個退出諾比尼的營帳。

只剩下他們兩人時，維斯立刻改變語調，用更親暱的語氣說：「諾比尼先生，您的表現比我預料的還要精采，我簡直能想像您如何結束陛下的生命。」

這些恭維話對諾比尼來說只是一堆淤泥，他說：「廢話就不必說了，普魯侯王何時要見我。」

「陛下原本就打算把壯克打造的武器送給自由比武的優勝者，因此您將與阿馬爾菲公國的特使一同觀見。」

「太多閒雜人等了，不過不礙事。」

「阿馬爾菲公國特使肯定會很驚艷您的表現，您說是嗎？」

諾比尼解下面甲，並把裝冷菇液的透明瓶子丟到床上，「叫那些狗腿別再進來，否則我還不了那些貴族一個活生生的人。還有，給我更多這玩意兒。」

「您、全用光了？一整瓶未稀釋過的冷菇液？諾比尼先生，您知道這東西可不是肉蔻或胡椒之類的香料——」

「我只要你給我這玩意兒。」

「當然沒問題，我立刻就拿來給您。」維斯的表情也不禁慌亂了，他從未見過如此荒誕的事。

「等等，我想知道你們到底有什麼方法替我解咒。」

「您不信任我們？」

「哼，恐怕是你不信任我。」

「我認為您多想了，解咒一事自然沒有問題，您認為我們敢故弄玄虛？」

諾比尼忖只要有人敢騙他，哪怕要橫渡無盡之洋也會取之性命。他比以往更重視自己的利益，諾比尼無法斷定這是好是壞，但他的意志如此堅定。

※

普魯侯王的主帳繪有宏偉的紅色斧人，門口駐守著威嚴的衛士。在更早以前，普魯侯的旗幟是銀弓與金箭，如今只有少數古老家族採用。

兩百年前強橫的劊子手喀爾巴風行電掣整頓普魯侯，讓普魯侯成為與米烈迪爾齊名的強國。人們惦記劊子手喀爾巴手持大斧英勇殺敵的模樣，因此紅色斧人與好勇的風氣便被一起流傳下來。

營帳內點起了大油燈，讓所有黑暗遁形無蹤，透過燈火的反射，地上映出了斧人形貌。

普魯侯王雖然才二十多歲，卻是在風波震盪的情況下繼承普魯侯王國，這些歷練迫使他成為有擔當的王者。諾比尼可以明白為何前任國王放心把王國交給兒子，而非執政經驗更加豐富的埃法席斯公爵。

普魯侯王泰然坐在主位，掂量憑空冒出來的流浪騎士，他下嘴唇弧度偏高，因此看起來像是笑臉背後藏著許多城府。諾比尼站在門口附近，他被規定不能站得比王還高，直到儀式正式開始。

維斯在普魯侯王耳邊窸窣，並對諾比尼比手畫腳，似乎在替他解釋身分。諾比尼那身不知道是聯合騎士還是北方騎士的盔甲，其實只是普魯侯在某場戰役收繳的戰利品。

營帳裡很寬闊，兩旁站了八名穿著紅身白底袍子的王室親衛，袍子後都繡了紅色斧人，他們手隨時都握在劍柄，以應變突發狀況。

「先生，陛下想先跟您說幾句話。」維斯說。

諾比尼愣在那裡，維斯偷偷拍著胸口，他才微微鞠躬道：「是。」

「你不必太過拘束，請上前一步。」普魯侯王十指交扣，手指上的戒指交錯發出耀光。

諾比尼最多只能走到臺階前面，八個親衛如忠犬緊盯著他。只有等普魯侯王送上武器時，才可能與諾比尼形成最近的距離。雖然諾比尼可以硬幹，但王座後面就是出口，他可能剛衝出親衛的包圍，普魯侯王便逃逸無蹤。

「請別在意我忠誠的衛士，他們只是恪守其職，我們王室有句格言：『強大招來毀滅忌妒』想變成高人一等的人物，更要提高警覺。」普魯侯王莞爾，「畢竟我們偉大的先祖正是死於疏忽。」他的眼神彷彿洞悉一切。

內廷總管附在普魯侯王耳邊說悄悄話，普魯侯王邊聽邊頷首。

「諾比尼先生，你得到優勝時我便想見你一面，不過獵祭有許多不可避免的行程，所以我才想在阿馬爾菲公國特使來之前，先找你來閒話幾句。」普魯侯王凝視諾比尼的灰袍子，「你像是一位來自秋楓鎮的撒冷教士。維斯已經向我簡述您的來歷，我很想與你談論你來的地方——」

「陛下……」內廷總管再次靠了過來，臉色比方才還急。

普魯侯王略為沉思，帶著歉意笑道：「看來我們必須先到這裡結束，我不能讓阿馬爾菲公國特使等候太久。也許等下的晚飯我們可以繼續話題。」

諾比尼才想知道維斯替他編了什麼經歷。

內廷總管請諾比尼到外頭等候，與阿馬爾菲公國特使一同進入。阿馬爾菲公國的使者隊伍有數十人，最貴重的物品莫過於壯克打造的長劍，它被波流士產的紅絨布小心翼翼的覆蓋。

諾比尼看見對壯克畢恭畢敬的阿馬爾菲大臣，正一副不可一世地向底下的人說教。接著按照維斯告訴他的流程，內廷總管高聲喊他們進入，首先進去的是阿馬爾菲大臣，他只帶那把長劍進去，其餘人則站在原地。

負責拿長劍的隨從身材修長，戴著托斯卡納獨特的帽子，把整張臉給遮起來。不過諾比尼壓根對武器沒興趣，特別是長劍，這對習於暗殺的他來說太難使用。

阿馬爾菲大臣諂媚說著普魯侯王的好話，諾比尼看著普魯侯王的臉孔，覺得又回到曩昔下手時那般清晰。沒有任何顧忌，全神貫注盯著目標要害。

不久前他才從維斯那裡得到新的冷菇液，現在狀態絕佳，隨時都能結束普魯侯王的性命。

「哦，這就是那名矮人鐵匠打造的武器？」普魯侯王感興趣地說：「聽說那位鐵匠性格古怪，沒想到大公竟然請的動他。」

「為了祝賀貴國的大日子，大公可說是盡心盡力，這把長劍包管您眼睛一亮。」特使掀開紅絨布，劍身發出鋒利冷光，似乎用劍芒就能斬斷物體。特使沾沾自喜道：「您是否也沉溺在它美麗而孤冷的光澤，這比起坎努斯鋼來一點也不遜色呢。若陛下拿著這把長劍揮舞戰場，肯定是英姿颯爽。」

普魯侯王笑了兩聲，命人收下那把精美的長劍，「你的話語簡直比這把劍更加亮麗，可惜我已經準備要送給一名勇士。」

他指著諾比尼，歡欣地說：「自由比武的優勝者，強韌的騎士，絕對能與名匠打造的長劍匹配。」

特使立刻轉頭笑臉吟吟地對諾比尼說：「這位就是今年的優勝者嗎？微臣居然有這個榮幸與如此厲害的騎士一同覲見陛下，這不只是微臣，也是阿馬爾菲公國的榮幸。」

「特使若親眼見識他的能耐，才能知道這世上還有如此勇猛之人。」

「當然，陛下說的沒錯，但微臣更敬佩陛下的威望，才能讓勇猛之士心悅臣服。有這位勇猛的騎士，陛下肯定無往不利。」特使很清楚普魯侯王欣賞諾比尼，因此一逕的說好話。

諾比尼卻猶豫是否要單膝跪下接劍，這代表他願意與普魯侯王締下誓約，成為忠實的騎士。維斯也注意到諾比尼的神色，雖然諾比尼能自由抉擇，但會前來參加自由比武的都是心慕普魯侯王國的無主騎士，拒絕會讓諾比尼的立場變得尷尬。

「也許這位流浪騎士太久沒遇到值得他單膝跪下的君王，親愛的陛下，請給他一點時間調適。」維斯就像灌了一整桶蜂蜜，他的聲音遠比蜂蜜甜而迷人。

比起阿馬爾菲公國特使漫天誇讚，普魯侯王更喜歡維斯一針見血的讚美，他手托臉腮，想換個輕鬆的姿勢不讓諾比尼太過緊張。

「不管如何，這把長劍都屬於優勝者。後面的事，在晚宴裡細談也無妨。」普魯侯王對諾比尼在場上的表現非常激賞，已經下定決心要讓他成為普魯侯騎士。

「是啊，有陛下的讚賞加上這把媲美坎努斯鋼的長劍，說句不得體的話，即使面對好幾位米烈迪爾騎士也毫無所懼。」

這時營帳正好被掀開，迎面走來的是穿著皮衣褲的布勒伊爵士，他不疾不徐回道：「這些話似乎不適合在米烈迪爾騎士面前說。」

特使見到布勒伊，嚇得臉青了大半，他還想解釋什麼話，布勒伊搶先說：「國王陛下，請原諒我破壞你們的談話，只是您的客人堅持要以這種方式出場，才不得不打亂禮儀。」

「哦，我們普魯侯王國的寶貴客人來了？正好，由我來介紹今年的優勝者，他比往年的人都還優秀。」普魯侯王並不以為忤。

「本來想給一個更大的驚喜，誰叫布勒伊這麼沉不住氣呢。」

諾比尼的手微微發顫，冷汗似針刺著他的神經。那聲音太熟悉了，但諾比尼卻希望那只是回憶的謬誤。

「妳的來訪本身就是驚喜，葛麗兒公主，我弟弟怎麼沒有陪妳一起來？」

隨著布勒伊身後走進來一位將杏色的頭髮編成美麗花辮的姑娘，淺紫色的禮服修飾著窈窕的身軀，清澈的眼眸仍像天真的少女，彷彿還沒有即將嫁為人婦的自覺。

諾比尼冷不防退後兩步，他怎麼樣也沒料到葛麗兒會出現在這個場景。心裡的熱火突然迸發，如岩漿灌溉每條血管，思路被澈底攪亂。此時再多冷菇液都無法遏阻這份焦躁，詛咒呈現更為怪誕的情況，似乎要把他逼到死角。

葛麗兒顯然是一聲不響跑來，維斯見狀也慌了。計畫倏地產生重大轉變，諾比尼不可能在葛麗兒面前手刃她未婚夫的親兄長。他怎麼能看見葛麗兒傷心。

「看來妳嚇到我們勇猛的優勝者。」普魯侯王莞爾道。

諾比尼的眼神透漏極度不安，他想離開這裡，強烈的罪惡感使他腸胃翻攪。

葛麗兒美麗的眼睛也露出困惑，她極力想在那雙冷峻的眼神裡尋找熟悉的感覺。

「你幹什麼，我叫你動了嗎？」阿馬爾菲公國的特使突然喊道。

特使的隨從忽然擅自移動，甩開紅絨布攤手道：「葛麗兒公主，妳的直覺沒有錯，妳眼前的人正是惡名昭彰的聖士，逃犯諾比尼。」

「混蛋，誰準你跟公主搭話——等等，你說聖士？」

隨從摘下帽子，雪白如霜的長髮刷然飄落，他的拐杖劍直直插入諾比尼的後腰，附魔的力量將諾比尼的痛覺放到最大。

「雷茲……那麼那個人果然是——」

「很遺憾，親愛的公主，但事實正是如此。兇犯諾比尼意圖刺殺普魯侯王，卻以為能躲過我的追緝，這是多麼有趣的想法。」

鮮血流至諾比尼腳邊，灰袍立即被血染色。布勒伊擋在葛麗兒面前，他沒想到這個厲害的人物竟然是聖士。

普魯侯王已經被親衛圍起來，但他本人似乎還未接受這個事實，他問雷茲：「你是誰，竟然未經證實就殺害本王的人。」

「我是圖斯裁判所首席裁判官，實在非常冒昧，您最好放棄馴服聖士的念頭，他們比您接觸過的生物都還危險。」

諾比尼終於單膝跪下，卻不是為了和誰立下誓約，他的背部開始麻木，冷的熱的流動四竄。他覺得一陣噁心，像是被冷菇液給反噬，有一口血醞釀在喉頭，卻始終吐不掉。

他不敢看葛麗兒的眼睛，但越這麼想詛咒越是沸騰，幾乎要攪爛他的臟腑。雷茲亮出圖斯裁判所名聞遐邇的徽號，那圖像比普魯侯的紅色斧人還要古老太多，普魯侯王終於相信眼前他打算納為己用的優勝者是聖士的事實。

營帳內所有人都退後好幾步，布勒伊親眼見過諾比尼的實力，他也不敢輕舉妄動。但雷茲卻驕傲地站在諾比尼身旁，像是檢視得來不易的戰利品，他特意把劍身的附魔加強數倍，雖然使用時自身也會受到影響，但唯有如此才能擊倒頑固的諾比尼。

「不可能、怎麼可能……」葛麗兒一直相信諾比尼會逃獄，但她不敢置信會是這樣重逢。

似乎只有雷茲滿心歡喜，他終於能如願以償，逮捕澈底丟盡他顏面的罪犯。

「幸好我還能趕上滿月之祭，贏回失去的榮耀，還有，被殺害的獸人的兄弟都恨不得手刃你。」

哦，在龍骨島被殺死的獸人。諾比尼想起那傢伙臨死前猙獰的眼睛，他沒想到獸人的眼球能凸得這麼大。

諾比尼摸索身體，想找出一滴冷菇液，哪怕半滴讓他恢復理智也好。

「公主殿下，請您離遠一點，這個人非同小可。」儘管諾比尼受了重傷，布勒伊還是不敢樂觀。

「閉嘴！諾比尼先生才不是壞人，他只是想來看我，看我穿上嫁衣的樣子——對吧，諾比尼先生——」

葛麗兒朝諾比尼大聲喊道。

諾比尼驀然踞步突起，撞開守在普魯侯王面前的親衛，一道血泊飛快噴灑，那名親衛看著自己的血液從袍子裡湧如噴泉。

這下情勢頓時扭轉，雷茲板起臉孔，拐杖劍隨後刺來，諾比尼沒有躲開，他看著劍鋒插入胸膛，又用力向左一扭，劃出一條長痕。

「快殺了他，來人啊，護衛陛下！」內廷總管尖叫道，他曳著普魯侯王的手，往後方的出口逃逸。

阿馬爾菲公國特使也在吶喊，他們的眼神充滿愕然，諾比尼想到他今天才在上百道驚嘆的眼神中獲得掌聲。諾比尼又被刺中一劍，冷靜的雷茲似乎再也沉不住氣，一劍一劍發洩在諾比尼無法反抗的軀體。

「始終還是我更勝一籌。」

諾比尼的面巾、灰袍被削成碎片，他露出令人懼怕的黑詛咒。詛咒緊緊纏繞他的身體，黑裡透著鮮豔的紅光。

「住手、你沒看見諾比尼先生快死了嗎？住手啊，你這個混蛋！」葛麗兒被布勒伊擋住，只好脫下她的鞋子朝雷茲丟去。

雷茲刺穿鞋子，也停歇對諾比尼的攻擊，到了這個程度，諾比尼除非是神，否則不可能逃脫。

「陛下——陛下流血了——」內廷總管驚慌失措喊道，他的手沾滿從普魯侯王身上溢出來的血。

諾比尼的最後一擊紮實的刺中了普魯侯王的身體，但那擊卻沒有喚起完成目標時的感受。送他人的靈魂前往歸途，血神的訓示如是說，諾比尼在數不盡的任務中屢屢服膺這句話，這次他卻因為滿手血腥而羞愧。

他認識到真正的情感，複雜而微妙，一縷想法就能把人搞得天翻地覆。

「抓住他，裁判官先生，您不應該把這傢伙放出人咬人。」維斯也在一旁裝腔附和。他從諾比尼被攻擊的剎那，就一直無法保持鎮靜。

兩名普魯侯王的親衛憤怒地走向諾比尼。

「你竟褻瀆我們的國王，我要將你碎屍萬斷——」親衛怒喝，國王就在眼前被行刺，這是莫大的侮辱。

「慢著，他是圖斯裁判所要的人，請將他交給我處置。」雷茲制止了國王親衛。

諾比尼看見所有人的面孔扭曲糾結，他無法分辨誰是誰，那些臉跟四周景物糅合變形，變成陰魂不散的惡夢。諾比尼突然忖自己其實只是在硬梆梆的石頭床上作夢，醒來後又會看見肅穆的宮殿，以及主教莊嚴的晨禱聲。

他還是血神最忠實的僕臣，執行超脫俗世的暗殺任務。

可是血腥味比任何一種味道還強烈，告訴他的生命力正源源不絕流失，過去種種場面一一瓦解，像是血神準備帶領他到死亡的國度。諾比尼還是無法脫離血神的規範，但他不後悔曾經有過膨湃的情緒。

「我很高興再次看到妳，葛麗兒。」諾比尼努力抽動嘴角，想要露出葛麗兒一直想看見的笑容，但他連動手指頭都很勉強。

雷茲使勁捉緊他的手，生怕他又突然溜走，龍骨島的前車之鑑令他記憶猶新。諾比尼像一塊布折在地上，但堅持不讓兩個膝蓋碰地，這是他最後能捍衛的尊嚴。

「啊——」雷茲忽然大叫一聲，左手掌莫名插進一根長鐵針，倏地鬆開對諾比尼的束縛。

一道黑影劃破營帳內的凝重，普魯侯王的親衛立即維護在國王身旁。另一名潛藏的人驀然而出，諾比尼看見了黛綠色的流光，比星霜還閃爍，比大海更深沉。這一瞬諾比尼全明白了，一直暗中監視他的人是誰。

「阿斯塔蒂……」雷茲捉住自己的左手，長針上的毒性已讓他的左臂無法使勁。

「妳來救我的嗎？」諾比尼喃喃道，吃力地向她比著快逃的手勢。

她的頭髮彷彿火海，釋放著極強的生命力，忽然向上縱身翻越，似要把這座營帳燒盡。

「護送國王，快，把所有能拿劍的人都聚集過來，絕不能讓這兩個聖士逃走！」

維斯立刻扶著表情痛苦的普魯侯王出帳，阿馬爾菲公國特使也趁亂摸出去。

阿斯塔蒂對諾比尼露出嫣然一笑，如盛開的火鶴花綻放烈焰。有多久沒見到如此動人的笑容？諾比尼忽然感到心頭一沉，那身火似乎要把阿斯塔蒂帶向歸途，危險的笑靨釋放令人寒顫的訊息，眼裡波紋彷彿要吞滅一切。

布勒伊喚來葛麗兒的保鑣，諾比尼看見一身戎裝的東方女人急急忙忙跑進來，她驚愕地看著諾比尼，但布勒伊沒時間讓她整理思緒，安娜希只能帶著同樣慌亂的葛麗兒出去。

離開這危險的地方吧，葛麗兒。諾比尼忖道。

親衛紛紛抽出長劍，營帳儼然變成廝殺的戰場。阿斯塔蒂從大腿側拔出匕首，矯捷的攻擊盤踞在諾比尼身旁的雷茲，雷茲硬是拿著拐杖劍對戰，但毒針蔓延到他的肩膀，他一旦發力就會加快血液循環。

八名親衛團團圍住阿斯塔蒂，他們把雷茲架開，並擋住諾比尼，在狹小的範圍內阿斯塔蒂越發窘迫。營外又傳來急促的腳步聲，普魯侯王的援軍正快速接近，阿斯塔蒂知道不能再拖延下去。

她跳起來斬斷吊燈，讓火苗蔓延營帳，雖然那些木質家具都有防火漆，火勢還是不可避免的竄起。阿斯塔蒂像是烈火而生的女子，她在火焰裡泰然自如，像用濃煙驅走小蟲。

諾比尼感覺到有股堅定的力量捉住他的手，他站了起來，準備往外逃去。布勒伊忽然從煙霧裡冒出來，一劍斬斷阿斯塔蒂的手臂，諾比尼倏然重心不穩跌倒，他看見阿斯塔蒂的手躺在地面，以及如髮火紅的鮮血。

阿斯塔蒂卻又笑了，這次她的笑容將變為永恆不墜的星光。諾比尼被拉起來，順勢往外丟，他最後看見阿斯塔蒂的嘴型說著：「別忘了我。」

「他們快逃走了，全部的人都往這裡靠過來。」

至少有十個來勢洶洶的人聚攏，但阿斯塔蒂已無所畏懼，她的生命燃燒至極致，毫無掛念邁向歸途。無論最後他們的神如何審判，阿斯塔蒂依舊懸上那抹燦爛的微笑，在生命最後一刻裡，像個普通人一樣活著。

※

諾比尼拖著傷痕累累且疲憊的身體來到沼澤，羊齒植物一路咬著湖水沿岸，綠得生意盎然。諾比尼幾夜沒睡，才遠離普魯侯王國來到南方，他一直藉冷菇液增強他的精神，他深信只要闔上眼必是好幾天後才能睜開。

那身破爛的灰袍已擋不住他猙獰的詛咒黑紋，他沿灌木叢生的小徑摸索，來到商人蘇恩給他的地址。沼澤裡有幾個小村莊，但舉目不見人煙。

諾比尼緊握被血水、汗水浸得糊爛的紙，像一頭落難野獸。沼澤裡的碩大鱷魚聞到血味，紛紛探頭凝視諾比尼；個頭嬌小如指頭的沼澤地精鬼鬼祟祟跟在諾比尼腳邊，他們在等諾比尼倒下，好分食這龐大的獵物。

在小道的盡頭突然出現一片被整理過的開闊地，那裡的建築明顯不是由地精建造，也不像外邊的小村落。十多棟像是貨棧的木屋比肩連袂，密集的樹叢裡藏有伏擊用的哨站，濃烈的冷菇焦味瀰漫四周，還有一堆諾比尼聞不出來的刺鼻化學藥劑。

這裡便是商人蘇恩的隱藏據點，他的鍊金術士就是在此處提煉上癮藥物。諾比尼甩開纏人的地精，他連踹倒這些小傢伙的力氣也沒有，只能任他們發出咯咯笑聲。

「出來，替我解咒。」諾比尼乾燥的喉舌如火焦灼，他每喊一聲就被灼傷一次。

但他的聲音在濕潤的空氣裡化開，迴盪在貨棧前，沒有人回應他。

「我已經依約刺殺普魯侯王，你必須替我解咒……」諾比尼慢慢走到其中一間房屋前，但裡面卻一聲不響。

散不掉的藥劑味讓他很不舒服，那些氣體刺激著鼻腔與呼吸道，引發陣陣作嘔。諾比尼靠著意志力堅持到沼澤區，實在已超乎他的負荷，他手輕輕碰門，驀然往內倒下去。

諾比尼倒在粗造的木頭地板上，身上的傷口因撞擊而裂開，他一聲不吭，緩緩爬起來。卻猛然看見蘇恩張大那雙市儈的眼睛，戴滿寶石戒指的指頭垂然朝下，坐在一張藤椅上。

他青著一張臉，面若乾蠟，看起來中了很深的毒，而且至少是一天以前的事情。蘇恩的腳邊有一罐裝著冷菇液的透明小瓶子，他似乎是一口氣喝下太多才中毒而死。

「別開玩笑了，你憑什麼死？詛咒還在瘋狂啃我的內臟，你卻像個沒事人坐在這裡？」諾比尼一激動，身體變得更加不適，那股噁心感已經到了喉邊，只要他頭一低就能吐出一堆噁心的黏稠物。

「即便隔著一段距離，也能清楚聞到你的罪惡，聖士諾比尼。你的惡遠比畏罪自殺的商人還深重，若非親眼所見，老夫斷不敢相信有人能如此玷汙貞潔的靈魂。」舒緩的嗓音一字一句振盪，肅穆若撒冷教士。

這已經足夠讓諾比尼明白這裡發生什麼事，來者滿臉風霜，皺紋毫不掩飾歲月霜痕。老者年輕時必然體態修長，他仍挺直老邁的腰桿，如一尊莊嚴的石雕。老者胸前的皮護甲繡著金質的戰馬與征袍，肩披及地的深黑法袍，拄著一根鐵樺製成的拐杖，鐵樺拐杖很沉，並且強韌如鐵。

他像已經老邁的雷茲，留著一頭乾燥的白色長髮，有著雷茲遠遠不及的沉靜。老者身旁還有二十多名普魯侯騎士，整齊排列在他身後，組成嚴密的陣型。騎士的劍上有未洗淨的血痕，可以料想這裡的鍊金術士全被處理掉了。

「米烈迪爾的大巫師……」不必言語，諾比尼也猜到老者的身分。

「老夫叫做梅墨，你大概也知道老夫的身分與來意。」他輕輕敲了一下拐杖，發出沉悶的聲響。

梅墨的手心發出亮光，一陣風揚起皤然白髮，那雙凜然的眼神毫不掩飾對諾比尼的惡意。諾比尼知道沒跟葛麗兒回米烈迪爾是對的，他只會在那裡惹出更多麻煩。

二十多名普魯侯騎士加上一名大巫師，諾比尼對這個情況只能冷哼一聲，沒有突圍的把握。他不懼死，但他不想在荒僻的沼澤裡結束生命，成為地精或鱷魚的糧食。若輕易的死了，便愧對阿斯塔蒂的犧牲。

梅墨再次輕敲拐杖，地面吹起一道強風，如鏈鋸割去諾比尼的血肉，諾比尼身上噴出大量黑血，詛咒迅速往血肉模糊之處蔓延。諾比尼從未遇過如此強勁的對手，當初在他身上種下詛咒的十名巫師還不及梅墨一半實力。

詛咒佔據受傷的區塊，像是一件黴腐的甲冑，強烈的灼熱感深植諾比尼體內，彷彿要將他熔成汁液。詛咒啃食梅墨的巫力，讓諾比尼更感痛苦，他一腳跪地，兩手按著噴滿黑血的地板。

「那身詛咒，讓老夫憶起年輕時的不好回憶，時隔多年，時至暮歲，竟然遇上了更難纏的東西。」梅墨毛髮豎起，法袍不安分的飄動。

普魯侯騎士們以為喝下過量冷菇液的鍊金術士已經非常棘手，但被詛咒包纏的諾比尼才是最可怕的威脅。

「大巫師，我們要不要先撤退？」

「老夫一步不退。」梅墨伸出右手手掌，似乎要賭下爵士巫院的符號。

諾比尼的痛楚比在與詛咒的王對決時還要深刻，他再也無力掌控詛咒蠻橫。被逼到極限的諾比尼發出不似人類的吼聲，那些作戰經驗豐富的騎士從未聽過如此令人頭皮發麻的聲音，即使是最兇悍的猛獸聽到這嘶吼也得落荒而逃。

「那傢伙要變成怪物了——」

「一個都不準走，我要喝光你們的血，滋潤這身乾涸的身軀。」諾比尼發出詭譎的笑聲，但他的臉卻靜默如林。

諾比尼的手腳變成混濁的棘皮，身體倏然膨脹，額頭的三條黑疤如蛇扭動，胸前烙印著血紅的逆七芒星，眼瞳布滿血絲的猙惡瞪著那些騎士。黑色蒸氣不斷從諾比尼的皮膚冒出，很快變成鱷魚皮般粗糙的皮質。

「惡魔出來了，這還是老夫首次見到它的完整體……」梅墨掌心發出紫光，結出六芒印護住自己。

諾比尼發出如硫磺臭味，變成半人半惡魔，僅能從那雙迷惘的眼睛看出這具身體原本的主人是誰。汩汩流出的血液凝固成觸手，焦渴的尋找能提供能量的活物。

「大巫師，我們真的不逃嗎？那個傢伙已經不是人了……我們沒必要跟他硬幹。」普魯侯騎士們畏懼地說，不復戰場上的武勇。他們敢跟穿上全身甲冑的獸人對戰，在諾比尼面前卻連一絲勇氣也提不起。

「老夫豈能在邪惡面前退卻，你們都退下。」梅墨重重敲杖，一陣氣流團團圍住他，一絡紫豔光束從手掌射出，卻被反彈回射，光束回擊六芒星障，激起巨大爆炸。

梅墨跨出屏障，把自己暴露在惡氣飛流的諾比尼跟前，他化作一道閃光，赫然出現在諾比尼後背，詠咒攻擊尚未被詛咒覆蓋之處。

諾比尼痛得狂吼，單膝跪下，膝蓋還沒落地，梅墨一掌發出雷電彈走諾比尼巨大的身軀。普魯侯騎士見狀，以為米烈迪爾大巫師成功壓制，便回過頭追著諾比尼打。

「不能過去！他連一點損傷也沒有。」

諾比尼穩住身體，大力掀起地板，一拳掃蕩二十多人。梅墨趕緊讓他們進入六芒星障裡，這才沒成為詛咒的食糧。

「你的骨頭真硬，不過你的屏障也撐不了多久。我先把你殺了，吃完你這道正餐，再將那些騎士當成點心，雖然沒你好吃，也夠塞塞牙縫。」諾比尼衝向梅墨，黝黑的觸手像是地獄冥主的使者。

「那你得小心了，老夫的硬骨頭會讓你噎死。」梅墨把枴杖插入地面，巫火呈正七芒星噴出。

諾比尼吸收不了炎熔般的巫火，燙得到處奔竄，把貨棧撞得破破爛爛，他奔向梅墨，似要與他同歸於盡。

「可惜了，你的詛咒未完全蛻變完成，否則以老夫之力，也解決不了那隻惡魔。」梅墨已經汗流浹背，為了應付還未全蛻化的惡魔已耗去他大半精力。

忽然一注湛藍的巫水從背後澆熄熊熊巫火，頓時濃煙混著諾比尼腐化的味道飄竄，那些普魯侯騎士爭先恐後跑到外面，免得吸入過多噁心的氣體。

梅墨卻像那根插入地面的枴杖一樣無法動彈，諾比尼趁機撲上前去，但他忽然雙腳一軟，向側邊倒下。

「不——不要——給我起來——」諾比尼對自己喝道，但腐敗的地方漸漸消退，那三道疤化成的眼睛也急遽闔上。

「為什麼要反抗我？又一次——可惡啊——」

諾比尼的身體原本就傷痕累累，加上梅墨毫不留情的攻擊，早已支撐不住詛咒消耗，再者宿主本身強力反抗，詛咒只得慢慢消退。

「老師，您還是跟以前一樣賣力，而我總是遲到，連今天也不例外呢。」傑德米特慢慢走進門內，抬起他的高帽子，向梅墨莞爾道：「雖然這麼說您會很不開心，不過您也看到了諾比尼為了保護您而與詛咒抗爭吧？」

「聽到這番無賴話，即使老夫失去雙眼也知道是你來了。你是來助老夫一臂之力，還是想報復老夫對你做過的責罰？」梅墨裝出遊刃有餘的樣子，他詰問：「你要救那名聖士，現在是最好的時機。否則老夫一旦恢復力量，會像以前一樣在榆樹前狠狠教訓你一頓。」

傑德米特發出噗嗤笑聲，他知道梅墨還是愛逞強，爵士巫院出身的正統巫師都是硬梆梆的鐵塊。

「老師，我的確是來救那名聖士，不過他已經先救了你，不是嗎？」

「你該慶幸老夫先削弱他的力量，難道憑你的嘴巴就能淨化那隻惡魔。」梅墨不屑地說。

「不，我只是確信一件事，諾比尼絕不會放任怪物肆無忌憚，不只救我那次是這樣，這次也是如此，我相信往後也是。」

「你的發言還是一如往常驚人，不過老夫深信那些被觸怒的米烈迪爾及普魯侯人聽不下這些道理。」梅墨拄著拐杖慢慢移動，走到散著熱氣的諾比尼身旁，他的軀體已經恢復到原先大小，被濃稠的黑色血水覆蓋。

「恕我說一句得罪老師的話，現在您的談判籌碼並不比我多，」傑德米特伸起手，爵士巫院的符號清晰可見，「精明如您，肯定知道我的意思。」

「你從以前就是個喜歡挑戰常規的學生，但現在躺在那兒的是隨時都可能毀滅我們的惡魔，你應該像常人一樣看待這件事的危險性。」梅墨還試圖說服傑德米特。

傑德米特擺了擺手，就像平時在街頭上隨機找人行騙那樣愜意，他笑道：「正是因為我像平常人的那樣思考，才趕來這裡救我的救命恩人，和我最尊敬的老師。」

第十一章　救贖

衣料幾乎遮不住胸部的妓女亞莎朝比厄婁嶙峋的臉龐露出微笑，她褐色的波浪長髮被撥得亂七八糟，走起路來一拐一拐。諾比尼隨後從房間走出來，大方展露身上醜惡的詛咒。

「身為一位多重通緝犯，你的行動是不是應該更收斂些？」比厄婁發現他連下半身也沒穿。

「反正不管去哪都遮掩不住身分，很快他們也會找到這個地方。」

亞莎笑得很燦爛，巴不得整個人貼在諾比尼強壯的體魄上，毫不在意諾比尼身上令人喪膽的詛咒，她還觸摸幾下扭曲膨脹的黑紋當作調情。

「不過你也很不錯呢，小帥哥，你的骨頭吃起來肯定別有味道。」亞莎在沼澤區是出了名的蕩婦，只要合乎胃口的男人，她都會主動投懷送抱。

比厄婁始終沒把注意力移開擠滿字的羊皮紙卷，他對亞莎的興趣還不如紙卷。

「但你要像諾比尼一樣滿足我恐怕不太行，我交手過的男人沒一個比他還棒。他那裡簡直是國王，能讓每個女人為之臣服。」亞莎風騷的勾引諾比尼的雙腿之間，似乎還意猶未盡。

「夠了，再下去我保證妳沒有足夠的力量走出這道門。」諾比尼推開亞莎的手。

比厄婁左手食指戴的鐵色千眼戒正好緊緊壓住卷首，他等亞莎扭著屁股離去，才微微抬起頭道：「你的傷復原得比我想像的還快，只是那些黑疤可能消不去了。我查過達特．可芬的《關於心理現象與神祕詛咒紀實》，可芬博士雖然採集許多樣本，但唯獨你的案例最為特別。《無法言語的秘術》我翻了不下十遍，看看最關鍵的一條寫了什麼：『黑詛咒是惡魔的延伸，施咒需付出極大代價。』我也說過了，『詛咒』可能是心靈制約，也許你做出自己極度不想做的事情，反倒能破解制約。例如殺死並塗滿對你救命之恩的巫師的血，或者當個好人之類的，不過這只是一種對『詛咒』的假設。可惜我不是研究醫學，否則你一定能替我的右手食指贏得一枚紅色千眼戒。」

「別把我當成小白鼠。」

「不，一個活生生的聖士遠比那些東西來的有趣，也更有研究價值。首先我能深入探討你身上的心理制約，這有助於神祕與風土學研究，應該說你全身上下無不是寶貝。」比厄婁纖瘦的指頭在紙卷上敲了敲，他對諾比尼的一切深感興趣，可惜他專長的生物學裡不包含研究人類。

「你該知道這只是浪費力氣，我不會協助你做任何事情。」即使諾比尼已不能再被稱為聖士，也不希望自己的信仰被那些無神論者剖析。

「其實我沒料到你的身體真的能恢復，你被巫師帶到這裡來時，一副隨時就要死去的樣子。」比厄婁將沾了墨水羽毛筆抵在唇邊，喃喃道：「我還打算將你的身體一片片切開，送到千眼鎮去做研究。」

比厄婁的話不是玩笑，為了從事科學研究，這些千眼鎮學者的理性可以超乎常人想像。

「幸好你沒這麼做，不然我會在你下刀的時候扭斷你的手，一起送到那些教授的辦公桌上。」諾比尼穿上褲子與襯衣，並披上灰袍子，這件袍子是比厄婁特意找來的貨真價實的撒冷教士袍。

「巫師把你帶來時，我還很訝異他能找到我呢，雖然是誤打誤撞，不過我的第六感的確沒錯，我們還是相見了，雖然是在你差點斷送生命的場合。」比厄婁還記得在小海鷗號上與諾比尼相識的情形，他把紙卷合起來收攏，放在堆滿文獻紀錄的架子上，他說：「那位清秀小少爺，我倒沒聯想到她是米烈迪爾王國的葛麗兒公主，其實她很聰慧呢，可惜傳統——我實在不好意思用迂腐這個詞——米烈迪爾貴族不可能讓她到千眼鎮。」

「就葛麗兒真的是紀亞，也不會認為當個辛勤的學者會比在戰場上立功來的好。」這點諾比尼萬分肯定。

「這點我倒是非常認同，很難想像傑奧爾夫先生在那個地方教書的情況。不過對善於征戰的米烈迪爾人而言，地理與土地學算是非常實用的學問吧。」比厄婁改用驚奇的語氣說：「說起來你被抬到這裡時，可是足足昏迷了十天，半滴液體都沒喝入口。復原了也好，省得我被你的身體影響了對坤庫的研究，偷偷告訴你，坤庫的肉質很甜美呢。」

「牠的樣子看起來就像吞了過量的鍊金藥，看了就沒胃口。」諾比尼看著角落擺放的深綠色大鵝標本，簡直像是中詛的鵝。

「是啊，牠給人的第一印象確實不好，所以沼澤區的人把牠當成辟邪物，數量一減少就非常緊張。從我目前手中的資料，大致能推測是腐草不足導致養分不夠，不過西區的樣本採取不大夠呢，但那裡的水很深，我得雇用一些深諳水性的人。」

諾比尼別過頭去，比厄婁一談及生物，又是一連串長篇大論。他坐在搖搖欲墜的圓椅，望向亞莎剛走出去的門口。奧藍晴空飄颺幾朵捲雲，雲牙緩緩向兩旁糊開，風稍微勾勒幾撇，長出了眼睛、鼻子，像極一條活躍的狗崽，只穿開襠褲的小孩們邊追邊嬉鬧。

沼澤區的生活格外寧靜，外界的領主似乎也遺忘這塊收穫貧瘠的土地。諾比尼習慣這份如雪山絕嶺上的恬靜，但這裡更溫暖，這指的不只是氣候。

「而且你要召妓也到城裡去吧，你不怕不利的流言到處亂竄？圖斯裁判所跟普魯侯王國的通緝令下來後，這兩個月想取你人頭的賞金獵人都快比坤庫還多了。」

「說的也是，那些人若進來了，後果會比坤庫減少還嚴重。」諾比尼可不希望把專門製造紛亂的人帶進沼澤區。

「對了，我有個你聽了不會高興的消息，雇用你的組織已經被普魯侯王國澈底抄掉，他們看起來只是一群毒販，不像能解決你身上的煩惱。」比厄婁轉著沾滿墨水的羽毛筆，濺了幾滴到地上，他視若無睹的踩上去，「當然他們真正的背後勢力跟目的已經不得而知，畢竟被絞死的屍首也拷問不出任何話。」

「哼，結果普魯侯王還是安穩的躺在床上，也許他現在也跟我一樣能坐在椅子上談話。」

「或者與某個美麗的女人盡情交歡？至少素質會比亞莎好的多，我一向不喜歡屁股太大的女人。」

「哦，我以為你習慣被壓在下面，看來我判斷錯了。」

諾比尼那一擊未真正取走普魯侯王的命，不過也得臥在床榻一段時間。因此諾比尼的任務並不算完成，這是他第一次失手，但他也不計較了，從阿斯塔蒂代替他死的那一刻，他知道自己已經永遠與血誓脫鉤。

「如果想不出對策的話，反正我的坤庫研究也快完成了，不如跟我一起去千眼鎮，也許醫學教授有辦法。」

「最好別拿千眼鎮的理論跟黑詛咒相提並論，這遠遠超乎你們的認知範疇。」諾比尼額頭上的三條黑疤變得更腫大，像是頭蓋骨的一部分。

「世上還有很多未解之謎，但千眼鎮的宗旨跟這只鐵戒一樣：『如鐵堅信真理』。」比厄婁伸出左手食指，笑道：「可是連三歲小朋友都知道鐵會氧化。」

「我去哪都無所謂了，去千眼鎮也好，到東方也好，到哪裡都可以，總會有個地方能替我解咒。」諾比尼豁達地說。

「說到東方啊，也許那裡真有你想要的解答，可惜對於真龍文字的解讀還不夠全面。世上沒有比詛咒類的東西更難解釋的了，它比巫術神祕，也更古老，連我們學問淵博的教授也探查不出來。」比厄婁惋惜地說。

「是嗎？」對諾比尼來說，有個目標是個好消息。

「總之最好離奧錫萊斯東部遠一些，葛麗兒已經與堪德利親王結為連理，現在兩國可以說同一個鼻子出氣。」

諾比尼頷首，葛麗兒的婚禮消息傳來時，他只能待在床上動彈不得，但他記得心裡五味雜陳。本來貴族與平民的生活就相距遙遠，更何況諾比尼是遁入黑暗的墮落者，他只會讓葛麗兒蒙羞。

沒有出現在婚禮是對的，諾比尼堅定地忖道。

「不過你的身體的確出乎意料的強健，撇開如此重症重傷不談，那位巫師每天讓你服下重劑量的鍊金藥，見到那種份量若不是知情人，還會以為這是惡性謀殺。」比厄婁用筆尾桿處頂著臉頰，「而且喝了兩個月竟然還活生生的站在這裡。」

「證明那些作嘔的鍊金藥非常有用，如果它的味道能再清淡些就更好了，不捏著鼻子根本吞不下去。」

「這麼大的份量的藥，若再加上一些純汞，估計能鍊出貨真價實的金人。」比厄婁莞爾道。

諾比尼不理會他的笑聲，逕自走出門外，讓陽光輕灑在於身。平原上的雨季好不容易結束，沼澤區的水位也下降不少，明顯的氣候變異讓諾比尼有感時間之快。

兩個月前的事情記憶猶新，他似乎還能感受匕首插進普魯侯王腹部時的焦躁，葛麗兒驚愕的眼神也深深烙在眼眸，葛麗兒一直到普魯侯受刺前都信任著諾比尼。或許這樣是好的，讓葛麗兒知道諾比尼只是個瘋狂而麻木的聖士。還有阿斯塔蒂，她倒在血灘時竟露出滿足的笑靨，彷彿早就知道這一天的到來。

有時候諾比尼會想逃開那個記憶，記憶卻深勾著他，他比從前的任何一刻更像普通人。聖士生不光明，死必磊落。阿斯塔蒂做到了這點，卻是選向常人的歸途。

諾比尼的身上永遠有她的血，光憑這一點他便不能輕易放棄自己。

「這就是普通人的生活嗎？」

「普通人才不會同時被圖斯裁判所與普魯侯王國通緝，你簡直太不普通了。」比厄婁跟著走出來，手裡還捧著一碗綠得發亮的液體，他皺著鼻頭說：「趕緊處理掉這玩意兒。」

「我打賭巫師肯定把我當成實驗對象。」諾比尼不甘不願的接過那碗鍊金藥。

「事實上我也是。」比厄婁彈掉濺到手上的殘液。

※

傑德米特來的時候，諾比尼對著屋外一棵已經乾枯的柏木發愣，因此沒注意到傑德米特的動靜。

「老兄，你在想什麼呢，是不是哪個女人太讓你難以忘懷。」他拍了諾比尼的肩頭一下，臉上掛著戲謔的笑容。

「不，我沒發現你來了。」諾比尼這才緩緩回神。

「看得出來，你連黑啤酒的味道也沒聞到。虧我還準備好要擋下你的過度反應，你似乎好很多了，我特製的鍊金藥果然有效。」

傑德米特撬開啤酒桶蓋，隨手拿了兩個未清洗的杯子盛起啤酒，他在諾比尼面前晃了晃，得意的說：

「這可是我好不容易從城裡弄來的寶貝，一路上提防那些像狗敏銳的賞金獵人實在太麻煩了。」

諾比尼接下許久未嘗的啤酒，忍不住喝下一大口。

「哦，胃口很好嘛，看起來復原的差不多了。」傑德米特說。

「恐怕被認為最惡劣的巫師，也不會做出治療聖士這種可怕的事吧，你不怕被其他巫師視為敵人。」

「喂，諾比尼，你是喝醉了才會問這種荒唐的問題吧？我如果這麼重視手掌上的印，何必到沼澤區救你。」

說的沒錯。諾比尼的確不該這麼問，但其實同樣的疑問他更想質詢葛麗兒。

「那件事，就算我錯了。」諾比尼吞吐地說，趕緊用飲酒遮掩他的尷尬。

「哪件事？你做的錯事可多了，說得清楚點。」傑德米特倚著木欄杆，仰望染成嫣紅的餘暉。他嘴角淺淺向兩邊張開，綻露一貫的慵懶。

「沒聽見就當你聾了。」

「哈哈，反正你揍我時我又累又醉，早就沒印象了，雖然我醒著時也只是被你壓著打的份。別提了，酒還很多，今晚沒喝完誰都不準睡，對了，比厄婁呢，叫他一起來喝。」

「你忘了那傢伙滴酒不沾，光是聞到酒味就暈了。這些酒還不夠我們喝，別浪費了。」諾比尼喝到第三口已飲盡，連半點酒沫也不留。

「是不夠你喝吧，來，再來一杯。」傑德米特替他盛了一杯，「論起怪異，比厄婁也夠怪異了，我背你到這裡時他一句話都沒問，就讓詛咒已經蔓延到髮根的你進入他的屋子。換做其他人早就落荒而逃。」

兩人又侃侃而談近期沼澤區的瑣事，以及最受注目的北方問題。葛麗兒嫁給堪德利親王後，兩大強國建立穩固聯盟，讓以比茲奈同盟為首的北方勢力備感壓力。

傑德米特倒是去參加了葛麗兒的婚禮，雖然只是混在人群中觀禮，他回來後描述道：「我無法想像葛麗兒穿上婚紗竟然這麼美，她簡直是兩大王國最閃耀的光芒。」

有時諾比尼還是會想到在伊利斯麥初遇葛麗兒，一個狂傲而率真的少年，卻沒想到已嫁作人婦。諾比尼用貧乏的想像力勾畫出傑德米特說的美景，他在普魯侯王營帳裡看見穿著淺紫色禮服的葛麗兒，便覺得再難已想出更姣美的模樣。

比厄婁從坤庫的棲息地回來，曳著長長的影子，夕霞彷彿撒冷教士肅穆的禱詞般安寧。他一靠近兩人，便用手在鼻前搧了搧，皺眉向傑德米特說：「你不是帶來令人作嘔的鍊金藥，便是讓我發暈的酒。」

傑德米特大笑，把酒桶搬到柏樹下，「所以我才特地將酒擺在屋外，免得你一踏進門就暈倒。」

「每天被沼澤區的人纏著問坤庫的事情，已經夠我暈的了，怪不得要派我來呢。」比厄婁擺出疲憊的姿態，對他而言知識低落的人民遠比坤庫數量銳減還惱人。他看著諾比尼，像是想起重要的事，警告道：「喔，對了，諾比尼先生，那件事已經傳得沸沸揚揚，你要有隨時離開這裡的準備。」

「沸沸揚揚？離開？」

「別顧著說話，酒快被風給喝掉了，我還特意從肉舖買來上好的羊腿肉——」

諾比尼打斷傑德米特的馬虎眼，擺出逼問的表情。

比厄婁詫異地問：「傑德米特先生，難道你還沒告訴他嗎？」

「我是想多喝幾杯酒，暖好場子再找時機說話，都被你破壞掉了。」傑德米特察覺到諾比尼的不耐煩，他放下酒杯，嘆了口氣道：「唉，普魯侯王因為傷重不治，五天前宣布駕崩，你知道這消息讓你的賞金又翻了一倍。」

「普魯侯王死了？現在的情形是什麼？」

諾比尼更關心普魯侯王國國內的情形，但傑德米特卻躊躇說不出話來，比厄婁於是插嘴道：「普魯侯王突然崩逝，原本該由堪德利親王繼位，但米烈迪爾王國認為舊王方死，為避免埃法席斯公爵舊事上演，已派遣布勒伊爵士先行進駐王廷。」

「等等——你說布勒伊，他不是米烈迪爾的人嗎？」

「沒錯，米烈迪爾王國的舉動名正言順，畢竟新王可是他的女婿，為保護女婿的王國，親家出點力也沒有任何問題。」比厄婁用擅長的客觀觀點評論這件事，聽起來格外帶著諷刺意味。

「簡單說米烈迪爾王國撿了大便宜，而承擔責任的卻是你。很可能在你行動的那一刻，他們就順勢佈下這個局，他們始終是以自己利益為優先的貴族。」傑德米特不願如此評價葛麗兒身處的環境，但爾虞我詐的現實卻不容更改。

這意味諾比尼刺殺普魯侯王一事，轉嫁成米烈迪爾入主普魯侯王國政權的保護套，底下領主不會、也無法微詞。

「我必須讚譽道，米烈迪爾人確實盤算得很好。」比厄婁發出對貴族少有的稱讚。

葛麗兒與堪德利親王的婚禮本來就是一場投資，只是原本要花上數以十年的成果竟被諾比尼催化了，連他自己都深感嘲諷。普魯侯王的死訊肯定要帶動一波獵頭潮，連對諾比尼的身體讚不絕口的亞莎也極可能出賣他。

諾比尼坐在草地上，沉吟道：「那麼葛麗兒會變成什麼樣子。」

「我想，葛麗兒公主——不，身為人婦後該改稱為王妃了——她會變成米烈迪爾最珍貴的資本，用盡全力保護。」比厄婁彷彿在觀察坤庫的生態狀況，如數家珍的說：「自劊子手喀爾巴帶領普魯侯王國崛起，普魯侯與米烈迪爾一直競爭不下，葛麗兒王妃可以說開創了新的歷史局面。千眼鎮那群對外交、諸侯事務感興趣的傢伙們肯定正如火如荼趕過去，接下來的變化連我都覺得有趣。」

傑德米特受不了這種研究的口吻，他說：「諾比尼，我看你先到其他地方避風頭，不如聽比厄婁的建議，到千眼鎮躲一段時間。」

「這是個好主意，還能順便更深入的研究你的病情，或許能完全治好也不一定。」

但諾比尼想的是更深入，更不同的事情。場面忽然冷清起來，諾比尼握著酒杯遲遲未動，眼神探向遙遠彼方。他的臉色變得難看，冷汗滑過燥熱的黑疤，自從醒來後詛咒便沒有過這種情況。諾比尼悒快的情緒讓傑德米特也不禁擔憂。

「我明天一早離開，」諾比尼突然起身，堅決地說：「這次別再來找我，如果我處理完事情，會回來這裡。」

「喂，這豈不是說有可能回不來嗎？你想做什麼傻事？」

「我不知道怎麼說明，總之別跟上來，巫師。」諾比尼感受到意志的牽引，強大的不容他抵抗。

傑德米特看著他進屋的背影，焦急地說：「所以我才要在他喝茫的時候說，他肯定是要去找葛麗兒，瘋了，簡直是抱著鮮肉衝到猛獸柵欄裡。」

比厄婁斜著頭，髮色沒入耀眼的夕光，「我倒認為這件事早晚會有了結，畢竟諾比尼先生跟葛麗兒王妃很像。」

「那傢伙的詛咒一旦發作，可是會不可收拾。」

「你說病變嗎？嗯，你抬著他來時我便知道了，但是他用自己的意念控制了吧。」

傑德米特無法否認，否則他的師傅梅墨可能早在那場交戰中殞命，也不可能出席爾後的兩大強國婚禮。不過這些仍難以說服傑德米特阻止諾比尼的瘋狂行動。

「人有時候就會知道該做什麼，連自己也說不上來，但這正是人類心理奧妙之處。」

傑德米特覺得這些話跟爵士巫院大門上的鐫刻的錦言佳句同樣不切實際，他卻無力反駁。

※

諾比尼慶幸自己的身手沒因為重傷而生疏，他如幽魂潛入普魯侯境內，來到普魯侯首府卡耐德。這名字源自古普魯侯語，意思是堅韌的堡壘。卡耐德開鑿了一條運河聯通瑪瑙河，因此此地水利交通方便，能搭河船一路到托斯卡納，也能通到出海口。

普魯侯基本是由森林、河流、平原組成的地方，因此斧人堡實際上建築在平坦地勢中稍微高一些的位置。為了彌補地形不足，斧人堡周圍還安插許多小堡壘與哨點，從劊子手喀爾巴建堡以來，此地從未被攻陷過，但他本人卻在斧人堡主廳被暗殺。

有過那些經驗，他的行動比以往更加小心翼翼，儘管已不是聖士，也沒有任何需要沾血的理由，他仍帶著方尼沃厄打造的鋒利匕首。這儼然成為一種習慣，如他在夜裡仍下意識躲避月光。

諾比尼仍打扮的像是撒冷教士，這身裝扮經過刺殺國王事件後聲名大噪，每張繪有他頭像的通緝令上都加註這一點。不過當他穿上這身衣服時，內心感到格外平穩。

斧人堡上，米烈迪爾的戰馬與征袍旗幟與紅色斧人比肩飄揚，斜陽下紅色斧人鮮豔滴血，照熠紅斧人憤怒的臉孔。相形之下金質的戰馬與征袍發出的光芒像要與夕煙相融，米烈迪爾騎士威風的在城堡外圍巡視。由於普魯侯王甫駕崩，城堡內外駐滿守衛，普魯侯王室親衛更是繃緊神經，他們因為保護國王不力，承受極大壓力。

諾比尼矯健爬上斧人堡結實的黑城牆，東側高塔聚集了大量親衛，諾比尼忖那是普魯侯王遺體停放處。

但他對遺體毫無興趣，只想印證腦內的想法是否無誤。

諾比尼躲在樓梯的角落，無聲融進陰暗。一列人匆匆經過長廊，帶頭的人不悅道：「你們過去那裡守著，在陛下的靈柩入葬前，我們不能讓任何一隻蟲潛入斧人堡。還有，澈底搜查整個普魯侯王國，再提高一倍賞金，翻遍整個奧錫萊斯也要找出那個讓我們蒙羞的混蛋。」

「還有，最重要的一點，」那個人環伺每個親衛，嚴肅地說：「千萬別讓布勒伊的人踩在我們頭上，即使陛下不幸去世，我們還有令人尊敬的堪德利殿下。」

「是。」那些人齊聲喊道。

接著他們又風塵僕僕趕往各個戍守位置。諾比尼忖米烈迪爾騎士在這裡並不受到歡迎，他們也體認到米烈迪爾人可能會有更大的舉動。

※

維斯在房內踱來踱去，美艷的眼眸一眨一眨，似乎要搧走煩憂。諾比尼忽然現身，令他大叫一聲。

諾比尼取下面巾，將整張面孔暴露在維斯面前。不笑的臉猶如沉伏於夜的夢魘，每一道黑疤都像刺刃，狠狠剮破被凝視者的堅強。

「諾比尼先生，您、您怎麼會在這裡？」維斯想故作鎮定，但他的手卻止不住發顫。

「看來事情跟我想差不多，你果然還活得好好的。」

「您這是什麼意思？我是組織的內應，當然能矇過王廷的人。」

「我不喜歡詰問，因此我希望你簡潔明瞭告訴我答案。」諾比尼倏然緊緊掐住維斯的脖子。

維斯被整個舉起來，像一匹金黃的布帛掛在樹枝上飄蕩，他從諾比尼布滿傷痕的指節裡感應到強烈憤怒。

諾比尼猜測在蘇恩背後肯定有真正操控的幕後組織，假如能在普魯侯王廷找到沒受牽連的維斯，便能證明此一猜測。其他人聯想不到這點，因為只有諾比尼知道維斯是臥底。

原本諾比尼尚未想到這一層面，但聽了比厄婁與傑德米特的分析，他才懷疑起背後的謀因。維斯後面的人物肯定比蘇恩所屬的組織要大許多。

「你想清楚了嗎？」

維斯拚命點頭，白皙的臉已經染上一片慘青，諾比尼這才慢慢放下他。

「諾比尼先生，請你冷靜聽我說。」維斯大力喘著氣，頭髮也隨之抖動，他撫著胸口說：「蘇恩先生被抓時我也很困惑，我不知道您還活著，我只能繼續偽裝——」

諾比尼完全不信這套說詞，他把維斯揄到牆邊，用手肘抵住他的胸膛，「再給你最後一次機會，明白了嗎？」

「嗯，嗯嗯。」維斯痛得眼角泛淚，他總算知道為何一早開始就有不好的預感。

維斯使勁的喘氣，方才那一刻他以為自己快被詛咒給吞噬。他畏縮地說：「您只要仔細想想，這件事情背後最大的得利者是誰，答案就呼之欲出了吧。」

「米烈迪爾王國？這是米烈迪爾設下的圈套？」諾比尼怒視道。

「這些都是葛麗兒王妃的叔叔哥利席亞公爵的計策，我只是聽命行事，我用我的生命發誓。」維斯的聲音聽起來像是受凍的小貓，他哽咽地說：「哥利席亞公爵知道您與葛麗兒公主的關係後，就著手計畫一切……」

「布萊爾・雷茲也是共謀？」

「不，首席裁判官只是想緝捕您，他與哥利席亞公爵的計謀一點關係也沒有。我只知道這麼多了，我也只是其中一顆棋子，自從布勒伊爵士進駐後，我每天都擔心睡到一半被殺害，沒有一晚安穩的覺——哥利席亞公爵不會需要任何礙事的人——」維斯慌張地捏著頭髮。

這才是諾比尼想要知道的答案。從立陶港初見時，那位詭詐的公爵就盤劃所有的步驟。

諾比尼握緊拳頭，發出隆隆骨音，維斯則跪求他：「您千萬別讓哥利席亞公爵知道是我說出祕密，否則我的下場會比蘇恩還慘。」

諾比尼默然頷首，他知道哪裡能找到哥利席亞公爵。維斯還重複喊著那些話，但諾比尼早已走遠。

既然一切的源頭是哥利席亞，那麼不必多猜測也知道他會在哪。諾比尼埋伏在西邊的宰相塔，那是一棟五角形的高塔，普魯侯首輔辦公之處。烏雲遮蔽上弦月，撩走明光，好讓諾比尼無聲無息變成斑駁牆身的一部分。

自前任首輔老死後，普魯侯境內家族紛亂，因此首輔一位懸宕十年。堪德利親王暫代王位後，米烈迪爾王國便進駐接替權力真空，直到堪德利親王擁有他哥哥的執政能力。

哥利席亞公爵此刻坐在宰相塔，伏首振筆疾書，宛若已是正式的普魯侯王國首輔。普魯侯部分領主雖然不滿，卻無法對此合法行為有所反應，這正是哥利席亞高明所在。雖然是代相，哥利席亞已展露無上威嚴。

諾比尼大大方方走入宰相塔，他踹開古老的橡製木門，立刻發出刺耳的嘎嘎聲。

「這扇門跟這個王國一樣，都需要重新修葺一番。」哥利席亞沒抬頭，伸出右手指揮道：「麻煩倒杯水給我，我可能得忙碌到下半夜。」

「哦，喝你自己的血如何？」

「怪不得我一直聞到濃厚的血味，還有狂傲、焦躁，以及危險。」繁忙的公爵停下羽毛筆，雙手放在大腿間，挺起後背。

「很好，你還記得我。」

哥利席亞毫不畏懼那張臉孔，他鄙視道：「對於喜好乾淨的人，陰溝的腐臭就像詛咒令人遺忘不了。」

「那麼你大概知道，我特意登門造訪的原因了。」諾比尼手壓在辦公桌上，桌子傳來脆弱的喑嗚，似乎再加重力氣就能壓垮它。

哥利席亞從諾比尼怒紅的眼神察覺到了，比起在立陶港時努力維持鎮定，現今的諾比尼毫不掩飾混亂、狂躁，所有身為人該有的好或不好的情緒。

「你變得很多，我猜是你的聖士夥伴讓知道愚昧是多可怕的事，」哥利席亞公爵緩緩起身，直盯諾比尼滿是殺氣的眼瞳，「或者明白與我們作對，只有更不堪、更慘痛的下場。」

哥利席亞走出辦公桌外，諾比尼緊盯不放，雙手緊緊握住桌角，彷彿怕話還沒問完就先衝過去殺了他。

「諾比尼，你能潛入斧人堡，並解決門外的守衛，我一點也不感到意外。真正讓我意外的，是你居然活了下來，梅墨大巫師的最後一擊竟然失手，這的確出乎意料。」哥利席亞的身高只到諾比尼腰部再高一些，精明、深沉的眼神卻讓諾比尼不得不小心為營。

「哥利席亞——」

「我並不期待你會在名字後面加上『公爵』的稱呼，因此我事先教育你與貴族說話的禮貌，當然，你要加上『大人』我也不反對。」哥利席亞走到歷任普魯侯首輔畫像前。

諾比尼嗤道：「你只用這種骯髒的手段也配稱為貴族？」

「骯髒？不，我們遠比躲在陰溝裡的聖士乾淨。」

「假意讓阿斯塔蒂刺殺葛麗兒，引誘我出手，再讓我暗殺普魯侯王，這也配稱為乾淨的手段？」還有算準了阿斯塔蒂對諾比尼的羈絆，引她自取滅亡消除一切不利的證據。諾比尼激動道：「你把葛麗兒當成毫無情感的道具，把她嫁來普魯侯當作竊國的籌碼，你還敢跟我談乾淨？」

「首先，我不想再次教導你何謂下位者的禮貌，接手普魯侯政務已非常繁忙。葛麗兒身為米烈迪爾貴族，早知道自己的使命，若你認為這些是我一手執起，那麼未免太小看米烈迪爾王國。」哥利席亞拿起插在劍架的單手劍，劍柄處的紅寶石發出奪目的光環。

哥利席亞忽然拔出劍，削鐵如泥的坎努斯鋼刺中諾比尼的胸膛，他迅速拔出劍，又往手臂揮去。一下子灰濛的地毯綻開血花，諾比尼卻無動於衷。

「你的身手似乎還沒恢復，不過能者多勞，你既然來了，我就順便把你這個爛攤子處理掉。」哥利席亞的劍是用萬煉法錘鍊坎努斯鋼而成，比一般坎努斯鋼製出的武器更加鋒利和堅固，連馬爾斯鎧都能切開，快到可以殺人不沾血。
而且劍上還有相當高強的魔法，材料越好的武器，需要越高等的巫術與鍊金術進行附魔，但相對掌控武器的人需要具備更強的能力。
詛咒聞到甜美的血味，立即躍動起來，諾比尼手抹一把汩汩流出的汩汩流出的血，「哼，真是學不乖，哥利席亞。」
諾比尼像是被削去痛覺，沒感覺到洶湧的詛咒，他冉冉朝著緊皺眉頭的哥利席亞走去。一步一步相當緩慢，彷彿能走上一整夜。
哥利席亞握緊劍柄，鏗然一聲往諾比尼心臟刺擊，諾比尼卻像猛然甦醒，迅速按住他的劍。
如在立陶港時，為了保護阿斯塔蒂，諾比尼再次接住哥利席亞的劍，他不顧劍芒會切斷手掌的可能，用盡全力鞏住哥利席亞公爵的行動。
「混蛋陰溝鼠。」哥利席亞啐聲道，稀疏的眉尾一跳，傳遞著逐漸升溫的怒火。
諾比尼另一手也握住劍身，幾乎把整把劍染紅。詛咒纏住他滿是血腥的手，似乎要把坎努斯鋼當成橋梁，植入哥利席亞的身體。
諾比尼已經不能用任何常識來判斷，他混沌的眼神死意堅然，即使有上百名米烈迪爾騎士埋伏於此，他也不會退縮。詛咒彷彿挖空他的靈魂，讓他成為澈底的惡魔。
哥利席亞以為詛咒真的會飛躍到他身上來，因此他只好放開劍，卻一個站不穩往後撞上前任首輔的畫像。須臾他彷彿聽見普魯侯歷代首輔的嘲笑，劍可是米烈迪爾貴族的生命，他竟然為了保命而捨棄。

「你這傢伙，竟然讓我如此丟人！」這件事若傳出去，他的顏面將蕩然無存。

「哥利席亞，讓我來告訴你一件事。」諾比尼將劍向上拋，接過劍柄這一邊，那把單手劍在他手裡尺寸頓時小了許多，他輕輕貼住哥利席亞公爵的下顎，拖著沉沉地嗓音道：「我不懂你那些禮儀，但我知道，只要拿起劍，誰都能奪去你們的命。」

「是嗎？」哥利席亞冷笑，雙手也像諾比尼剛才那樣抓住劍身，而且更為使勁。

「你以為這樣我就會放過你？」

哥利席亞忽然放開手，大喝一聲，右手小指頭猛力劃過劍鋒，諾比尼張大眼瞳，雖已收劍回來，但哥利席亞的小拇指已滾落一片血地之中。諾比尼知道他的用意，這樣縱使他殞命，別人也會以為他奮戰過一番後才慘死。

米烈迪爾貴族到死都講究身分，諾比尼無法多述，他輕描淡寫道：「我就替你留一個好名聲。」

「對啊，死不可怕，沒有死得其所才是。」哥利席亞張開雙手，露出一咧笑，似乎要告訴他真正的貴族如何迎向死亡。「被暗殺普魯侯王的聖士所殺，哼，我會等米烈迪爾騎士提回你的頭，到我安寢之處祭拜。」

諾比尼放下劍，「既然這樣，我更不能成全你。」

門吱嘎作響，葛麗兒想拿東西來叔父看，卻驚見她的叔父雙手染血靠在牆上，這場景即便說破唇舌也無法解釋。

葛麗兒手放胸口握拳，嘴角微微張開，想叫出諾比尼的名字，卻發不出聲音。

「快閃開，葛麗兒，這傢伙會對妳不利。」哥利席亞喊道，他趁諾比尼不注意，朝他臉上狠狠揍了一拳。

哥利席亞的拳面因碰觸而詛咒焦燙，諾比尼嘴邊滲血，但依舊文風不動，他凝視葛麗兒，整個人像被鎖住。葛麗兒鈷藍色的眼眸裡蘊滿不解，似乎還滯留在普魯侯王被刺殺的時刻。

「葛麗兒，我……」話語卻扼在嘴裡，像被下了某種咒約，讓他無法傾吐。諾比尼放棄了，他忖這樣的局面也許對雙方都好，葛麗兒不能因為一個臭名遠播的聖士影響身分。

她仍然能當善良、真誠的葛麗兒，以榮耀起誓的貴族，不必沾染汙穢的陰謀。

「你想跟我解釋嗎？」葛麗兒清澈的瞳子像能洗去空氣中血汙。

「沒有。」說了也只會捲入更大的麻煩。諾比尼深深吸了口氣，決定讓自己沉淪至底。

「啊！」哥利席亞公爵跑道另一側，揣起比他還高的雙手大劍。

諾比尼躲過攻擊，劍劃過公爵的腹部，一切凝滯的情緒碎裂，他彷彿恢復本能般動起來，衝向哥利席亞，切開那把可笑且笨重的武器。

哥利席亞總算知道坎努斯鋼的可怕，一瞬裡他露出真實的恐懼。

「好，我們讓這場戲完美落幕。」

「快走，葛麗兒，去把布勒伊喚來——」哥利席亞喊道。

葛麗兒卻過來抱住諾比尼，她吼道：「這是假的對吧，你根本就不想殺人，你快逃吧。」

「葛麗兒——」

她根本無力撼動高大的諾比尼，哥利席亞怕葛麗兒受到波擊，拿起斷劍插中諾比尼的手臂。

「我可是聖士，聖士啊。」諾比尼捉起哥利席亞，將他拋向辦公桌，這一重擊撞斷公爵的腿骨。

諾比尼又感受到詛咒多麼熾熱，彷彿要吞滅五臟六腑，葛麗兒卻堅決相信這一切是虛假。

諾比尼推開葛麗兒，用那把單手劍撥向她的身體，地上又添增新血。葛麗兒眼眸蒙上一層灰暗，臉上一陣愕然。

「你這混球，來人啊，來人！」哥利席亞終於發覺事態不對，諾比尼已經瘋了，他竟然對葛麗兒下手。

「是詛咒的問題，對吧？」葛麗兒泫然，跌入諾比尼懷中，血灑在醜陋的黑疤上。

諾比尼輕輕放開葛麗兒，用眼神訣別。這一刺比他過去所有任務都還沉重。

斧人堡所有守衛都動員了，他們憤怒的搜索每個地方，普魯侯王室親衛更是怒火中燒，恨不得扒掉諾比尼的皮，諾比尼是第二次讓他們蒙羞。負責守衛葛麗兒與哥利席亞公爵的布勒伊爵士又驚又氣，在所有米烈迪爾騎士面前立誓要殺死諾比尼。

卡耐德因為諾比尼封鎖兩日，所有運河上的船都必須接受嚴格的檢查，但沒人知道他躲去哪裡。

※

紅火與藍火發生激烈的碰撞，像是兩樣水火不容的生物互相啃噬，在夢裡仍可以感覺到極度的痛苦。自染上詛咒後就常夢見的夢起了變化，兩團火焰相合相斥，纏綿好幾個夜晚，終於在今夜展開併吞，只能有一個留下。

血誓一遍一遍覆詠於腦海，如在冷絕山峰裡苦行時默禱，莫名燃起的火將諾比尼的堅毅燒盡。血神的輪廓，不清楚了；雷茲是誰，不知道；為什麼要殺人，沒必要在乎了。

一切回想都化為塵煙，彷彿他從沒誕生於世，種種景象只是荒誕的夢。

諾比尼在床上翻來覆去，差點沒把床架搖散，傑德米特鍊了一大缸比之前更濃稠、詭譎的鍊金藥，但諾比尼吃下去立刻就吐出來。但這不像是惡魔要出現的徵兆，傑德米特已經見過兩次，因此他能肯定絕非如此。

「距離上次醒來，已經過了整整一天，照他這樣呻吟下去，那些騎士想聽不見都不行。」比厄婁端出剛出爐的麵包，遞了一份給傑德米特。

「他到底去普魯侯做了什麼，殺傷葛麗兒跟哥利席亞公爵，不只是賞金又加倍，現在連米烈迪爾人都發瘋似的要找他。」傑德米特後悔讓諾比尼橫衝蠻撞去卡耐德。

「但我也因此寫了相當豐富的臨床筆記，我連他的夢話都詳盡的記錄下來，這對於『詛咒』這種病的研究肯定大有斬獲。」

傑德米特抓著蓬亂的頭髮，漫不經心吃下熱騰騰的麵包。他考慮是否救助於梅墨，現在的情勢遠超過他的能力範圍，但梅墨可是米烈迪爾的大巫師，肯定會毫不留情除掉諾比尼。

比厄婁仔細觀察諾比尼猙獰的反應，說：「我倒覺得你不用這麼擔心，你看那些黑疤，並不是往外擴張，而是急遽往內縮，它們正在不斷縮小。根據病理學，這是好轉的現象。」

「詛咒跟疾病天差地遠。」傑德米特瞪著比厄婁，他重敲床鋪，怒道：「他媽的，這傢伙總是我行我素，比我還誇張。要是這王八蛋真的死了，我們就拿著他的屍體去換賞金。」

「不失為好主意呢。」比厄婁莞爾道。

「到時候記得分我一份。」諾比尼搗著頭坐起來，虛弱地說：「但在此之前先讓我吃點東西，坤庫的肉也行。」

諾比尼不知何時停止呻叫，恢復意識。

「你替我的臨時研究做了完美的結局，也許這份報告會比坤庫更受到矚目。」比厄婁看著自己的手指，愉悅地說：「綠色的千眼戒還沒到手，卻搶先在右手食指拿下一枚紅色千眼戒。」

額頭的三道黑疤縮成一小點的痣，身體其餘部位如藤蔓滋長的詛咒也消失殆盡，遺留火燒般的疤痕。

這或許證實做出違反制約的行動能破解詛咒，例如殺害最不想傷害的人。但比厄婁不會侃侃而談這件事，諾比尼內心一定為這件事難過，他雖是充滿理性的千眼鎮學者，卻不是毫無情感的人。

但諾比尼深深記得比厄婁的話，也憶起預言師圖拉真的建言：若你執意尋找（解咒之法），或許會比被詛咒吞噬更加痛苦。

占夢師說若我繼續待在米烈迪爾將會發生災厄。這是葛麗兒說的，卻沒想到災難即使到普魯侯依然降臨了。但諾比尼忖，當時若與葛麗兒去米烈迪爾，肯定會發生更為嚴重的事情。

若不是葛麗兒，諾比尼那份累積千萬的冰雪不會被融化，也不知道擁有情感的痛苦與美好。

彷彿所有事都是註定好的。

「詛咒竟然痊癒了……喂，你到底做了什麼事？」傑德米特拿了一塊麵包給諾比尼。

「做了許多夢，好像做了好幾年這麼長，我還以為醒不來了。」

「醒不來最好，你居然拿劍刺葛麗兒，真搞不懂你在想什麼？」傑德米特輕輕揍他一拳。

「為了不讓她難受。」

「人類的情感可不是紙，用刀就能裁斷。」傑德米特知道諾比尼的意思，也只能把抱怨的話吞入腹中。因為那擊全然避開葛麗兒的要害。他也不再去想葛麗兒對此有何解讀，畢竟這些只會讓他更捨不得。

比厄婁打破尷尬，問道：「諾比尼先生，既然你的病情，不好意思，你的『詛咒』已經無恙，你接下來有什麼打算？還想去千眼鎮嗎？」

這讓諾比尼放下吃了一半的麵包，他這些日子汲汲營營，便是為了解咒，現在詛咒卻因為怪誕的原因消除，他接著又何去何去。

「我從來都不擔心這件事，反正到哪裡都很有趣，不然就像你之前說的，穿越無盡之洋。」傑德米特捋著短鬚，「還有很多地方沒去過呢，還有，先想辦法躲掉成群的賞金獵人才要緊。」

「我的報告只剩結論，最遲後天就能離開沼澤區。」比厄婁伸展緊繃的腰背。

他跟傑德米特聊起各地的風土人情，似乎藉此替諾比尼尋找合適的地點。

窗外雲兒不定的變化，彷若諾比尼此刻的心境，這些煩惱也讓他更像一位正常不過的人。

第十二章　尾聲

「實在叨擾太久了，這裡是個充滿活力的城市，但不適合老夫。」圖拉真揮了揮赭色袍子，寬大的袖口幾乎吞沒他的手。

兩名強壯的保鑣緊緊護在他身旁。

「若您願意，要住多久都不成問題。」總督旅館的老闆根本不想放圖拉真走，只要這個名氣響徹的預言師還在，生意便會滾滾而來。

圖拉真知道老闆的主意，他搖頭道：「於老夫百歲之人而言，成堆的金幣不如一場安穩的覺。」歌米蘇曝曬在豔陽之下，來往的商旅仍然絡繹不絕，這些人龍彷彿無一日斷過。這座港城生氣盎然，但圖拉真卻對此感到厭倦。

「您千萬別這麼說，大家都滿心期待大師的到來，您的言語簡直比不墜的星斗還要讓人讚嘆。」老闆可不希望圖拉真說出再也不造訪歌米蘇的話。

圖拉真露出和藹的微笑，如何應付吹捧、虛偽，在他百年生命裡已自成一套道理。

保鑣隔開預言大師與老闆，似乎要將市儈俗氣一併推走，圖拉真用手架在眼眸上，遙望晴空如洗的蒼穹，想起那個讓他印象深刻的男人。他現在也是聲名大噪，引起各方關注了。

一道身穿黑窄袍的身影走過總督飯店門口，圖拉真的老花眼許久沒有如此清晰，他拋了個眼神要兩名保鑣應付老闆，自己則跨著大步追上那身影。

那人步履很快，敏感的注意到有人跟上來，忽然間消失在圖拉真眼前，圖拉真揉著老邁的雙眼，以為見了幻影。

「你是圖拉真？」那人驀然出現在圖拉真背後，一手按住他的肩膀。

這防備的動作讓他更相信沒看錯人，他莞爾道：「不然誰才是圖拉真。」

「我還以為連某個不知名老頭都想要我的命。」

「呵呵，你的命太值錢了，老夫若年輕一點，肯定也不會放過你。」圖拉真轉身，對罩著袍帽的諾比尼相視而笑，「過了一年，你不當撒冷教士，改當沙密人了？」

「前陣子確實去了那裡，又乾又熱的地方。」諾比尼拿下袍帽，線條剛稜的臉部多了幾道疤痕，最長的一道從右眼一路斜開到下顎，差點就到喉頭。

「哦，能見到你的模樣，老夫也不算虛活百年。」圖拉真注意的是諾比尼額頭的三顆小痣，他枯槁的手指在諾比尼眼前比劃，「能活下來，還保有清醒意識的人，真的不多，不多。能同時被普魯侯、米烈迪爾、圖斯通緝的人也不多。」

諾比尼笑了一聲，但隨即又扳回臉孔，彷彿還不習慣直接表露情緒，眼神的凶光儼然成為一種本能。

「看起來你去了很多地方，為什麼又回來歐里安登，這裡想抓你的人恐怕能塞滿好幾艘船。」圖拉真不解道。

「去哪裡都一樣，世界無不是危險之處。」

「說的沒錯，你的身上有一把達摩克利斯之劍。」圖拉真從赭袍裡摸出淡紫色的水晶球，諾比尼的臉映在水晶球上，他笑道：「如何，需要老夫替你預言嗎？」

諾比尼蓋回袍帽，淡然地說：「不必了，我習慣無拘無束，不知道顯然有趣多了。」

「這實在不像一個聖士會說的話。」圖拉真失望的收回水晶球，難得他特別想幫人預言，這種機會換成別人，求都求不到。

「你的人來了，雖然你不會要我的命，但你的人我就不確定了。」諾比尼掠過圖拉真身旁，快步消匿於人潮。

兩位保鑣甩掉旅館老闆，疾步奔到圖拉真身旁，報告道：「大師，我們已經打發走纏人的老闆，隨時可以坐船離開。」

「辛苦你們了，突然想再活個幾年啊，世界上還是存在有趣的事情。」圖拉真愉悅地說。

保鑣們看見圖拉真方才會晤的對象，覺得與通緝令上的特徵很相像，便戰戰兢兢地問：「老師，剛才的人該不會是——」

圖拉真拍著兩人的手臂，催促道：「應該不是，如果是的話，我們就不能在這裡談話自如。走吧，我想離開這個喧囂的地方了。」

兩人相覷一眼，不再提及諾比尼的事。

※

歌米蘇最熱鬧的大街上張貼著兇惡罪犯的懸賞，其中最惹人注意的便是諾比尼，他被多方通緝至今已逃亡一年，成為人們津津樂道的話題。

「這傢伙肯定是殘暴，也最不低調的聖士，同時得罪奧錫萊斯東岸的兩大強權，連圖斯裁判所都立下重賞。」長滿落腮鬍的老爹在大白天已喝得臉頰通紅，茂密的毛髮差一點就能遮住他半張臉，他大聲嚷嚷道：「巫師，我敢賭上我老婆，這肯定是比茲奈同盟的陰謀，一定是！」

「不過他們在西頓河打得不是很理想，米烈迪爾、普魯侯的聯軍簡直勢如破竹，但比茲奈同盟雇用的獸人軍團似乎還沒真正發揮作用。」傑德米特論起幾個月前的北方戰役，兩腳跨在桌上，轉著高帽子。

臉紅如猴屁股的老爹拿著酒杯敲桌道：「獸人啊，誰看到不會嚇得屁滾尿流，我賭上老婆跟兒子，獸人一旦加入戰局，米烈迪爾騎士也只能據守城堡。」

商旅帶來的謠傳說比茲奈同盟已經聚集八百名獸人，但在實際戰場上還未見到規模如此龐大的獸人軍團。

「要不是我老婆攔著我，不讓我到北方，那些人算什麼？巫師，我可不是簡單的木匠，你相不相信我？」落腮鬍老爹揪住傑德米特的衣襟，含糊地說：「如果我不用顧忌家人，我早就奪下諾比尼的頭，也不用成天對著木板發愣。」

「先生，你喝多了。」傑德米特怕他等等會開始又哭又鬧，這是最惱人的醉漢。

「這才剛開始，你懂什麼？」老爹舉起手向酒保猛揮，但他的酒杯裡還有一半未喝完。

傑德米特瞥了一眼門口，忍俊不住道：「老爹，我勸你趕緊放下手，否則等會我救不了你。」

「怕什麼？來的是惡魔，還是諾比尼？老子誰都不怕！」老爹桌拍山響，他凝向傑德米特看去的方向，發現是他妻子怒氣沖沖的走來。

他臉上酡色瞬然黯去，嚇得不敢動彈，等到他妻子走至桌旁，他才慌張地站起來。兩人立刻在店內奔逐，成為其他客人的笑柄，一連撞歪好幾桌。

傑德米特趁機把老爹的酒加到自己的杯子裡，樂得看兩人追打到店外。

「還是老樣子不務正業。」諾比尼霍然坐在傑德米特身旁，拿了他的杯子往嘴邊沾幾口。

「還不是在這裡等你等得慌了，正想要找個漂亮姑娘說貝拉特的故事，但你現在比他更有名。」傑德米特打了哈欠，然後賊笑道：「如何？在那裡搞上沙密女人了沒有？看你臉上的傷，一定有很精采的經歷吧？」

「挺不平凡，幸好還能回來，否則這裡的賞金獵人會很失望吧。」

「聽說普魯侯王國又追加賞金，畢竟一年了，可能想在獵祭前趕快找到你，好給前任國王一個交代。」傑德米特咂咂嘴，頭髮往後一撥，帽子戴回頭上，依然帶著一抹愜意的笑容。

「那他們得加把勁了，這一年遇到的手腳都不夠好。」諾比尼瞟著隔壁桌的客人，他們的眼神不經意飄到他身上，一見到諾比尼回應，立刻又低頭吃自己的東西。

「安娜希姑娘沒跟你回來？我以為她會參加北方大戰，替比茲奈同盟打仗之類的。看來她不想跟米烈迪爾對著幹，或許是因為葛麗兒？」

「東方女人才不會為了那件事放棄傭金，不過她正與波流士人作戰，那裡的情形比布勒伊在西頓河造成的傷害還大上許多。」

「波流士……」傑德米特頷首。

諾比尼撫著脖子的燙疤，頭往後仰道：「北方戰爭還未全面開打，等真正開始時，比茲奈同盟的攻勢就不會這麼安靜。」

「雖然人不在這裡，你倒是知道的挺詳細，安娜希沒少跟你說這裡的事情。」傑德米特猜，而且很有把握。

「哼。」諾比尼默認。

傑德米特狡詰地笑，他將空酒杯推向中央，映出後面桌客人緊張的臉孔，「果然不該選在酒館談話，很容易就被人盯上，或者說是你的長相太好認了？」

「有人的地方總是這麼熱鬧，還得感謝有人替我大肆宣傳，看來沒有酒可以喝了。」諾比尼注意到酒保已經不在位置上，左邊兩桌的客人也換了一批。

消息傳得相當迅速，何況港口酒館本就是獵人與傭兵的集散地，現在裡面除了諾比尼、傑德米特兩人，其他人全是取賞金而來。諾比尼見遮掩不住身分，便拿下袍帽，皺著眉環顧他們。

「裡面就有三十多人，外面鐵定也有，估計四十個人，賭一瓶葡萄酒。」

「你不如賭我會讓多少人無傷而還，老實說，我不想殺人，但也不敢保證不會。」諾比尼無奈瞪著傑德米特，一腳將桌子踹得老高，從窄袍裡抽出纖長的沙密彎刀。

沙密彎刀遍布渾然天成的美麗木紋，比起武器，更像是藝術品。它由稀少昂貴的鑌鐵打造，只有沙密當地的鐵匠才能鍛鍊出上乘的沙密彎刀。

獵人們倏地站起來，抄起武器往諾比尼殺來。但諾比尼惡魔之名甚廣，他們真正見到那雙凍如寒冰的眼神，立刻由視覺化為實質的恐懼。

傑德米特揍倒幾個人，對諾比尼說：「需要我幫忙嗎？」

「先把事情做完吧，你先去，我隨後就到。」

「好，要活著啊。」傑德米特趁亂從後門溜走。

沒人在意傑德米特，他們的焦點皆放在諾比尼身上，即使找來兩百人的部隊，用龐大的賞金平分綽綽有餘。特別是傳言普魯侯要用一塊采地當成封賞，這引起了大批流浪騎士的關注。

諾比尼泰然自若，甩著沙密彎刀，它獨特的彎鉤讓人想起異國傭兵的可怕。

「別浪費時間了。」諾比尼不耐煩地喝道。

「聖士，納命來！」

我不是聖士。諾比尼忖道，面無表情的捉起那人，將他摔到酒館外面去。外面埋伏的人見狀，一鼓作氣湧了進來，一下子把狹小的酒館擠得水洩不通，用長兵器的連武器都無法揮舞。

諾比尼用彎刀拍倒靠近他的獵人，一群人蜜蜂般擠壓，但始終離諾比尼有一步的距離，誰都不想當出頭的人，大家都在等待機會。

「讓開！」諾比尼怒號一聲，靠他最近的幾個人被威嚇得站不穩腳，一夥人縮成一團，諾比尼則用刀柄敲暈好幾人。

諾比尼並不想血刃誰，因此他盡力拉開自己與對方的距離，找出可以逃離的空間。但這些人害怕卻又不肯放棄，似乎想耗盡他的力氣，再一舉結果他。

這些人之中不乏身手高強者，但在諾比尼面前，他們的經歷彷彿一紙白卷。當然更多的原因是他們被諾比尼的聲名影響，諾比尼從一道道輕浮不定的眸子裡便能看出來。這些人完全不構成威脅，諾比尼慢慢走向門口，收起沙密彎刀。

「想要我的命就動刀。」諾比尼說。

幾個獵人從背後偷襲，但刀一砍中諾比尼的身體便斷裂，那些人緊張地跌在地上，口中喃喃念著「惡魔」、「怪物」一類的詞。

詛咒消退後，在諾比尼的身體形成一道防護，使他的肌肉、骨骼如坎努斯鋼堅硬，普通兵器像枯樹枝一碰就折。但眾人只以為諾比尼是被惡魔附身。

「惡魔，惡魔聖士，他會吸走我們的靈魂！」

諾比尼卻不否認，他的後遺症就是得到一副難以死去的身軀，儼若惡魔降世。這件事會很快藉著獵人們的嘴傳播到各地，組織前來取他命的人將會更多，通緝他的王國可能也會再次提高懸賞。

他慢慢走向門口，獵人趨向兩旁讓出一條路給他，但門口的人捨不得眼前的機會。

諾比尼再次說：「想要我的命就動刀。」這次他語氣更加嚴肅，眼睛直盯著霸佔門口的捲髮獵人。捲髮獵人的同夥偷偷戳著他的背，要他趕緊出手。

不過他們還是讓出一條路來，方才的景象已經表明即使所有人豁出去送命，也傷不了諾比尼，他們不是爭取榮耀的戰士，而是懂的忖度的趨利者。

諾比尼隨即隱沒一條小巷子，不管後面的人怎麼追都追不到，直到他離開後，賞金獵人們才紛紛抱怨為何沒有一起動手。

※

海風吹散熱氣，寧靜的偏遠漁村成了良好的避暑地。沒穿衣服的小孩踏著細緻而溫和白沙，玩得不亦樂乎，遠方的舢舨淡成一抹塗點，映襯著慵懶的氛圍。

傑德米特躺在樹蔭下，望著杳渺的地平線，說：「喂，你確定搭那種小船能到奧錫萊斯大陸？」

「當然可以，只要不遇上暴風。」

「你的話真是讓我信心百倍，算了，我們如果搭一般的船去，估計得在海關檢查時跳海游到陸地邊。」

風拂諾比尼的窄袍，海沙讓他想起沙密。

「或者殺光整艘船的人，自己開到港口。」

「如果是『惡魔』諾比尼，會做這種事情倒不會讓人感到意外。」傑德米特起身拍掉細沙，他莞爾道：「葛麗兒的女兒應該跟媽媽一樣漂亮吧，希望她長大別像個莽撞的小男孩。」

「嗯，應該。」諾比尼陷入恍然，那次刺傷葛麗兒後，他們便沒見過面。也不存任何該相見的理由。但有個人諾比尼一定要去看，無論冒著如何風險。

「其實葛麗兒根本不恨你，她還特意安葬了阿斯塔蒂姑娘，普魯侯人大概很難接受，不過這就是葛麗兒，天真爛漫的傻姑娘。」傑德米特露出會心一笑。

迷當跑過來招呼他們兩人，「諾比尼先生，船已經準備好了，隨時都可以啟航。」

「你是在哪裡認識這個西南海人？」傑德米特對於諾比尼能找到敢偷渡重大通緝犯的船夫深感驚異，這無疑會讓自己成為眾矢之的。

「人生的奇遇，比起他，一個不務正業的正統巫師才讓人驚訝。」

「去你媽的。」傑德米特罵道。

迷當還是一副睡眼惺忪的模樣，他帶兩人到小船停泊處，熟練的攀上船身。

「不過我原本以為蘇恩被處決後，就找不到你了。」諾比尼說。

「嘖，我做的是生意，跟他一點關係也沒有。誰有錢，我就載誰。」迷當用不標準的通用語應道。

兩人先後爬上船，諾比尼拉了一傑德米特把，並問：「你認為葛麗兒會出來見我們嗎？」

「也許會吧，如果她不忙的話。」傑德米特困惑道：「其實我也不確定。」

諾比尼深深嘆了一口氣，似乎能從船上看見遙遠的普魯俟。

（全文完）

後記

開始寫小說以前，曾被好友拉去畫漫畫，至今仍記得十八年前勾出第一筆時的茫然，完成第一本時的感動，儘管畫工粗糙，劇情沒什麼看頭，卻是終生難忘的回憶。

這段往事我在中華日報刊出的散文〈畫熊〉裡有詳盡的描寫，其中一段寫到我們漫畫之旅的落幕：「在部長面前，我依然表現的呆愣愣，但我知道離去之後，部長便不會再提筆，漫畫世界將深深藏起，成為厚厚灰塵下重鎖的回憶。我偷偷揣著獨力完成這部作品的夢想，在心裡悄悄向部長說：『放心，我一定完成這部曠世巨作。』」

這裡提到的「曠世巨作」，其實就是《詛咒聖士》的雛型。《詛咒聖士》的起源，得提到我最喜歡的哆啦A夢大長篇之一《夢幻三劍客》，那時便是以此為藍本進行劇情發想，同樣是從現實進入夢境，當年還去租書店租《夢幻三劍客》的漫畫，描摹裡頭的場景。主角諾比尼，正是取自《夢幻三劍客》裡大雄在夢之國——亞米魯曼王國的化名諾比尼亞；貴族紀亞（葛麗兒）的原型是女扮男裝出逃的公主靜亞，至於騙子巫師傑德米特的由來我已忘了，也許是多年前某個午後的靈光一閃。

「曠世巨作」並沒有完成，直到我升上高中，初次接觸了創作小說這件事，第一個想到的就是用文字履行我當時暗許的約定。但實際寫小說才發現沒有想像中容易，很快便帶著遺憾收場，之後展開了漫長的練習，幾年後再一次嘗試，這次不再像《夢幻三劍客》由現實入夢，而是直接在一個奇幻大陸進行冒險，只是寫了兩萬餘字又靈思枯竭，雖然失敗也並非毫無收穫，為後來寫《詛咒聖士》奠定良好的基礎。

轉眼又過了幾年，第一次正式寫《詛咒聖士》是在二〇一六年中，那時整整寫了十八萬字，敲下最後一字卻沒有欣喜若狂，總認為哪裡不夠。直到第二次改寫前，已累積相對足夠的經驗，於是大刀一砍，一路刪改到最後一章最後一字，十八萬字瘦身成十五萬，總算能在電腦螢幕前滿意的點頭，此時關於「曠世巨作」的約定已過十五載，對年少的自己有了交代。那天沒有熱淚盈眶，沒有手舞足蹈，還是該幹嘛就幹嘛。

最後，感謝看完《詛咒聖士》還聽我講古的讀者朋友，希望你們看得開心，我們下次見。

樂馬二〇二二年三月二十七日寫於自宅

釀奇幻69　PG2751

詛咒聖士

作　　者　樂　馬
責任編輯　喬齊安
圖文排版　陳彥妏
封面設計　王嵩賀

出版策劃　釀出版
製作發行　秀威資訊科技股份有限公司
114 台北市內湖區瑞光路76巷65號1樓
電話：+886-2-2796-3638　傳真：+886-2-2796-1377
服務信箱：service@showwe.com.tw
http://www.showwe.com.tw
郵政劃撥　19563868　戶名：秀威資訊科技股份有限公司
展售門市　國家書店【松江門市】
104 台北市中山區松江路209號1樓
電話：+886-2-2518-0207　傳真：+886-2-2518-0778
網路訂購　秀威網路書店：https://store.showwe.tw
國家網路書店：https://www.govbooks.com.tw
法律顧問　毛國樑　律師
總 經 銷　聯合發行股份有限公司
231新北市新店區寶橋路235巷6弄6號4F
電話：+886-2-2917-8022　傳真：+886-2-2915-6275

出版日期　2022年4月　BOD一版
定　　價　360元

Printed in Taiwan

讀者回函卡

國家圖書館出版品預行編目

詛咒聖士/樂馬著. -- 一版. -- 臺北市 : 釀出版,
2022.04
面； 公分. -- (釀奇幻 ; 69)
BOD版
ISBN 978-986-445-644-4(平裝)

863.57 111003932